dtv

Für die Recherchen zu einer Biographie befragt die Literaturprofessorin Kate Fansler drei Frauen, die den Schlüssel zum Leben des Dichters Emmanuel Foxx und seiner Frau Gabrielle in Händen halten. Die drei Damen zeigen sich recht verschlossen. Haben sie etwas zu verbergen? Ein geistiger Wettkampf entspinnt sich, in dessen Verlauf Kate nicht nur die Geschichte eines Romans, sondern auch einen lange zurückliegenden Vatermord aufdeckt. – Ein Lesevergnügen von subtiler Spannung.
»Amanda Cross ist und bleibt die Königin des literarischen Krimis.« (Publishers Weekly)

Amanda Cross (eigentlich Carolyn G. Heilbrun), geboren 1926, lebt in New York. Sie machte als feministische Literaturwissenschaftlerin Karriere an der Columbia University. In den sechziger Jahren schuf sie die Figur der Kate Fansler, Literaturprofessorin und Amateurdetektivin, und gehörte damit zu den ersten der neuen »Thrillerfrauen«.

Amanda Cross

Verschwörung der Frauen

Kriminalroman

Deutsch von Helga Herborth

Deutscher Taschenbuch Verlag

Ungekürzte Ausgabe
Juni 1998
Deutscher Taschenbuch Verlag GmbH & Co. KG,
München
© 1990 Carolyn Heilbrun
Titel der amerikanischen Originalausgabe:
›The Players Come Again‹
© 1992 der deutschsprachigen Ausgabe:
Vito von Eichborn GmbH & Co. Verlag KG,
Frankfurt am Main
Umschlagkonzept: Balk & Brumshagen
Umschlagbild: Ausschnitt des Gemäldes ›Benjamin Comfort‹
von Percy Ives (1864–1928)
Satz: IBV Satz- und Datentechnik, Berlin
Gesetzt aus der Stempel Garamond 10/11,75˙ (Linotron 202)
Druck und Bindung: Presse-Druck Augsburg
Gedruckt auf säurefreiem, chlorfrei gebleichtem Papier
Printed in Germany · ISBN 3-423-08453-7

Die Süße dieser Befriedigung fließt über und die Wände meines Geists herab und befreit das Verständnis. Wandre nicht mehr! sage ich mir; dies ist das Ziel. Das Quadrat ist auf das Rechteck gestellt worden; obenauf ist die Spirale. Wir sind über den Kieselstrand zum Meer hinuntergeschleift worden. Die Musiker kommen wieder.

Virginia Woolf
›*Die Wellen*‹

Teil I

I

Spät in jenem Jahr Ende der Achtziger, Weihnachten und das Semesterende rückten allmählich näher, spürte Kate Fansler, wie sie in ein Loch zu fallen drohte. Ihr Buch über Henry James und Thomas Hardy, für das sie, wie bei wissenschaftlichen Werken üblich, viel länger als vorgesehen gebraucht hatte, war endlich erschienen und mit großem Beifall aufgenommen worden. Nur das ›Times Literary Supplement‹ hatte, wie nicht anders zu erwarten, anstelle einer fundierten Kritik die üblichen schnippischen Bemerkungen über die »amerikanische Forschungsweise« von sich gegeben. Ungefähr vier Monate hatte Kate im Zustand höchster Erleichterung verbracht, ihren Schreibtisch aufgeräumt und den hohen Berg seit Monaten unbeantworteter Post abgetragen und auch gleich die neueren Briefe, zumeist Reaktionen auf ihr Buch, beantwortet. Diese Phase des Müßiggangs hatte zwar ihre Vorteile, verlor aber allmählich an Reiz. Kate wurde sich plötzlich mit sehr widersprüchlichen Gefühlen bewußt, daß sie nie mehr ein literaturwissenschaftliches Werk veröffentlichen wollte. Unglücklicherweise hatte sie aber auch keinerlei Lust, »ihr Herz zu befragen und dessen Ergüsse festzuhalten«, wie die Muse es dem Dichter befiehlt. Sie kannte viele Frauen und Männer, die der Literaturwissenschaft den Rücken gekehrt hatten und nun über ihr Leben und ihre persönlichen Erfahrungen schrieben. Die Ergebnisse solcher Innenschau las Kate zwar geradezu zwanghaft und mit großem Interesse und war immer wieder verblüfft über den Aha-Effekt, den diese Lektüre ihr vermittelte. Sie selbst verspürte jedoch weder Wunsch noch Neigung, es diesen Leuten gleichzutun. Literarische Studien kamen also ebensowenig in Frage wie eigene Memoiren. Würde ihr je wieder ein neues Projekt einfallen?

In diese Ziel- und Ratlosigkeit platzte der Cheflektor eines der sechs den Buchmarkt beherrschenden Verlagshäuser. All diese Verlage gehörten riesigen Konzernen, deren Hauptprodukte Öl, Autos und Gottweißwas waren, was die Konzernleitungen aber, wie man hörte, nicht davon abhielt, sich auch bei der kleinsten verlegerischen Entscheidung das letzte Wort vorzubehalten. Bisher hatte Kate mit diesen Verlagen nichts zu tun gehabt.

Der Cheflektor hieß Simon Pearlstine und überraschte Kate mit einer Einladung zu einem sehr teuren und ausgiebigen Lunch – eine bemerkenswerte Geste von jemandem, den sie weder kannte noch je von ihm gehört hatte. Aber wie sich bald herausstellte, hatte er von ihr gehört.

»Von vielen Leuten«, versicherte er, als sie zu ihrem Tisch geführt wurden. »Sie haben einen beachtlichen Ruf in der akademischen Welt. Möchten Sie einen Drink? Ich darf tagsüber nicht mehr trinken, aber tun Sie es, bitte.«

»Sie«, sagte Kate, »werden Sodawasser mit Limone, ein Salatblatt und koffeinfreien Kaffee zu sich nehmen. Ich werde einen Wodka-Martini mit Eis und Zitrone genießen und das, was der Kellner empfiehlt.« Nicht der Kellner, sondern jemand eindeutig weiter oben in der Hierarchie nahm ihre Bestellung entgegen und war entzückt, der »gnädigen Frau« ein Gericht zu empfehlen, das, wie er Kate versicherte, ein wahres Meisterwerk sei. Kate war, so damenhaft sie konnte, einverstanden. Keine Frage, Mr. Pearlstine wollte etwas von ihr, und Kate war entschlossen, es sich gutgehen zu lassen, bis er damit herausrückte. Zum Hauptgang wählte sie einen Beaune und lehnte sich genüßlich zurück, um Mr. Pearlstines Anliegen zu hören, das sie, da war sie sich sicher, ablehnen würde.

Während sie ihren exquisiten Martini trank, kam Simon Pearlstine langsam zur Sache.

»Was wissen Sie von Emmanuel Foxx?« fragte er.

»Was jedermann weiß, vielleicht ein bißchen mehr – das liegt an meinem Beruf«, antwortete Kate und fragte sich, warum er ein Quiz mit ihr veranstaltete. Nun, es waren seine Zeit und sein Spesenkonto. »Ich halte Vorlesungen über den englischen Roman«, fügte sie hinzu, um ihre unbescheidene Bemerkung zu erklären.

»Und was halten Sie von ihm?«

»In welchem Sinne?« fragte Kate, erwog einen zweiten Martini, beschloß dann aber, lieber auf den Beaune zu warten. »Er ist ein Romancier ersten Ranges; so nennen wir das, wenn ein Schriftsteller die Literaturwissenschaft zu endlosen Forschungen inspiriert hat. Er gehört zur klassischen Moderne, steht ganz oben, neben Joyce, Lawrence, Woolf und Conrad und wird auf lange Sicht wahrscheinlich einflußreicher sein als alle anderen, außer Joyce und Woolf.

Vor zwei Dekaden hätte ich noch Conrad und Lawrence gesagt, aber heute nicht mehr. Wie ausführlich soll denn die Vorlesung sein, die Sie sich vorgestellt haben?« Sie lächelte ihn an, um ihrer Frage die Spitze zu nehmen.

»Und wie gefällt er Ihnen persönlich?«

»Ist er mein Begleiter an langen Winterabenden? Nein! Wie aus meinem letzten Buch deutlich wird«, (sie erwähnte es mit gewisser Befangenheit und fragte sich, ob er es gelesen hatte), »gilt mein Hauptinteresse einer etwas früheren Zeit. Außerdem habe ich den Verdacht«, fügte sie hinzu und gab sich der entspannenden Wirkung des Martini hin, »daß er das Maß an Energie, das Frauen auf Sex verwenden, erheblich überschätzt. Aber an dieser Ansicht ist vielleicht mein Alter schuld. Möglicherweise hat er ja recht.«

»Darf ich Sie Kate nennen?« fragte Pearlstine, nachdem er über ihre Bemerkung nachgedacht hatte. Kate nickte. »Ich bin froh, daß Sie das ansprechen«, fuhr er fort, »denn ich glaube, Sie haben recht. Wissen Sie, die Protagonistin seines größten Romans ist möglicherweise seiner Frau nachgebildet. Manche Leute sind sogar davon überzeugt, daß sie ihm half, ›Ariadne‹ zu schreiben. Dieses Gerücht kam allerdings erst vor kurzem auf.«

»Ich habe davon gehört«, sagte Kate.

»Und glauben Sie daran?«

»Kaum. Die Vorstellung ist verlockend, aber es gibt keine Beweise. Nehmen Sie zum Beispiel die ›Autobiographie von Alice B. Toklas‹, die Gertrude Stein geschrieben hat. Liest man dann die Arbeiten von Alice Toklas selbst, die nach

Steins Tod entstanden, könnte man meinen, die Toklas habe die Autobiographie selbst geschrieben, so sehr klingt diese nach Toklas und so wenig nach Stein. Verstehen Sie mich recht, ich will damit nicht behaupten, daß die Toklas sie geschrieben hätte. Außerdem ist meine Kenntnis der amerikanischen Literatur sehr dürftig. Ich will damit nur andeuten, daß der Stil der Toklas belegbar ist.«

Hätte Simon Pearlstine Kate besser gekannt – vielleicht war er aber auch ein Mann mit guter Beobachtungsgabe und merkte es auch so –, hätte er sofort erkannt, daß sie sich in Abschweifungen erging, eine Angewohnheit, die sie sich vor langer Zeit zugelegt hatte, wenn sie sich nicht konkret äußern, aber freundlich und verbindlich erscheinen wollte, ungefähr so, wie ein Shakespeare-Schauspieler so lange sein Rollenrepertoire vor sich hin spricht, bis ihm wieder einfällt, in welchem Stück er sich befindet. Wann Simon Pearlstine wohl zur Sache käme, fragte sich Kate, und ob es die überhaupt gäbe?

»Ich verstehe, was Sie meinen«, sagte er jetzt, »und eingedenk meines Anliegens an Sie finde ich Ihre Meinung hochinteressant.« An diesem Punkt wurden sie von dem Kellner mit dem Lunch und dem zeremoniellen Öffnen von Kates Weinflasche unterbrochen. Der Kellner ließ sie probieren, was sie mit unverhohlenem Vergnügen tat.

»Sollten Sie ihm nicht lieber etwas Zeit gönnen, damit er seine Blume entfalten kann?«

»Der Rest der Flasche kann sich in aller Ruhe mit mir zusammen entfalten«, sagte Kate lächelnd. »Sollten Sie mir jetzt nicht lieber erzählen, was Sie von mir wollen und womit ich diesen exzellenten Wein verdiene?«

»Ich möchte, daß Sie die Biographie von Gabrielle Foxx schreiben.«

Kate verschluckte sich an ihrem Wein, was ein Sakrileg und eine schreckliche Verschwendung war. Sie konnte nicht aufhören zu husten.

»Soll ich Ihnen auf den Rücken klopfen?« fragte Pearlstine. Der Kellner und der Maître d'hôtel waren auch herbeigeeilt.

»Es ist gleich vorbei«, sagte Kate prustend. »Ignorieren Sie mich einfach, wenn Sie können.« Sie trank Wasser und begann allmählich wieder ruhig zu atmen.

»Tut mir leid«, sagte Pearlstine, als der Anfall vorüber war. »Ich hoffe, Ihre Antwort wird nicht so heftig sein, es sei denn, sie ist positiv.«

»Ich habe noch nie eine Biographie geschrieben.«

»Ich weiß. Aber in Ihrem Buch über James und Hardy haben Sie das biographische Material mit geradezu beneidenswertem Feingefühl eingearbeitet. Und ich dachte, Sie hätten vielleicht Lust, einmal eine ganz anders geartete Herausforderung anzunehmen.« Er hielt inne, wollte aber offenbar noch nicht, daß Kate antwortete. »Alle Bücher über Foxx behandeln Gabrielle als Teil von ihm – zwar als wichtige Konstante in seinem Leben, aber eben doch als Anhängsel des großen Literaten. Ich finde, es ist an der Zeit, daß sie zum Gegenstand ihrer eigenen Biographie wird. Wenn Sie dann noch bedenken, daß die Hauptfigur von Foxx' berühmtem Roman eine Frau ist, so ist das meiner Meinung nach Grund genug für eine Biographie seiner Frau. Wir sind bereit«, fügte er fast beiläufig hinzu, während er sich wieder seinem Salat zuwandte, »einen hübschen Vorschuß zu zahlen. Einen sehr hübschen.«

Kate wollte etwas sagen, aber wieder hielt er sie zurück. »Noch nicht. Genießen Sie die wärmstens empfohlene Spezialität des Hauses und trinken Sie Ihren Wein. Lassen Sie uns über Gott und die Welt sprechen, und in genau zwei Wochen treffen wir uns wieder – gleiche Zeit, gleicher Ort. Dann reden wir weiter. Nur eine Bitte habe ich: Beschließen Sie kein definitives Nein vor unserem zweiten Treffen. Den Gefallen müssen Sie mir tun.«

Zum ersten Mal sah Kate Pearlstine interessiert an. Sie hatte ihn bisher in eine Schublade gesteckt: Lektor, Überredungskünstler und, wie heutzutage alle im Verlagswesen, meisterhafter Verkäufer. Aber irgend etwas an ihm deutete auf mehr hin. Kates Ansicht nach waren intelligente Verleger fast so rar wie geduldige Ärzte. Auf solch rare Exemplare zu stoßen, war sehr erfreulich, im Augenblick brauchte sie allerdings keinen von beiden.

»Ich werde darüber nachdenken«, sagte sie. »Aber ist in den vielen Foxx-Biographien nicht auch schon alles biographische Material über Gabrielle verwendet? Ich weiß, Biographien müssen ständig neu geschrieben werden, aber ich kann mir keinen Biographen vorstellen, der vorhandene Dokumente nicht verwertet oder lieber etwas erfindet, statt darauf zurückzugreifen.«

»Richtig. Nach Mark Hansfords Biographie über Foxx ist keine mehr geschrieben worden. Und die von Hansford ist hauptsächlich wegen ihres neuen Bildteils interessant. Er hat die Fotos offenbar bei der Familie Goddard ausgegraben. Wenn eine Frau Gabrielles Biographie schriebe, würde sie zu ganz neuen Einsichten kommen, dessen bin ich sicher. Wie dem auch sei, ich bewundere Ihre Arbeit und würde gern etwas von Ihnen veröffentlichen. Denken Sie darüber nach. Das ist alles, worum ich Sie bitte.«

»Das kann ich Ihnen versprechen«, sagte Kate. Pearlstine griff unter den Tisch und zauberte ein Exemplar der Hansford-Biographie hervor. Kate nahm es, legte es dann neben sich auf den Tisch und trank einen Schluck von ihrem Beaune, um ihr Versprechen, das Hansford-Buch noch einmal zu lesen und über die Gabrielle-Biographie nachzudenken, zu bekräftigen. Zweifellos war es dem exzellenten Wein zu verdanken, daß ihr die Idee nicht von vornherein völlig abwegig erschien.

Nachdem sie Lunch und Wein genossen und diesem Vergnügen einen Arbeitsnachmittag geopfert hatte, ging Kate in eine vielgerühmte Ausstellung im Metropolitan Museum und lauschte über Kopfhörer den honigsüßen Ausführungen des Kurators dieser hehren Institution.

Es war daher schon recht spät am Abend, als sich Kate schließlich mit Mark Hansfords Foxx-Biographie zurückzog. Die Ausgabe, die Pearlstine ihr gegeben hatte, war gerade als Neuauflage zum zehnten Jahrestag der Erstveröffentlichung erschienen. Im neuen Vorwort des Autors zu dieser Ausgabe hieß es, die Erstveröffentlichung seiner Biographie wäre fast mit dem fünfundzwanzigsten Jahrestag des Erscheinens von ›Ariadne‹ zusammengefallen. Daß die Biographie dann pünktlich ein Jahr später erschienen sei, habe er Dorinda Goddard Nicholson zu verdanken, der er die Erstausgabe gewidmet habe. Ihre großzügige Unterstützung habe es ihm ermöglicht, seine Biographie zu einem schnellen, und wie er hoffe, guten Ende zu bringen. Dorinda Goddard Nicholson, erklärte er, sei die Nichte von Emmanuel Foxx' Schwiegertochter und besitze die meisten Fotos der Familie Foxx. Mit dem Entschluß, diese Jubiläumsausgabe seiner Frau Judith zu widmen, wolle der Autor in keiner Weise die Verdienste von Dorinda Goddard Nicholson schmälern. Dem neuen Vorwort folgte ein Abbildungsverzeichnis, und die Fotos waren in der Tat das Herz des Buches. Sie stammten allesamt aus der Sammlung von Dorinda Goddard Nicholson und waren zum größten Teil auch von ihr aufgenommen worden. Einige wenige waren eine Leihgabe von jemand namens Anne Gringold, die ihrerseits vor vielen Jahren Mitglieder der Familie Foxx fotografiert hatte. Kate fand die Namen und Verbindungen verwirrend, beschloß aber, die Lösung dieses Puzzles auf später zu verschieben.

Die Fotos waren in der Tat herrlich und fast alle Erstveröffentlichungen. Eines stach besonders hervor: Ein Porträt von Emmanuel Foxx aus dem Jahre 1926, aufgenommen von einem damals bekannten Fotografen, den Sig Goddard,

Dorindas Vater, beauftragt hatte. Zu diesem Zeitpunkt hatte Foxx natürlich bereits einen Namen und war schon oft fotografiert worden, aber dieses besondere Foto fing seine Persönlichkeit auf so einzigartige Weise ein, wie es selbst berühmten Malern selten gelingt. Hansford erklärte, es sei nicht schon früher veröffentlicht worden, weil Foxx das Foto nicht gemocht und fast alle Abzüge zerstört habe. Ein einziger habe sich noch im Besitz von Sig Goddard gefunden. Kate fragte sich, was die Goddards bewogen hatte, jetzt damit herauszurücken. Vielleicht war das Foto erst vor kurzem in irgendeiner Schublade wiederentdeckt worden? Kate konnte verstehen, warum Foxx das Foto nicht gemocht hatte. Es war kurz vor dem Erscheinen von ›Ariadne‹ aufgenommen, als Foxx bereits einen Ruf hatte, aber noch nicht so berühmt war wie nach der Veröffentlichung jenes Meisterwerks. Einige Kapitel aus dem Roman waren bereits in Avantgarde-Zeitschriften vorabgedruckt worden und die Erwartungen aufs höchste gespannt.

Foxx hatte sein berühmtes Löwenhaupt (seine Haarmähne war in der Tat beachtlich) zurückgeworfen, die Beine übereinandergeschlagen und die Hände verschränkt wie ein Kämpfer, der sich selbst zu seinem Sieg gratuliert. Der Stuhl, auf dem Foxx saß, wirkte wie ein Thron, und Foxx strahlte abgrundtiefe Selbstzufriedenheit aus – so etwa mochte Mephistopheles nach seinem Handel mit Faust ausgesehen haben. Mit dem Wissen um Foxx' großen literarischen Erfolg, der sich nur ein Jahr nach diesem Foto einstellte, wirkte die bombastische Pose keineswegs fehl am

Platz. Inzwischen war Foxx seit fünfzig Jahren tot. Daß er seinen unsterblichen Ruf als großer Schriftsteller vorausgeahnt zu haben schien und sich nicht in demütiger Bescheidenheit geübt hatte, sprach nur für seine Hellsicht. Aber zum damaligen Zeitpunkt mußte das Porträt überheblich wirken. Andere vom selben Fotografen aufgenommene Fotos waren, als Hansford seine Biographie veröffentlichte, bereits bekannt, und er hatte nur eines von ihnen in den Band aufgenommen: ein Foto von Gabrielle, auf dem sie etwas linkisch an einem Fenster steht und ins Freie schaut, als wolle sie dem Fotografen ausweichen.

Kate studierte Gabrielles Gesicht. Hansford hatte die Fotos der beiden nebeneinander plaziert; jedes Porträt nahm eine ganze Seite ein, und die Gegenüberstellung ergab einen verblüffenden Effekt. Foxx blickte triumphierend ins Kameraauge, sie wich ihm schamvoll aus. Oder war das nur Kates Interpretation? Kate hatte einmal einen Vortrag in einem Frauencollege gehalten – in einem Raum, der wie der Salon eines Privathauses eingerichtet war, aber dennoch Platz für mehrere Reihen von Klappstühlen bot. An einer Wand hingen zwei große Porträts, eins von dem Mann, der das Geld für den Saal gestiftet hatte – welcher natürlich nach ihm benannt war –, und eins von seiner Frau, die das College besucht hatte. Während der Einleitungsfloskeln hatte Kate die beiden Bilder fasziniert betrachtet. Der Mann sah der Welt ins Gesicht – nicht arrogant, aber mit erstaunlicher Selbstsicherheit. Die Frau dagegen *ließ* sich ansehen. Sie trug ihr bestes Kleid, ihre Perlenkette, und ihr Haar war sorgfältig frisiert. Einerseits schien sie bereit, sich anstarren zu lassen, andererseits sich aber den Blicken entziehen zu wollen. Er betrachtete, sie wurde betrachtet, darauf lief es hinaus.

Gabrielle schien das Angestarrtwerden ignorieren zu wollen. Sie entzog sich der Kamera und blickte aus der Szene hinaus ins Freie. Der Fotograf hatte sich offenbar nicht mit ihrem Profil begnügen wollen und nicht nur dreiviertel ihres abgewandten Gesichts eingefangen, sondern auch die Widerspiegelung ihres Gesichts im Fenster. Das einzige, was Gabrielle von der vom Fotografen gewählten Kulisse wahrzunehmen bereit schien, war ihr eigenes Konterfei.

Die Fotos in Hansfords Buch waren in zwei Abschnitte eingeteilt: Im ersten, am Anfang des Buches, waren die mittlerweile bekannten zusammengefaßt – die Jugendfotos von Foxx und Gabrielle und den Orten in England, wo sie aufgewachsen waren. Der zweite, doppelt so große, Abschnitt enthielt die Fotos, die Dorinda Goddard Nicholson Hansford überlassen hatte, und zusammen machten sie eindeutig den größten Reiz dieser ansonsten wenig bemerkenswerten Biographie aus, deren Lektüre in Kates Gedächtnis wenig Spuren hinterlassen hatte.

Die Goddard-Sammlung, wie sie Kate nannte, also jene Fotos, die in dieser Ausgabe zum erstenmal erschienen, enthielt nicht nur Bilder von Emmanuel Foxx, sondern auch von seiner Frau Gabrielle, seinem Sohn Emile und seiner Schwiegertochter Hilda; außerdem fanden sich Fotos von Dorinda, Anne Gringold (deren Verbindung zu Dorinda

Kate nicht kannte) und eines von Nellie, Emmanuel Foxx' Enkelin, das kurz nach ihrer Ankunft in den Vereinigten Staaten aufgenommen war. Die mysteriöse Anne Gringold hatte ein Bild des Hauses zur Verfügung gestellt, in dem Gabrielle in den fünfziger Jahren in London gelebt hatte. Dann gab es ein Foto, das Nellie von Gabrielle gemacht hatte, und zwar lange nach Emmanuel Foxx' Tod, als Gabrielle schon in London lebte. Auf diesem Foto war Gabrielle älter, blickte aber direkt in die Kamera, als wolle sie sagen: »Ja, seht her. Hier bin ich.« Ferner gab es eine Aufnahme von Gabrielle und Nellie, die Nellie offensichtlich mit einer jener Selbstauslöse-Kameras aufgenommen hatte, die man aufstellen kann und die es dem Fotografen erlauben, sich mit triumphierendem Lächeln gerade noch rechtzeitig in das Foto zu schleichen. Diese beiden Fotos waren offensichtlich von Dorinda später an Mark Hansford übergeben worden.

Gab es ein echtes Interesse an einer Biographie Gabrielles – war sie mehr als nur eine Fußnote zum Leben und Werk des großen Meisters der Moderne? In den letzten Jahren zeigten Verleger und Leser gleichermaßen ein wachsendes Interesse an Frauenbiographien, aber war das Grund genug? Oder genauer: Konnte das für Kate ein Grund sein? Sie betrachtete eine Weile die Porträts von Foxx und Gabrielle, dann begann sie, das Buch noch einmal zu lesen.

Ihr das Buch mitzugeben, war sehr klug gewesen von Simon Pearlstine, denn es schrie förmlich nach mehr Informationen über Gabrielle. Woher, so schien Hansford ständig zu fragen, hatte Foxx sein Wissen um weibliche Gefühle und Sehnsüchte? Hatte er Gabrielle gefragt, sie vielleicht sogar gebeten, ihre Erfahrungen niederzuschreiben? Geradezu wie ein Wink mit dem Zaunpfahl mutete Hansfords Bemerkung an, daß Colette von ihrem Mann eingeschlossen und gezwungen worden war, von ihrer Schulzeit zu berichten, inklusive aller sexuellen Abenteuer und Experimente. Andere Männer hatten versucht, die Psyche einer Frau darzustellen: Lawrence und natürlich Joyce in den freizügigen und für die damalige Zeit schockierenden Gedanken der Molly Bloom, während sie im Bett lag, menstruierte, masturbierte, über ihre Eroberungen nachdachte und sich kühn (wie alle Frauen, wenn sie ihren Gedanken freien Lauf lassen) über Zeichensetzung und herkömmliche Syntax hinwegsetzte. Gewiß, auch Dorothy Richardson hatte die Gedanken einer Frau niedergeschrieben, und das auf eine Art, die dem männlichen Establishment kaum gefallen konnte. Graham Greene hatte sich beschwert, daß die trübselige Miriam schließlich auf Seite vierhundertsoundso doch noch ihre Jungfernschaft verlor, seiner Meinung nach ihre einzig bemerkenswerte Leistung, die er ihr aber offenbar nicht zutraute. Hansford schien Greene recht zu geben, ein Urteil, das Kate gegen den Strich ging. Aber Emmanuel Foxx hatte zweifellos alle übertroffen: Er hatte ein Buch, das zudem sprachlich revolutionär und hervorragend aufgebaut war, dem Leben, den Gedanken und Leidenschaften einer Frau gewidmet. Hansford erklärte, Foxx habe geahnt, daß die Obsession mit dem Weiblichen und die große Furcht der

Männer vor der neu erwachten und erstarkten Stimme der Frauen, ihren Wünschen und Ambitionen, der eigentliche Kern der Moderne seien. Nun, die Zeit hatte Foxx recht gegeben. Aber was hatte Gabrielle mit all dem zu tun, abgesehen davon, daß sie ihm ein Kind gebar, ihn liebte und ihm ihr Leben widmete? Sorgte sie für mehr als sein Essen und seine Wäsche? Das sei die drängende Frage, erklärte Hansford.

Nun, fragte Kate sich, *hat* sie mehr getan? Hansfords Buch war nicht dick, eher eine Kaffeehaus-Lektüre. Die geschickte Aufmachung überspielte die Kargheit des Textes. Kate las es am selben Abend zu Ende. Es enthielt alle bekannten Fakten, warf aber auch neue Fragen nach Gabrielles Anteil an der Entstehung von ›Ariadne‹ auf.

Gab es wirklich einen stichhaltigen Grund für diese Frage? Die einzige Antwort darauf war wiederum eine Frage: Wie hatte Gabrielle gelebt, und was war, abgesehen von ihrer Liebe zu Emmanuel Foxx, die Triebfeder ihres Lebens gewesen? Hansford zufolge war sie sich darüber im klaren, daß sie als Anhängsel ihres Mannes betrachtet wurde, als notwendiger, aber unscheinbarer Bestandteil seines Lebens und Werks. Dorinda Goddard Nicholson hatte Hansford erzählt, weder Hilda noch deren Mann Emile, Gabrielles Sohn, hätten viel über sie gesprochen.

Im Grunde war sehr wenig über Gabrielle bekannt. Oder? Vielleicht hatten Hansford und die früheren Foxx-Biographen einfach nicht gründlich genug geforscht. Lächelnd mußte Kate an John le Carré denken, von dessen Büchern sie entzückt war. Wenn man John le Carrés britischen Geheimdienst dazu bringen könnte, die Basisarbeit für eine Biographie zu erledigen: welch verlockende Vorstellung! In fünf Tagen hatte der alles herausgefunden, was es über die Vergangenheit, Gegenwart und Zukunft einer Person zu wissen gab: Die Geheimdienstler zapften Telefone an, erschlichen sich unter den windigsten Vorwänden Interviews, erfuhren von allen Obsessionen und Gewohnheiten, was und wo jemand aß, liebte, sich herumtrieb und arbeitete. Aber die Objekte solch beachtlicher Anstrengungen des Geheimdienstes waren natürlich noch am Leben und konnten leicht für England ausspioniert werden. Hatten nur die Geheimdienste genug Geld und Personal für solch schreckliche Schnüffeleien? Viele Leute behaupteten, J. Edgar Hoover habe diesen mächtigen Apparat gegen Martin Luther King und andere eingesetzt, in denen er eine Gefahr für Amerikas herrschende Klasse sah und die er für Kommunisten hielt. Kate hatte gelesen, heutzutage sei es ein Kinderspiel, Telefone anzuzapfen. Aber – was hatte das alles mit der armen Gabrielle zu tun?

Kate, meine Liebe, mahnte sie sich, du fängst schon wieder an, die Detektivin zu spielen. War das nicht auch der Grund gewesen, weshalb ihr John le Carré einfiel? Zweifellos! Aber, so sagte sie sich, vergiß nicht, daß Detektive keine Biographen sind und Geheimdienste schon gar nicht. Genaugenommen war das Interessante an le Carrés Büchern: Je mehr man von den Leuten wußte, desto weniger kannte man sie. Und genau besehen konnte einem das Anzapfen von Telefonen zwar alle möglichen Informationen vermitteln, aber keine wirklichen Einsichten. Kate lächelte. Dem Himmel sei Dank für die Unberechenbarkeit der menschlichen Natur. Kate wollte keinesfalls bestreiten, daß Leute wie Hoover oder der britische Geheimdienst in der Lage waren, Antworten zu finden, sie waren nur nicht in der Lage, die richtigen Fragen zu stellen.

Und ein Biograph? Konnte sie, Kate Fansler, sie stellen? Auf völlig unvernünftige Weise glaubte Kate an das Schicksal, die Vorsehung und die Bedeutung von Zufällen. Aber solch einen Glauben konnte man kaum aussprechen, geschweige denn verteidigen. War Simon Pearlstines Angebot nicht genau die Art von Zufall, die die Menschen in früheren, einfacheren Zeiten als ein Zeichen der Götter betrachtet hätten? Nein, göttliche Vorsehung war hier wohl nicht im Spiel. Trotzdem: Ungenutzte Chancen, nicht beim Schopfe gefaßte Gelegenheiten, nicht angenommene Herausforderungen konnten sich zu einem Leben addieren, das trübselig immer in ein- und derselben Bahn verlief, nur dem trägen Pfad von Sicherheit und Selbstzufriedenheit folgte. Hatte nicht genau deshalb ihre Arbeit als Amateurdetektivin einen so großen Reiz für sie besessen? Und hatte sie je selbst nach einem Fall gesucht? Nein. Die Fälle waren zu ihr gekommen, und sie hatte sie übernommen, denn wenn man gerufen wird, muß man folgen, oder sich wie einer von le Carrés Helden standhaft verweigern. In Unentschiedenheit und Wankelmütigkeit zu verharren war nicht gestattet. Ende der Vorlesung.

Bei allen ihren »Fällen« waren ihre in der akademischen Welt gerühmten literarischen Kenntnisse wenn auch nicht notwendig, so doch sehr hilfreich gewesen. Sie schien Fälle, bei denen ihre besonderen Talente gefragt waren, förmlich anzuziehen. Das war, von allen anderen auf der Hand liegenden Motiven einmal abgesehen, der Hauptgrund, warum sie lieber Literaturprofessorin als Privatdetektivin war. Schließlich konnte sie schlecht ein Schild an der Tür anbringen mit dem Hinweis: Privatdetektei, vorzugsweise für literarische Fälle.

Gabrielle Foxx. Wie hatte sie mit Mädchennamen geheißen? Kate sah im Index nach: Howard. Gabrielle Howard Foxx. Geboren 1889. Brannte 1905 mit Emmanuel nach Paris durch. Das einzige Kind, Emile, 1906 geboren. Emile heiratete 1925 Hilda. 1926 wurde Enkelin Nellie geboren. Emmanuel starb 1942. Emile 1944 für tot erklärt. 1950 zog Gabrielle wieder nach England. Sie starb 1959.

Kate machte eine Liste dieser Daten, die sie mit einiger Mühe Hansfords Biographie entnommen hatte, denn diese enthielt nur eine chronologische Auflistung von Foxx' Veröffentlichungen und keine der Lebensdaten. Konstituierten diese Daten ein Leben? Früher hätte man sie wohl für ausreichend gehalten, um das Leben einer Frau zu dokumentieren, vor allem in jenen Tagen, wo der Name einer Frau nur zu drei Gelegenheiten in einer Zeitung gedruckt wurde: bei Geburt, Hochzeit und Tod. Weshalb eine Biographie über Gabrielle? Weil sie von zu Hause fortgelaufen war, mit einem berühmten Schriftsteller, einem der Protagonisten der klassischen Moderne, zusammengelebt und ihn vielleicht inspiriert hatte?

Kate betrachtete noch einmal Gabrielles Foto, das aus dem Fenster blickende Gesicht. So, wie die Fotos nebeneinander arrangiert waren, blickte sie aber nicht nur aus dem Fenster, sondern auch fort von dem Mann auf dem thronartigen Stuhl. Angenommen, fragte sich Kate, einer aus der Familie Goddard oder Nellie Foxx hätte mich als Privatdetektivin angeheuert, alles über Gabrielle herauszufinden, was es herauszufinden gab? Hätte ich den Fall angenommen? Wahrscheinlich. Aber wollte sie sich auf eine literarische Auftragsarbeit über Gabrielle, die mehrere Jahre Arbeit erforderte, einlassen? Kaum.

An genau dem Punkt verweilten Kates Gedanken eine der zwei Wochen, die ihr bis zum nächsten Treffen mit Simon Pearlstine blieben.

Zu Beginn der zweiten Woche, als der Gedanke an die Biographie in den Hintergrund getreten war, erhielt sie einen Umschlag von Simon Pearlstine, der ein dünnes Manuskript und einen Begleitbrief enthielt. Pearlstine schrieb:

Liebe Kate (wenn Sie gestatten),
ob Sie die Gabrielle-Biographie nun übernehmen oder nicht – natürlich hoffe und bete ich, daß Sie es tun –, ich habe mich entschlossen, Ihnen das beigefügte Manuskript anzuvertrauen. Es ist der (wie ich finde) überaus faszinierende Bericht Anne Gringolds über ihr Leben bei den Goddards. Sie war, wie Sie feststellen werden, außerdem der letzte

Mensch, der Gabrielle noch bei vollem Bewußtsein erlebte – vor deren Herzschlag oder was immer es war.

Wie der Bericht in meine Hände gelangte, werde ich Ihnen bei unserem nächsten Treffen (gleicher Ort, gleiche Uhrzeit, heute in einer Woche) erzählen. Anne brauchte Geld, das ist der springende Punkt, und übergab ihren Bericht jemand, der ihn mir vertrauensvoll weiterreichte. Gleichermaßen voller Vertrauen übergebe ich ihn nun Ihnen. Natürlich in der Hoffnung, daß er Sie verlocken wird, die Biographie zu schreiben. Aber auch wenn weder diese Seiten noch ich Sie dazu überreden können, weiß ich, daß Sie den Inhalt des Manuskripts geheimhalten und es an mich zurücksenden werden, ohne es jemand anderem zu zeigen. Sie sehen, welch großes Vertrauen ich in Sie setze.

Bis nächste Woche
    Simon

Kate wandte sich dem beigefügten Manuskript zu, las den ersten Satz: »›Er ist der größte Schriftsteller seiner Zeit‹, sagte Dorinda ...« und dann das Manuskript in einem Zug durch.

Als Kate das Restaurant betrat, erwartete Simon sie bereits. »Einen Wodka-Martini?« fragte er.

»Heute nicht«, sagte Kate. »Heute folge ich Ihnen auf allen Wegen, Designer-Wasser, Salat, Kaffee – aber keinen koffeinfreien! Überallhin folge ich Ihnen also doch nicht, wie Sie sehen. Auf einige Dinge kann ich einfach nicht verzichten, selbst für Gabrielle nicht.«

»Darf ich das als gutes Omen sehen?« fragte Simon.

»Ich denke schon«, sagte Kate. »Denn wenn ich auf einen Beaune verzichte, dann will das etwas heißen! Aber, ehrlich gesagt, trinke ich nur bei besonderen Anlässen zum Mittagessen, dafür immer abends. Wie sind Sie an das Manuskript von Anne Gringold gekommen?«

»Der Freund eines Freundes eines Freundes. Alles hochgeheim. Nur, daß Anne Geld brauchte, muß kein Geheimnis bleiben. Das war ihr Hauptmotiv, aber sie wollte, daß das Manuskript in gute Hände kommt: die, die ich vor mir sehe.«

»Also hat das Gringold-Manuskript Sie inspiriert, mich mit der Biographie zu beauftragen?«

»Ich wäre in jedem Fall dazu inspiriert gewesen. Aber natürlich hoffte ich, Annes Geschichte würde Sie zu meinen Gunsten umstimmen.«

»Haben Sie ihr einen guten, großzügigen Preis gezahlt?«

»Allerdings, meine liebe Kate Fansler. Und ich habe eine weitere Rate angeboten, falls ihr Manuskript für eine Biographie verwendet wird. Wenn nicht, steht es ihr frei, es auf dem offenen Markt anzubieten.«

»War die Summe so hübsch wie der Vorschuß, den Sie mir angeboten haben?«

»Eine scharfsinnige Frau.«

»Sie wissen ja, daß ich noch nie ein Buch für den sogenannten Markt geschrieben habe? All meine wissenschaftlichen und literaturkritischen Arbeiten sind bei Universitätsverlagen erschienen. Sind Sie sicher, daß ich populär genug schreibe, damit das Buch sich verkauft?«

»Mein verlegerischer Instinkt sagt mir: Ja.«

»So aufregend Anne Gringolds Bericht auch ist, über Gabrielle enthält er relativ wenig. Anne erwähnt nur, daß Gabrielle ihr ihren Nachlaß anvertraut habe. Da sie ja der Veröffentlichung ihres Memoirs zugestimmt hat, muß sie damit rechnen, daß sich jetzt alle möglichen Leute auf Gabrielles Nachlaß stürzen werden; gehört er aber nicht eigentlich Nellie als Gabrielles Erbin?«

»Nein, da habe ich mich vergewissert. Schließlich will ich mir keinen Prozeß aufladen. Gabrielle hatte einen Zusatz zu ihrem Testament gemacht, in dem sie all ihre Papiere allein Anne Gringold vermachte und bestimmte, für den Fall, daß sie verkauft würden, solle die Hälfte des Erlöses an Nellie oder ihre Erben gehen, die andere Hälfte an Anne.«

»Das erweckt zweifellos die Detektivin in mir.«

»Genau darauf habe ich gehofft – die Detektivin und Gelehrte, von der Autorin bemerkenswert lesbarer Prosa ganz zu schweigen. Darf ich hoffen, Kate Fansler, daß Sie angebissen haben? Kann ich einen Vertrag aufsetzen?«

»Ich habe nicht mal einen Agenten.«

»Den brauchen Sie auch nicht. Damit Sie nicht denken, ich versuchte, Sie zu übervorteilen, mache ich Ihnen einen Vorschlag: Sie zeigen Ihrem Juristen-Gatten den Vertrag. Wenn er sich in Copyright-Dingen nicht kompetent fühlt, kennt er sicherlich einen Kollegen.«

»Wollen Sie mich bewegen, sofort ja zu sagen?«

»Genau das. Wollen wir uns jetzt nicht beide einen Wodka-Martini bestellen?«

»Lieber eine halbe Flasche Beaune.«

Simon winkte dem Kellner und bestellte. Sie schwiegen, während der Weinkellner die Flasche holte, die Gläser vor sie stellte und einen ersten Schluck einschenkte.

»Wir werden ihn beide probieren.« Simon erhob sein Glas mit dem winzigen Schluck der tiefroten Kostbarkeit.

»Auf Gabrielle«, sagte er.

»Oder«, antwortete Kate und hob ebenfalls ihr Glas, »auf dieses Schiff und alle, die auf ihm segeln, wie John le Carré sagen würde.«

»Vielleicht hätte ich *ihn* überreden sollen, die Biographie zu schreiben«, sagte Simon lachend.

»Zu spät. Jetzt haben Sie mich«, sagte Kate Fansler.

Teil II

2

Anne Gringolds Memoir

»Er ist der größte Schriftsteller seiner Zeit«, sagte Dorinda in dem Ton, in dem Kinder die Weisheiten ihrer Eltern nachplappern. »Vielleicht«, fügte sie hinzu, »aller Zeiten. Und er ist ein Verwandter von uns.«

»Aber nur ein angeheirateter«, betonte ich. Das war nicht besonders großherzig von mir. Dorinda war über alle Maßen vom Leben mit Luxus und Reichtum verwöhnt worden. Daß sie nun auch noch den größten Schriftsteller für sich reklamierte, kam mir, gelinde ausgedrückt, vor, als wenn man die Lilie vergolden wollte (letzteres war ein Ausdruck meiner Mutter, dessen Bedeutung ich eher durch seine Verwendung als durch Analyse seiner Metaphorik oder Wissen um seinen Ursprung erfaßt hatte).

»Aber seine Enkelin ist direkt mit uns verwandt«, sagte Dorinda; sie wollte offensichtlich die Diskussion beenden. Da der Sohn des großen Schriftstellers die Schwester von Dorindas Vater geheiratet hatte, gab es nichts mehr zu disputieren. Dorinda war ein Einzelkind wie ich, besaß aber eine gleichaltrige Kusine, die noch dazu eine romantische, vom Krieg gezeichnete Vorgeschichte hatte. Diese Kusine nun konnte jeden Moment aus dem Blauen (dem Ozean, nicht dem Himmel) auftauchen und würde Dorindas Leben um eine weitere interessante Note bereichern, obwohl sie, für meinen Geschmack, schon mehr als genug davon besaß. Der einzige überwältigende Nachteil, den ich aber aus Loyalität zu meinem Geschlecht nicht zu erwähnen wagte, auch wenn er Dorindas Prahlerei zweifellos untergraben hätte, war, daß der Abkömmling des großen Dichters ein Mädchen war. Wie so oft hatten alle auf einen Jungen gehofft. Trotzdem, dieses Mädchen trug den magischen Namen des großen Schriftstellers und würde sich, wie Margaret Mead, eine meiner Heldinnen, vielleicht weigern, ihn bei der Heirat abzulegen, oder, noch gewagter, sich überhaupt weigern zu heiraten. In diesem Augenblick fuhr der Wagen vor, der Chauffeur hupte, und wir stürmten hinaus, um uns zum Strandclub und zu unseren Spielen im Meer fahren zu lassen.

Diese Erinnerung stammt aus der Zeit unmittelbar vor dem Eintritt Amerikas in den Zweiten Weltkrieg. Meine Erinnerungen, die mich in den letzten Jahren immer öfter und unerwartet überfallen, blitzen auf wie ein an die Wand projiziertes Foto. In meinen jungen Jahren, und auch später noch, war ich eine leidenschaftliche Fotografin. Ich hatte eine exzellente Kamera, auch sie verdankte ich Dorinda und ihrer Familie; Dorinda hatte mir beigebracht, Fotos, damals noch schwarzweiß, durch einen großen Projektor an die Wand zu werfen. Und so sehe ich uns auf der riesigen Veranda des Sommerhauses an der Küste von New Jersey sitzen und wild auf unseren Schaukelstühlen wippen. Unsere

Unterhaltung ist nicht in dem Bild, nicht einmal (meiner Erinnerung nach) als Luftblase über unseren Köpfen. Die Sprache liegt vielmehr in der Szene selbst, in dem, was sie, was jener erinnerte Moment hervorruft. Ein Film aus späteren Jahren mit dem Titel ›Hiroshima Mon Amour‹, war meiner Meinung nach der letzte, der Erinnerungen angemessen einfing. Heute sieht man in den Filmen nur noch Gegenschnitte, plumpe Effekte, Schreie, Bewegung. Im Gegensatz zu Traumata und verdrängten Szenen sind Erinnerungen voller Ruhe; nur die Worte sprechen. Meiner Erfahrung nach sind es aber immer belanglose Szenen, die unser Gedächtnis ohne ersichtlichen Grund speichert und die durch eine zufällige Begebenheit oder Bemerkung wachgerufen werden. (Einmal, als Dorinda und ich mit ihren Eltern ausfuhren, der Chauffeur steuerte den Wagen und Dorinda und ich saßen auf den Notsitzen, summte eine Fliege in der Sommerhitze um unsere Köpfe. »Und ich dachte«, erzählte mir Dorinda später, »daß ich mich nie an diese Fliege erinnern würde, aber jetzt, wo ich es ausgesprochen habe, werde ich mich natürlich immer erinnern.« Als wir uns später, inzwischen beide über vierzig, wiedertrafen, vergaß ich, sie danach zu fragen. Aber schließlich erinnerte ich mich für sie.)

1941 kam Dorindas Kusine in die Vereinigten Staaten. Als am Ende jenes Jahres Pearl Harbor bombardiert wurde, waren wir drei zusammen. Ich erinnere mich, daß wir in Dorindas Zimmer saßen, als ihre Mutter, die im Radio ein Konzert der Philharmoniker gehört hatte, hereinkam und uns erzählte, daß das Konzert für die Nachricht unterbrochen worden sei. Alle Erwachsenen, die ich damals kannte, hörten, sofern sie sonntags zu Hause waren, die Philharmoniker: meine Mutter, meine Tanten, die Eltern unserer Schulfreundinnen. Eigenartig, aber diese Konzerte schienen der einzig angemessene Rahmen für die Nachricht, daß wir uns im Krieg befanden. Dorinda, ihre Kusine Nellie und ich arrangierten uns mit dem Krieg in Amerika. Wir waren glücklich, daß Nellie der Katastrophe in Europa entronnen war. Ich hörte von anderen Entkommenen: Sie erschienen als Gäste in den vornehmen Häusern, in denen meine Mutter arbeitete, und waren anders als Nellie, nämlich unwillkommen und wurden mit unverhohlener Hochnäsigkeit und Geringschätzung betrachtet.

»Warum kritisieren sie alles hier?« fragte ich meine Mutter. »Warum sind sie nicht dankbar? Warum reden sie dauernd davon, wieviel besser alles in Deutschland war? Wenn es so schön war, warum sind sie nicht dort geblieben?«

Damals wußte ich nicht, wie dumm meine Frage war und wie viele Leute die gleiche törichte Frage stellten. Welcher Flüchtling denkt nicht sehnsüchtig an zu Hause? Ich fürchte, ich haßte diese Leute, weil sie Juden waren. Ich, das Kind armer Leute, gestattete mir die klägliche Genugtuung, Juden zu hassen. Jüdisch zu sein war für Dorinda und ihre Familie, die mit den Guggenheims und Warburgs befreundet war, eine völlig andere Angelegenheit. Die Goddards und ihre Freunde waren vornehm wie die Anglikaner und kaum als Juden zu erkennen. Außerdem war Dorindas Mutter Christin und nahm uns oft zum Mitternachtsgottesdienst in ihre evangelische Kirche mit. Mit der lächerlichen Entschuldigung, meine besten Freunde seien Juden, verzieh ich mir meinen Antisemitismus. Meine Mutter bestärkte mich in diesem bequemen und, wie mir später klar wurde, allzu üblichen Umgang mit dieser Frage. Sie sagte, ehrbaren Leuten würde niemand etwas anhaben. Sie meinte damit wohl: reiche Leute. Jahre später, als ich Paule Marshalls Buch ›Brown Girl, Brownstones‹ las, in dem sie davon spricht, wie ihre Mutter »jüdische Böden« gescheuert habe, schämte ich mich für meine Einstellung, die bei mir weniger verzeihlich war als bei Paule Marshall – sie war schwarz und hat Dorinda und ihre Familie nicht gekannt.

Der größte Schriftsteller seiner Zeit hieß Foxx. Emmanuel Foxx. Als Dorinda mich mit der Nachricht überraschte, daß seine Enkelin kommen würde, erinnerte ich mich nicht, je von ihm gehört zu haben. Beim Tode meiner Mutter fand ich später eine Erstausgabe seines berühmtesten Romans in ihrem Bücherschrank. Sie hatte das Kaufdatum hineingeschrieben, möglich also, daß sie ihn mir gegenüber doch schon einmal erwähnt hatte. Wie viele sogenannte Meisterwerke wurde Foxx' Roman zwar wahrscheinlich von Literaturwissenschaftlern leidenschaftlich gelesen, von jenem Leserkreis aber, der einfach ein Buch nach dem anderen verschlingt, nur flüchtig überflogen oder ganz ignoriert. Anders als Virginia Woolf, aber ähnlich wie James Joyce oder Marcel Proust, sorgte er also eher unter Akademikern als unter der allgemeinen Leserschaft für Aufruhr. Vielleicht stand er Proust näher als Joyce, gehörte aber zusammen mit diesen beiden und T. S. Eliot (das weiß ich heute) zur Avantgarde der klassischen Moderne, so wie sie in Literaturseminaren und einschlägigen Büchern und Artikeln verstanden wird. Anders als bei Joyce oder Proust war seine Hauptfigur jedoch eine Frau. Mit einer Intensität, Detailfülle und sprachlichen Experimentierfreudigkeit, die an Originalität und Erfindungsreichtum ihresgleichen suchte, hatte Foxx ein Jahr im Leben einer Frau beschrieben, war mit verbissener Hartnäckigkeit und verblüffendem Einfühlungsvermögen all ihren Gedanken und Leidenschaften gefolgt. Hier wurde aus der Sicht einer Frau geschildert, die dabei durch die Augen eines Mannes gesehen wurde. Das gab so manchem Gelehrten einiges zu knabbern.

All dies begriff ich natürlich erst viel später. Während wir 1941 auf Nellie Foxx' Ankunft warteten, wußte ich nur, daß ihr Großvater ein berühmtes und irgendwie obszönes Buch geschrieben hatte. Daß es überhaupt veröffentlicht werden konnte, war dem Kampf einiger aufgeklärter Geister – darunter Dorindas Vater – gegen die Rückständigen, die Hüter der öffentlichen Moral, zu verdanken. Foxx' Heldin masturbierte, menstruierte, fantasierte, unterschied sich aber von Joyces Molly Bloom durch ihre hohe Intelligenz, ihre Loyalität zu ihren Freundinnen, ihre Ambivalenz gegenüber Männern – zugleich Gegenstand ihrer Bewunderung, Verachtung und Konkurrenz – und ihr erotisches Interesse an Frauen. Wegen einer lesbischen Liebesszene war das Buch zunächst verboten worden. 1941 wußten Dorinda und ich das noch nicht; sogar für Dorinda, die gern die Expertin in Sachen Sexualität spielte, existierten nur heterosexuelle Umtriebe. Junge Leute von heute werden es sich kaum vorstellen können, aber wir kannten das Wort *lesbisch* nicht einmal und schon gar nicht die Möglichkeit solcher Aktivitäten. Wie Königin Viktoria glaubten wir, nur Männer hätten die Ausstattung oder den Mut zu sexuellen Experimenten. Von männlichen Homosexuellen hatten wir natürlich gehört und nannten sie verächtlich »Tunten« oder »andersherum«. Wir waren ganz die Kinder unserer Zeit.

Sehr deutlich (und auf ganz andere Art als die aufblitzenden Erinnerungen) ist mir die erstaunliche Großzügigkeit von Dorinda und ihrer Familie im Gedächtnis. Dorinda hatte mich zu ihrer Busenfreundin erkoren, und ihre Eltern erlaubten mir, fast ständig mit ihr zusammenzusein. Bekam Dorinda zum Beispiel ein Geschenk, so bekam ich auch eins. Wie bei den Kameras: Um irgendeinem deutschen Flüchtling zu helfen, kaufte Dorindas Vater ihm Kameras ab, es waren Leicas M 3; die beste gab er Dorinda, und die andere, aus irgendeinem Grund nicht ganz so wertvolle, bekam ich. Wir wurden leidenschaftliche und gute Fotografinnen. Auch Jahre später, als es fast nur noch Spiegelreflexkameras gab, blieb ich meiner alten Leica mit ihrem Sucher und ihrem schweren Metallgehäuse treu. Ich habe sie noch heute, und jedesmal, wenn ich sie zur Reparatur bringe, versucht man mich zum Verkaufen zu überreden und bietet mir einen hübschen Preis dafür. Ich behalte sie nicht aus sentimentalen Gründen, sondern aus Wertschätzung. Meiner

Meinung nach ist sie die beste Kamera, die je gemacht wurde.

Die Goddards drückten ihre Großzügigkeit allerdings nicht nur durch Geschenke aus. Sie nahmen mich in ihre Familie auf, ohne mich je wie die arme Verwandte zu behandeln. Das Hausmädchen, das Dorindas schmutzige Wäsche einsammelte und wusch, holte auch meine aus meinem Koffer, wo ich sie lieber versteckt gehalten hätte: Kurz darauf lag sie gewaschen und gebügelt in meinem Schrank. Nie behandelten mich die Dienstmädchen wie nicht zum Haus gehörig. Heute ahne ich, daß Dorindas Mutter wahrscheinlich dafür gesorgt hat, indem sie ihnen Geld gab und mit ihnen sprach. Meine Mutter überlegte oft, ob ich als Gast den Mädchen ein Trinkgeld geben sollte. Aber dann sagten wir uns, daß es befremdlich wirken müsse, wenn ein Kind den Dienstboten Geld gäbe.

Ich hatte entsetzliche Angst, Nellies Ankunft könnte meine Vertreibung aus dem Paradies bedeuten, Nellie würde meine Stelle bei Dorinda einnehmen und ich würde allmählich fallengelassen. Meine Mutter hatte sich von Anfang an Sorgen gemacht wegen meiner Freundschaft zu diesen reichen und vornehmen Leuten, und nun, da Nellies Ankunft bevorstand, sah sie all ihre Befürchtungen bewahrheitet: Meine Gefühle würden verletzt und die Rückkehr zu dem Leben, das sie mir bieten konnte, ein Leben, das nicht nur gewöhnlich, sondern auch hart und voller Unsicherheiten war, würde mich um so schwerer ankommen.

Das Wunder war, daß dies nie geschah. Wir waren nun

einfach zu dritt, und Dorinda zeigte uns beiden gegenüber, jedenfalls viele, viele Jahre hindurch, nur Loyalität. Da sie Geld hatte und wir nicht, kamen wir alle in dessen Genuß. Dorinda erklärte, sie praktiziere den Sozialismus im kleinen. Aber zweifellos war sie eher das, was man in späteren Jahren recht verächtlich eine »Barmherzige Schwester« nannte. Nun, ich kann bezeugen, daß ihre Wohltätigkeit einfach das Paradies war.

Meine Mutter arbeitete als Haushälterin bei verschiedenen sehr wohlhabenden Leuten. Ich hatte Dorinda kennengelernt, als meine Mutter während eines Sommers, den die Goddards in New Jersey verbrachten, von einer Nachbarin für eine Woche an Dorindas Mutter ausgeliehen wurde. In jenen Tagen hieß die Küste von New Jersey das jüdische Newport. Kürzlich las ich in einer Autobiographie Peggy Guggenheims, sie habe das alles gehaßt: die riesigen Häuser, die vielen Dienstboten, die Rosen und Hortensien, die nur in diesem Klima gediehen. Ganz zufällig war ich auf das Buch von Peggy Guggenheim gestoßen, und es brachte mir jene himmlischen Sommer zurück. Nur einer Guggenheim konnten sie öde vorkommen. Für mich waren sie das süße Leben, und wann immer das süße Leben heraufbeschworen wird, ob durch Cole Porter an der Riviera oder die Kennedys in Hyannis Port – noch heute, mit meinem erwachsenen und nüchternen Verstand, kommen mir dann die Bilder der New-Jersey-Küste aus den Tagen vor und während des Zweiten Weltkriegs vor Augen.

Ich glaube, als wir, Dorinda und ich, uns kennenlernten,

sah sie in mir eine Herausforderung. Wir waren zwölf Jahre alt. Man hatte meiner Mutter erlaubt, mich mitzubringen, solange sie für Dorindas Mutter arbeitete. Ich war ganz das typische Kind eines gehobenen Dienstboten: ruhig, unaufdringlich, vorsichtig – und voller Sehnsüchte. Aber Dorinda, die immer auf der Suche nach neuen Abenteuern und neu zu entdeckenden Welten war, riß mich an sich, befahl mir, sie zum Strandclub zu begleiten, zum Tennisplatz, zu den Reitställen. Sie schenkte mir ihre Kleider, ihren Enthusiasmus und ihre leidenschaftliche Zuneigung. Das größte Wunder war jedoch, daß ihr spontaner Überschwang für mich in eine Loyalität überging, die nie ins Wanken kam. Vorerst zeigte sie sich vor allem darin, daß auch nach Nellies Ankunft Dorinda weiter die Großzügigkeit ihrer Eltern strapazierte und sie dazu brachte, mir alle möglichen Wünsche zu erfüllen, die ich ihrer Meinung nach hatte.

Mit der Zeit wurde mir klar, daß meine Mutter, der das Leben hart mitgespielt hatte, von Dorindas Beständigkeit und Treue frustriert war. Dorinda strafte all die Lehren, die sie mir hatte erteilen wollen, Lügen: daß Freunde einen verraten, auf die Reichen kein Verlaß ist und überall Katastrophen lauern. Derartige Lektionen hörte ich nicht nur ständig von meiner Mutter, sondern auch von ihren vier Schwestern, für die das ganze Leben darin bestand, Katastrophen abzuwenden. Für sie wollte das Leben nicht gelebt oder gar erfahren werden, sondern überlistet.

Nur drei meiner Tanten behelligten mich mit ihren Predigten, die vierte war mit einem verheirateten Mann durchgebrannt und wagte nicht mehr, sich zu zeigen. Anstand ging über alles. Als ich während meiner Collegezeit George Eliots ›Die Mühle am Floss‹ las, erkannte ich in Maggie Tullivers Tanten meine eigenen Verwandten wieder; aber im Gegensatz zu Maggies Mutter war meine nicht schwach. Sie war die älteste und stärkste von allen. Die vier Schwestern bildeten so etwas wie ein Matriarchat, was zweifellos auf den Einfluß ihrer Mutter zurückging, einer außergewöhnlich starken und schönen Frau. Abgesehen von seiner unentbehrlichen Rolle als Eibefruchter – hätte ich den Ausdruck damals gekannt, ich hätte bestimmt schon in meiner Jugend behauptet, diese Frauen seien das Resultat einer Parthenogenese –, spielte der Vater keine Rolle im Familiendrama. Meine Großmutter hatte früh erkannt, daß sich seine Talente im Trinken und Geldverschwenden erschöpften. Sie überließ ihn seinen Lastern und brachte ihre Töchter allein durch.

Die drei allgegenwärtigen Schwestern – ich sah sie nie als meine Tanten, sondern stets nur als die Schwestern meiner Mutter, einen Teil von ihr oder eine Art Hintergrundchor, der ihre Lebensweisheiten wiederholte – waren verheiratet mit Männern, die so gut verdienten, daß sich die Frauen hübsche Kleider, ordentliche Anstreicher und Ferien leisten konnten. Wozu meine Tanten Ferien brauchten, blieb mir immer ein Rätsel, da sie Hausmädchen hatten und das ganze Jahr über absolut nichts taten. Als sie zu gebührender Zeit alle drei je zwei Kinder produzierten, gab es ein »Mädchen«, das die Kinder versorgte. Die Tatsache, daß meine Mutter eine Art Dienstbote war, wurde geflissentlich übersehen, denn meine Mutter war so sehr die dominierende Figur in ihrem Leben, daß sie ohne sie handlungsunfähig waren. Den Freundinnen wurden Lügen über die Arbeit meiner Mutter erzählt – vielleicht aber nicht nur, weil es ihnen peinlich war, sondern auch, weil sie wußten, daß es in der Welt, in der meine Mutter sich bewegte, keine »Mädchen« für die Kinder gab, sondern »Nannies« (oft, wie Peggy Guggenheim schrieb, eine für jedes Kind) und später Gouvernanten. Als ich Dorinda kennenlernte, hatte sie ihre erste Gouvernante, und von dieser Gouvernante lernte ich zusammen mit Dorinda Französisch. Auch hier war ich glücklicherweise langsamer von Begriff als Dorinda; vielleicht empfand sie mich deshalb nie als Bedrohung.

In den Jahren bis zu Nellies Ankunft waren Bücher die Quelle unserer Fantasien und das Thema unserer Gespräche. Besonders deutlich erinnere ich mich an Elizabeth Bowens ›The Death of the Heart‹. Wir träumten davon, daß ein Filmregisseur den Roman verfilmen und einer von uns die Rolle von Portia, der jugendlichen Heldin, geben würde. Wie wir ständig in Illustrierten wie ›Life‹ lasen, waren Regisseure ja immer auf Starsuche, und sollte einer uns kennenlernen, zweifelten wir keinen Moment, daß seine Wahl für die Hauptrolle auf Dorinda fiele. Sie war schlank, sah ätherisch aus, hatte einen guten Körperbau, ähnlich wie die Garbo, und ihre blauen Augen lagen weit auseinander. Ich war fülliger, allerdings athletischer und alles andere als ätherisch, aber in der Schule und nachmittags waren Dorinda und ich so oft zusammen, daß ich mir manchmal vorstellte, etwas von ihren Vorzügen würde auf mich abfärben.

Ich weiß nicht, ob ich es schon erwähnt habe, aber auf Dorindas hartnäckiges Drängen hin bemühten sich ihre Eltern um ein Stipendium für mich an Dorindas Schule. Vielleicht wurde ich dort aufgenommen, weil ich eine interessante Unterschichtnote in dieses erlesene Institut brachte, vielleicht, weil man auf Dorindas Familie, die die Schule mit großzügigen Spenden bedachte, hören mußte, vielleicht auch, weil die Schuldirektorin während des Aufnahmegesprächs etwas Vielversprechendes in mir zu entdecken meinte: Ich werde es nie erfahren. Aber kurz vor der High School kam ich auf Dorindas Schule, die Miss Hadley's genannt wurde. Dort trugen wir Uniformen, zum Glück für mich, denn so gab es unter den Schülerinnen keine Konkurrenz um Kleider. Meine Mutter sagte oft, das einzige, worin wir konkurrierten, sei Schlampigkeit. Ich himmelte die Schule an.

Natürlich lasen wir in der Schule keine so modernen Autoren wie Elizabeth Bowen, aber die Bibliothek war, was Gegenwartsliteratur betraf, erfreulich gut ausgestattet. Wir waren also ganz up to date, und trotzdem, fällt mir ein, lasen wir gern die »klassischen« Bücher, gutgeschriebene, empfindsame und anspruchsvolle Literatur. Wenn wir auch vieles nicht verstanden, so lernten wir doch den Klang und die Präzision guter englischer Prosa kennen. Wie altmodisch ich, die ich doch immer so radikal war, jetzt klinge!

An Elizabeth Bowen erinnere ich mich vor allem deshalb,

weil sie (aber das habe ich wahrscheinlich erst später gelesen) ein so sicheres Gefühl für Orte hatte. Irgendwo sagte sie einmal, Orte seien wichtiger für sie als die Charaktere. Nachdem ich nun selbst zur Geschichtenerzählerin geworden bin, wird mir klar, daß Orte mich nie besonders inspiriert oder bewegt haben, außer, wenn sie mir durch einen plötzlichen Erinnerungsblitz wieder einfallen. Ich fand Ortsbeschreibungen immer langweilig, und bis zum heutigen Tag werde ich ungeduldig mit Autoren, die unbedingt alle Möbel in einem Zimmer beschreiben müssen, ehe sie ihren Charakteren gestatten, einzutreten oder etwas zu sagen. Trotzdem, das Haus an der Küste von New Jersey möchte ich gern beschreiben, weil es ein so zentraler Ort für unsere Jugend und die Jahre unseres Triumvirats war.

Das Anwesen war riesig. Das Haus stand am Ende des Grundstücks, die Garagen waren am anderen, und dazwischen erstreckten sich weitläufige Gärten und Rasenflächen. In jenen Tagen hatten die Reichen noch keine Swimmingpools und Tennisplätze auf eigenem Grund und Boden: Für diese Vergnügungen gehörten sie Clubs an. Ihre Häuser waren nur zur Entspannung da. Wenn also ein Picknick unter Bäumen stattfinden sollte, wurde ein Tisch aufgestellt, ein Tuch darüber gebreitet und von den Dienstboten mit Köstlichkeiten vollgeladen. Das Haus selbst war für den Sommer gebaut: An der Vorderfront lief eine nur von der Eingangstür unterbrochene Veranda entlang. Durch diese Tür trat man direkt in ein (für meine Begriffe) riesiges Wohnzimmer. An der Seite führte eine Treppe zu den Schlafzimmern hinauf. Das obere Ende der Treppe bildete ein Oberlicht aus bemaltem Glas, durch das die Sonnenstrahlen bis ins Wohnzimmer fielen. In einem Armsessel in der Mitte des Raumes saß stets Dorindas Großvater, Gründer des Familienimperiums, und immer, wenn eine von Dorindas Freundinnen den Raum betrat, begrüßte er sie mit »Guten Tag, meine Kleine« und winkte sie zu sich. Alle Freundinnen Dorindas folgten dem Winken nur ein einziges Mal, denn er schnappte sich sein Opfer, setzte es auf seinen Schoß und begann es zu streicheln, wobei seine Hände sich von den Beinen zum Intimbereich und weiter zu den beginnenden Brüsten emporarbeiteten. Nach diesem ersten Mal grüßte jede von uns freundlich zurück und machte einen großen Bogen um ihn, um schnell die Treppe hoch oder in das im hinteren Teil des Erdgeschosses liegende Eßzimmer zu verschwinden.

Seither habe ich oft darüber nachgedacht, warum Dorinda ihre Freundinnen nicht vor ihrem Großvater warnte, sondern sich damit begnügte, deren Erfahrungen mit einem achselzuckenden »jetzt weißt du Bescheid« zu bestätigen. Welchen Grund sie dafür hatte, ob sie meinte, wir sollten selbst unsere Erfahrungen machen, oder ob sie sich scheute, über die Possen des alten Lüstlings zu sprechen – ich habe sie nie gefragt und weiß es bis heute nicht. Ich weiß nur, daß meine Erfahrung nicht eigentlich Kindesmißbrauch bedeutete. Schließlich geschah das Ganze inmitten eines lebhaften Hauses. Aber dieses Erlebnis lehrte mich schon früh eine Lektion über Sex, die ich in meinem späteren Leben immer wieder bestätigt fand: Männer nehmen sich einfach, was sie können. Ich empfand diese Erkenntnis nicht als beängstigend, sondern eher als nützlich – und nützliches Wissen anzusammeln war meine Leidenschaft.

Dorinda hatte eine ganze Zimmerflucht für sich. Der auf dem gleichen Flur gelegene Raum ihrer französischen Gouvernante stand im Sommer meistens leer, weil diese ihre Ferien in Frankreich und später, nach Kriegsausbruch, anderswo verbrachte. Außerdem gab es noch ein Zimmer für Dorindas Gäste. Dorindas eigenes Zimmer, sowohl das im New-Jersey-Haus wie das in New York, war auf ihren Wunsch als Wohnzimmer eingerichtet. Als Nellie kam, teilten wir uns das Doppelbett im Gästezimmer. In New York hatte Nellie ihr eigenes Zimmer, und ich blieb nur gelegentlich über Nacht. Aber die meisten Erinnerungen habe ich an das Haus an der Küste von New Jersey.

Fürs Abendessen, das in dem großen Eßzimmer serviert wurde, zogen wir uns um. Dorindas Großvater saß am Kopfende des Tisches und unterbrach das Gespräch regelmäßig mit Gesangesausbrüchen oder unpassenden Bemerkungen. Nach jedem Essen kämpfte er sich aus seinem Stuhl hoch und bemerkte stets laut, *die* Mahlzeit sei nun endlich auch geschafft. Ich wandte jedesmal die Augen von dieser Szene ab; sie war mir peinlich, weil sie sich mit so erbarmungsloser Gleichförmigkeit wiederholte. Aber nie beschwerte sich jemand über seine Marotten oder gab ihm das Gefühl, etwas anderes als das Familienoberhaupt zu sein (was er, finanziell gesehen, ja auch war). Dorindas Vater leitete jetzt das Geschäft, das sein Vater von einem kleinen Familienbetrieb zu so großem Erfolg geführt hatte. Daß ich keine Ahnung hatte, um welche Art von Geschäft es sich handelte, ist bestimmt typisch für die damalige Zeit. Ich erinnere mich, daß ich glaubte, sie machten Geld, was Gott weiß ja auch stimmte. Kürzlich fragte ich Dorinda danach – ihre Familie ist seit langem aus dem Unternehmen ausgestiegen –, und sie sagte mir, es habe sich um Investmentgeschäfte gehandelt. So unrecht hatte ich also gar nicht.

Sobald wir wußten, daß Nellie kommen würde, begannen wir, das berühmte Buch von Emmanuel Foxx zu lesen. Er hatte natürlich, vorher und nachher, noch andere geschrieben, aber durch dieses war er berühmt geworden – den Roman ›Ariadne‹, dessen Publikation in den Vereinigten Staaten und England erst hatte erstritten werden müssen. Als die Gerichte schließlich die Veröffentlichung erlaubten, waren Dorinda und ich noch zu klein, als daß es uns etwas bedeutet hätte. Dorinda hörte jedoch viel zu Hause darüber. Ihr Vater, der sich in der ganzen Angelegenheit stark engagiert hatte, nahm kein Blatt vor den Mund und schminkte seine Geschichten nicht für Kinderohren zurecht. Als Nellie kam, erinnerte Dorinda sich plötzlich an die Geschichten und entdeckte ein Exemplar des berühmten Romans im Sommerhaus: Die Familie besaß außerdem alle Erstausgaben der verschiedenen Übersetzungen. Zur Zeit des Prozesses hatten viele Beratungen an der Jersey-Küste stattgefunden.

Da wir Bücherwürmer waren, fiel es uns leicht, die obszönen Stellen aufzustöbern – leichter jedenfalls als dem typischen fünfzehnjährigen Mädchen des Jahres 1941. Im großen und ganzen fanden wir die Gedanken seiner Heldin ungeheuer langweilig, weil es, fürchte ich, einfach zu viele waren. Aber die sexuellen Erfahrungen seiner Heldin beschrieb Foxx in einer berauschenden Prosa, die ein Lesegenuß war; und an jenen Passagen hatten wir unser Entzücken. Für mich allein hätte ich vielleicht unbeeindruckt getan, aber Dorindas Direktheit machte das unmöglich. Daher leckten wir uns die Lippen und dachten an die Freuden, die unser harrten. Unsere Phantasien hatten keinerlei Ähnlichkeit mehr mit den Träumen, zu denen Elizabeth Bowen uns inspiriert hatte.

In jenen Tagen – kaum mehr vorstellbar nach der sexuellen und all den anderen Revolutionen – gab es diese dumme und ärgerliche Redewendung über Mädchen: »süße Sechzehn und noch ungeküßt«. Dorinda und ich rümpften die Nase, obwohl dieser Spruch auf uns beinahe zutraf: Wenn auch noch keine sechzehn und vielleicht auch nicht süß – wir hatten noch nicht »geknutscht«, wie wir es damals nannten. Das Leben bot viel zu wenig Gelegenheiten. Aber als wir, das Triumvirat, schließlich sechzehn wurden, waren wir alle drei nicht mehr ungeküßt, und im darauffolgenden Sommer an der Jersey-Küste gingen wir auf die von der USO veranstalteten Bälle und tanzten mit den Kadetten. Sexuelle Abenteuer bescherten uns diese Bälle nicht, aber wir luden die Jungen gern zum Dinner ein, jeweils drei, eine Invasion, die Dorindas Mutter gewöhnlich souverän meisterte. Zu essen gab es immer genug im Haus. Wenn wir dann alle beim Dinner saßen und Dorindas Großvater irgendwann beim zweiten Gang die weißen Uniformen entdeckte, begann er, ein Matrosenlied von Gilbert und Sullivan zu schmettern. Wir Mädchen kicherten, machten uns über die Verlegenheit der Kadetten lustig und fühlten uns als Damen von Welt.

Während der Winter in New York wohnte meine Mutter nicht im Haus der Goddards, sondern mit mir zusammen im Untergeschoß eines Privathauses zwischen der Columbus und Amsterdam Avenue – ein Viertel, in dem damals hauptsächlich Iren wohnten. Oft wurde ich von den auf den Vordertreppen sitzenden irischen Mädchen verspottet, weil sie auf den ersten Blick erkannten, daß ich anders war als sie. Die Gleichgültigkeit, mit der ich dies als still zu ertragende Tatsache des Lebens hinnahm, auf die man weder äußerlich noch innerlich reagierte, verwunderte mich in späteren Jahren. Vielleicht bekümmerte mich der Spott der irischen Mädchen nicht, weil er nicht mein wahres Leben berührte, mein Leben mit Dorinda und Nellie.

In jenem Winter, dem Winter von Pearl Harbor, feierten wir in Dorindas Salon unsere ersten Parties mit Jungen. Ihre Eltern ließen uns freie Bahn; auch auf den Großvater, der den Winter über mit seiner Pflegerin in einem Hotel wohnte, brauchten wir keine Rücksicht zu nehmen, was nicht heißen soll, das hätten wir je getan. Er war wie ein häusliches Totem, vor dem man sich verbeugte, zu dem man gebührenden Abstand hielt und das im Alltagsgetriebe mehr oder weniger unterging.

Woher kamen die Jungen? Ich kann mich kaum erinnern. In Dorindas Kreisen gab es vielerlei Wege, Bekanntschaften zu machen – die Jungenschulen, die Söhne befreundeter Familien, Tanzschulen. Einen der Jungen, Len, den ich früh für mich auserkor, hatte Dorinda auf einer Sommerfarm aufgetan. Er arbeitete dort, um Geld fürs College zu verdienen. Erkannten Len und ich auf den ersten Blick, daß wir einer anderen Klasse angehörten? Er sollte mein erster, süßester und einziger Liebhaber sein. Ich war noch keine sechzehn, als wir uns wie die anderen auf der Couch oder auf dem Boden rekelten und knutschten und zu César Francks einziger Symphonie küßten (war es wirklich immer dieselbe Musik?).

Die Musik kam von einem Capehart, einem unglaublich eleganten Plattenspieler. Die meisten von uns besaßen Geräte, bei denen man jede Platte einzeln auflegen mußte (damals machten die Platten nur 78 Umdrehungen pro Minute, und um eine ganze Symphonie zu hören, mußte man die beidseitig bespielten Platten vier- oder fünfmal wechseln). Die andern hatten bestenfalls ein Gerät, das mehrere aufeinandergestapelte Platten selbsttätig abspielte. Dieses System funktionierte so, daß der Plattenstapel zuerst auf einer Seite gespielt wurde, dann mußte der ganze Stapel herumgedreht werden, damit die Rückseite abgespielt werden konnte, eine Prozedur, bei der die Platten natürlich leicht verrutschten und verkratzten, weshalb die meisten von uns lieber auf die altmodischen zurückgriffen, bei denen jede Platte einzeln von Hand gedreht wurde.

Aber der Capehart, der in einer riesigen Vitrine untergebracht war, funktionierte nach einem raffinierten System. Mechanische Greifer drehten jede Platte einzeln um. War sie auf Vorder- und Rückseite abgespielt, beförderten die Greifer sie in die mit Filz verkleideten Halterungen an der Rückwand der Vitrine.

Manchmal wurde der Capehart ärgerlich – über die Musik, über uns, oder weil er überstrapaziert war? – und schleuderte die Platten durchs Zimmer. Wir lachten und applaudierten und legten sie wieder zurück. Immer wollte ich Dorinda oder ihre Mutter fragen, was aus dem Capehart geworden ist. Als die Langspielplatten aufkamen, ging er wahrscheinlich den Weg aller veralteten Gegenstände in unserer Kultur.

Nellie war in unserer Schule und Gruppe sehr beliebt. Meiner Erinnerung nach verbrachten wir drei, Dorinda, Nellie und ich, unsere Zeit mit nichts anderem als endlosen Gesprächen über das vor uns liegende, zu entdeckende Leben und mit Pläneschmieden für unsere, wie wir damals glaubten, unkonventionelle Zukunft. Welche Vorstellungen hatten wir von unserem Leben? Ich habe versucht, mich zu erinnern, was wir einander alles erzählten, habe mich angestrengt, unsere Stimmen einzeln zu hören und nicht, wie ich mich meistens erinnere, zum Chor verschmolzen. Nun, vielleicht sollte ich lieber sagen, zu einem Chor mit Dirigentin, denn Dorindas Stimme war die dominierende. Sie gab den Ton an und orchestrierte unsere Debatten. Der Grund dafür war nicht nur, daß ihre Familie und ihr Geld Nellie und mich unterstützten – Nellie und ich waren von Natur aus eher ruhig, Dorinda dagegen sehr lebhaft: Sie wußte, was sie wollte und brachte es klar zum Ausdruck. Weder Nellie noch ich hätten uns je vorgestellt und schon gar nicht prophezeit, daß Dorinda später einem so konventionellen Schicksal anheimfallen sollte.

Nicht einmal Nellies Erfahrungen in Europa schienen authentischer zu sein als Dorindas, denn Dorinda hatte Europa gesehen und ließ sich ihr Leben lang von Europa besuchen. Die einzige Erfahrung, die ich anbieten konnte, die von Armut und harter Arbeit, hatte ich keine besondere Lust, ins Spiel zu bringen.

Worüber sprachen wir in all jenen Stunden? Über das fantasierte Sexualleben unserer Lehrer, das wirkliche Leben der Familien unserer Schulfreundinnen, jedenfalls so, wie wir es beobachteten und interpretierten.

»Ihr Vater hatte jahrelang eine Mätresse«, sagte Dorinda zum Beispiel. Jenes Gespräch über eine besonders reiche und vornehme Familie, deren trauriger letzter Sproß in unserer Klasse war, ist mir noch deutlich im Gedächtnis.

»Was ist denn eine Mätresse?« fragte Nellie. Ich erinnere mich, daß auch ich nicht wußte, was der Ausdruck bedeutete (so unglaublich das heute auch klingen mag) und froh war, daß Nellie gefragt hatte.

»Eine Konkubine«, sagte Dorinda und gab damit eine

Erklärung, die uns, mit unserer Bücherweisheit, völlig zufriedenstellte.

Ich weiß noch, wie ich fragte: »Und was haben Frauen?« Ich haßte die Art, wie die ganze Welt vom Blickwinkel der Männer aus gesehen wurde.

»Frauen nehmen sich Liebhaber«, sagte Dorinda. »Nellies Mutter hatte einen, natürlich vor Nellies Geburt.« Letzteres fügte sie ziemlich unlogisch hinzu, um Nellie nicht zu verletzen. Wir griffen uns nie gegenseitig an und stritten uns nur um Prinzipien.

»Auch nach meiner Geburt«, sagte Nellie, als handele es sich dabei lediglich um eine Frage korrekter Wiedergabe von Daten. »Alle wußten es.«

Zu dem Zeitpunkt kannten wir natürlich Emmanuel Foxx' Bücher in- und auswendig und hatten großen Respekt vor Nellies väterlichem Erbgut. Nur Len und ich gestanden einander ein, daß Foxx uns nicht fesselte. Ich hatte Schuldgefühle deswegen: Schließlich schrieb er über eine Frau, und interessiert, wie ich an Frauen war, fand ich nur selten Bücher, die Frauen nicht romantisch verklärten. Ohne daß es mir klar war, spürte ich vielleicht, daß das, was Foxx produziert hatte, nicht die Gedanken einer Frau waren, sondern Männerfantasien über die Gedanken einer Frau. Trotz Lens und meiner Zweifel, die wir für uns behielten (meine einzige Illoyalität gegenüber Dorinda), war Nellie von einer Gloriole umgeben, deren Widerschein auch Dorinda traf und sogar auf mich genügend abfärbte, daß ich beneidet wurde. Teil des Trios zu sein, machte mich stolz und schmeichelte mir. Über solche Gefühle habe ich in den Jugenderinnerungen anderer sehr selten gelesen. Für mich jedenfalls waren es verzauberte Jahre.

Inzwischen erzählte ich meiner Mutter kaum noch, wie ich meine Tage (oder Nächte) verbrachte, obwohl sie zweifellos genug über jene Kreise wußte, um sich ihre Gedanken zu machen. Offen und sehr streng sprach sie mit mir über die Gefahr, von Jungen überrumpelt und schwanger zu werden. Ich wollte ihren Rat nicht und, nachdem ich mit Dorindas Großvater fertig geworden war, brauchte ich ihn auch nicht. Ich hatte vor, mein eigenes Leben zu leben, so viele Erfahrungen wie möglich zu machen und einen Beruf zu haben. Glücklicherweise war Len eine ehrbare Seele und stellte meine naiven Vorsätze nicht auf die Probe. Außerdem machte Dorinda mit ihren wilden sexuellen Abenteuern stellvertretend für uns so viele Erfahrungen, daß es Nellie und mir leichtfiel, auf dem Pfad der Tugend zu bleiben. Wir begnügten uns damit, Dorindas Wandeln auf dem Rosenpfad der Lust mit Bewunderung und Staunen zu verfolgen. Zumindest eine Weile lang befolgte ich also den Rat meiner Mutter, aber nur, weil ihre Mahnungen und meine eigenen Beweggründe zufällig zusammenfielen. Das redete ich mir jedenfalls ein.

Irgendwann im Jahre 1955, während ich ein Kaufhaus durchstreifte (die drängten sich damals in der Fifth Avenue dicht an dicht), traf ich Eleanor Goddard in der Nachthemdenabteilung. Der Verlag, für den ich arbeitete, hatte beschlossen, mich nach England zu schicken, und ich fügte mich in die Notwendigkeit, mich mit einem vorzeigbaren Schlafanzug, wie ihn damals alle Frauen trugen, auszustatten. (Eigenartigerweise kamen Nachthemden erst mit der Frauenbewegung wieder auf – Nachthemden oder gar nichts.) Ich war zwar auf keine romantischen Begegnungen eingestellt, aber schließlich bestand die Möglichkeit, daß mich Leute zu sich nach Hause einluden oder ich das Hotelzimmer mit jemandem teilen würde. Zwei Jahre waren vergangen, seit ich Dorindas Mutter zuletzt gesehen hatte, und ich plapperte, kaum daß wir unsere überraschten Hallos ausgetauscht hatten, von meinen Reiseplänen und Schlafanzugstrategien. Dorindas Mutter, die meinem umständlichen Bericht auf ihre ruhige Art zuhörte, reagierte nur auf ein Wort: London.

»Ob ich dich wohl um einen Gefallen bitten darf, während du dort bist?« fragte sie.

»Natürlich«, sagte ich. »Um jeden.« Ich dachte nicht mehr so oft wie früher an Dorinda und ihre Familie, verlor aber nie das Gefühl dafür, daß ich ihnen, außer natürlich meiner Geburt und meinen ersten zwölf Jahren, fast alles verdankte. Oft stellte ich mir vor, wie ich ihnen alles zurückzahlen würde. Jetzt, wo ich viel älter bin, sehe ich, daß die Weitherzigkeit der Goddards und all ihre Geschenke, so großzügig sie auch waren, sie kein Opfer gekostet hatten und mit nicht annähernd so viel Liebe und Anstrengung erkauft waren wie das – so empfand ich es damals – absolute Minimum, das meine Mutter mir gab.

»Gabrielle Foxx lebt noch in London«, sagte Dorindas

Mutter. »Emmanuels Witwe«, fügte sie nach einem Moment hinzu, so als fürchte sie, vermessen zu erscheinen, wenn sie voraussetzte, ich wüßte, um wen es ging. Sie hätte sich keine Sorgen zu machen brauchen. Die Geschichte von Emmanuel Foxx und dem schönen aristokratischen Mädchen, mit dem er durchgebrannt war – wie hätte ich die vergessen sollen? »Wir haben sehr lange nichts mehr von ihr gehört. Als Emile noch lebte, schrieb er manchmal, aber Gabrielle war nie eine große Briefeschreiberin. Würdest du zu ihr gehen, wenn du in London bist?« Emile, erinnerte ich mich nach kurzem Nachdenken – ihm war von Geburt an nur eine Nebenrolle im Foxxschen Familiendrama zugedacht gewesen –, war der Sohn von Emmanuel und Gabrielle und Nellies Vater.

»Natürlich«, sagte ich wieder. Sie schrieb mir die Adresse auf einen Block (sie war immer gut organisiert, immer auf alle Eventualitäten vorbereitet – wie sonst hätte sie den komplizierten Haushalt führen sollen, das war mir immer klar gewesen).

»Ich rufe dich an, wenn ich zurück bin«, sagte ich. »Falls es Schwierigkeiten gibt, schicke ich ein Telegramm aus London.« Aber ich wußte, das würde ich nur im äußersten Notfall tun und mir meine Geschichte unbedingt aufheben wollen, bis ich wieder zurück war. Mit Dorindas Mutter und Vater persönlich über etwas so Wichtiges wie die Familie Foxx zu sprechen, das wollte ich mir nicht nehmen lassen. Dorinda sah ich damals nur selten, aber ihre Familie faszinierte mich unverändert. »Wie geht es Dorinda?« fragte ich etwas beklommen. Ich hatte Schuldgefühle, weil ich ihre Mutter danach fragen mußte.

»Gut. Sie geht ganz auf in ihrem Mutterdasein.«

Dorinda hatte eine so extreme Metamorphose durchlaufen wie ein Prinz, der durch einen Zauberspruch in einen Frosch verwandelt wird. Das jedenfalls war mein Lieblingsbild, wenn ich in jenen Tagen an sie dachte. Inzwischen hielt ich es für sehr unwahrscheinlich, daß der Frosch durch einen Kuß oder sonstwie seine frühere strahlende Gestalt zurückbekäme. Dorinda, die wildeste unter all den reichen, verrückten, mutigen jungen Frauen voller Sex- und Abenteuerhunger, hatte sich sozusagen an einem einzigen Tag von ihrer berauschenden, schwindelerregenden Jugend verabschiedet und einen Chirurgen geheiratet, einen so langweiligen und aufgeblasenen Mann, daß man es nur um Dorindas willen ertrug, einen Abend mit ihm zu verbringen. Nach fünf Jahren Ehe hatte sie zwei Kinder produziert, was ich ihr ebenfalls übelnahm. Wie froh waren wir, sie, Nellie und ich, gewesen, Einzelkinder zu sein, frei von geschwisterlichen Banden; wie stolz darauf, daß wir drei einander frei gewählt hatten! Diese Chance schien Dorinda ihrem Nachwuchs verwehren zu wollen. Vielleicht, weil sie wußte, wohin es führen konnte?

»Dorinda ist wieder schwanger«, sagte ihre Mutter. »Sie würde sich bestimmt freuen, von dir zu hören.« Nachdem sie mir nochmals gedankt hatte für mein Versprechen, zu Gabrielle Foxx zu gehen, überließ sie mich meiner Suche nach einem Pyjama und passender damenhafter Garderobe.

Während ich mit der Verkäuferin verhandelte, mußte ich an Dorinda denken, die, wie Virginia Woolfs Sally Seton, nackt durch die Flure des Hauses an der New-Jersey-Küste gerannt war und die wohlanständigen Gäste ihrer Eltern provoziert hatte. Und jetzt war sie wie Sally Seton geendet, in einer langweiligen Ehe, eine Dame der Gesellschaft, mehrfache Mutter. Wo war meine Dorinda geblieben?

Obwohl wir alle drei auf verschiedene Colleges gingen, hielten wir während jener Jahre engen Kontakt. Nellie und ich studierten fleißig. Wir waren nüchterne junge Frauen und damit zufrieden, immer nur einen Freund zur gleichen Zeit zu haben. Trotzdem waren wir geradezu versessen darauf, uns durch Dorindas Berichte von ihren Abenteuern in Aufregung, Staunen und oft Schrecken versetzen zu lassen. Begonnen hatte alles damit, daß sie während eines Sommers an der Küste mit dem Chauffeur schlief. Ihre Eltern hatten ihr einen kleinen Sportwagen geschenkt – viele Gesichter aus jenen Tagen habe ich vergessen, aber bis zum heutigen Tage könnte ich jedes Detail dieses Autos wiedergeben. Es war ein graues Ford-Coupé mit zwei Vordersitzen (nur dicht zusammengequetscht war Platz für drei) und hinten einem Notsitz. Kein Auto, weder die späteren Kabrioletts noch die verschiedenen Statuswagen, die im Laufe meines Lebens kamen und gingen, besaßen für mich ein Hundertstel von dem Glamour dieses kleinen Ford-Coupés.

Das Auto kam an Dorindas siebzehntem Geburtstag. (Ihr Geburtstag fiel in den Hochsommer und war immer von herrlichen Geschenken und Festen begleitet. Die Geburtstage der Menschen, die mir heute nahestehen, vergesse ich leicht, aber der 13. Juli ist noch immer ein Tag voller Verheißungen und strahlenden Glanzes für mich.) Der Chauffeur sollte Dorinda das Autofahren beibringen. Er war ein gutaussehender junger Mann, höflich und mit guten Manieren, und schien den Job aus Gesundheitsgründen oder um seine alte Mutter zu unterstützen oder aus irgendwelchen anderen noblen Motiven zu machen. Ich kann mich nicht erinnern, warum er nicht beim Militär war. Vielleicht hatte er eine geheimnisvolle tödliche Krankheit – eine Vorstellung, die ihn für uns nur noch anziehender machte.

Dorinda, die unbedingt ihre Jungfräulichkeit loswerden wollte, verführte ihn im Auto. Als sie uns davon erzählte, fürchteten Nellie und ich, der nette junge Mann würde seinen Job verlieren (diese Angst finde ich heute sehr aufschlußreich für die damalige Zeit), aber wir hätten uns keine Sorgen zu machen brauchen. Dorinda überredete ihn, auch Nellie und mir das Autofahren beizubringen. Er benahm sich hochanständig uns gegenüber, obwohl wir beide fürchteten (und hofften?), er würde uns den gleichen Preis abverlangen.

Vom Jahre des Ford-Coupés an nahmen Dorindas sexuelle Abenteuer ihren Lauf, wurden immer gewagter, und Dorinda wurde, wie es Nellie und mir schien, immer weniger wählerisch, was die Objekte ihrer Amouren betraf. Hin und wieder ließ sich Dorinda auch mit einem Sprößling aus reicher Familie ein – bis sie ihm erzählte (was sie früher oder später immer tat), sie sei Jüdin. (Sie sah nicht jüdisch aus, und da sie eine christliche Mutter hatte, war sie dem jüdischen Gesetz nach auch keine Jüdin, aber sie konnte es sich einfach nicht verkneifen, jedermann zu schockieren.) Sie heiratete keinen Juden und tauchte heiter in die erlauchte gesellschaftliche Sphäre der Reichen New Yorks ein.

Ich glaube, als Dorindas Mutter etwas von den sexuellen Beutezügen ihrer Tochter zu ahnen begann, kamen sie und ich uns näher. Heute weiß ich, warum: Wir waren beide Außenseiter in jener Familie, zu der auch Nellie schließlich qua Geburt gehörte. Wir waren christlich, von Natur aus konservativ, und exaltiertes Verhalten bereitete uns Unbehagen. Während meiner Collegejahre besuchte ich Dorindas Mutter immer, wenn ich nach New York kam. Inzwischen hatte sie mich gebeten, sie Eleanor zu nennen. Mehr als einmal stellte ich mir vor, sie sei in Wirklichkeit meine Mutter und habe mich aus irgendwelchen mysteriösen Gründen meiner Haushälterin-Mutter übergeben. Eleanor und ich verstanden einander weit besser als unsere realen Partnerinnen in der Mutter-Tochter-Dyade.

Heute weiß ich, daß Eleanor von Grund auf konservativ war. Bereitwillig akzeptierte sie die Normen ihrer eigenen Klasse und derjenigen, in die sie eingeheiratet hatte. Im Grunde traute ich ihr keine andere Rolle zu als die der Ehefrau eines reichen Mannes. Heute weiß ich, daß sie, im Gegensatz zu Dorinda und meiner Mutter, verstand, an welchem Abgrund ich entlangwanderte. Sie verstand es, weil sie selbst die gleiche Gratwanderung vollführte. Schon damals wollte ich mehr vom Leben als Eleanors Reiche-Frau-Dasein – obwohl diese mit Wohlstand gesegneten Frauen immer die größte Freiheit zu haben schienen. Aber egal welche Gefühle ich meiner Mutter gegenüber hatte: Ich wußte, daß sie, als Witwe und arbeitende Frau, ihre eigene Herrin war, auch wenn sie für andere den Dienstboten spielte. Trotz ihres glanzvollen Lebens arbeitete Eleanor genauso hart, und ihre Tage waren wahrscheinlich von mehr Sorgen erfüllt als die meiner Mutter. Eleanor schien immer innerlich zu zittern. Ganz ungerechtfertigt war es also nicht, daß ich ihr weder Autonomie noch Selbstsicherheit zutraute. Welchen Vorteil hatte Reichtum, so dachte ich, wenn es nur Anspannung und Ängstlichkeit bedeutete? Eleanor machte sich vor jeder Mahlzeit Sorgen und nach jeder. Sie sorgte sich wegen des jährlichen Umzugs an die Küste und sorgte sich wegen der Rückkehr nach New York, und sie sorgte sich um den Zustand des Sommerhauses. Sie sorgte sich wegen Sigs spontan eingeladener Gäste (kein Wunder, daß immer genug Essen für die Kadetten im Haus war), aber die größte Anspannung, so hatte ich den Verdacht, bereitete ihr der Umgang mit den reich geborenen Leuten, bei denen sie sich benehmen mußte, als käme sie aus denselben Kreisen.

Weil ich schon als junges Mädchen die Ängste und Unsicherheiten Eleanors instinktiv verstand, kann ich heute mit Recht behaupten, daß es mir an einem Rollenvorbild fehlte. Gewiß, es fehlte mir, aber immerhin bekam ich eine gute Schulbildung und damit die Chance, mich für eine berufliche Karriere zu entscheiden. Meine Mutter führte anderen Frauen den Haushalt und machte sich dadurch in meinen

Augen zur Närrin und ebensosehr zur Sklavin wie die Frauen, für die sie arbeitete. Im Gegensatz zu Dorinda gelang es mir auch nicht, Hilda zu bewundern, die den Sohn eines berühmten Mannes geheiratet hatte. Meiner Ansicht nach war sie dadurch nicht von den wenigen Pfaden abgewichen, die Frauen zugestanden wurden. Sie hatte ihre sexuelle Attraktivität eingesetzt, um sich Zugang zu den interessanten Künstlerzirkeln zu verschaffen. Heute bin ich mir fast sicher, daß meine Mutter Hildas Heirat mit Emile ebenso scharf verurteilte wie Eleanor. Aber meine Mutter sprach nie mit mir über ihre Einstellung zu den Familien, für die sie arbeitete, schon gar nicht über die Goddards. Und zu Eleanors Verhaltenskodex gehörte es, ihre Meinung für sich zu behalten. Nur mir gegenüber öffnete sie sich mit der Zeit und machte gelegentlich vorsichtige Andeutungen.

Eleanor und ihre Schwägerin Hilda, die Emile Foxx geheiratet hatte, kamen aus ganz verschiedenen Verhältnissen. Nur eins hatten sie gemeinsam: Beide hatten weder die Chance gehabt, ein College zu besuchen noch sich auf eine berufliche Karriere vorzubereiten, die nicht ausgesprochen weiblich war. Eleanor hatte zwischen Krankenschwester, Lehrerin oder Sekretärin wählen können, und sie entschied sich für letzteres, weil sie als älteste einer kinderreichen Familie genug vom Kinderbeaufsichtigen und -betreuen hatte. Die reiche, verwöhnte Hilda dagegen ließ es sich gutgehen, genoß all den Luxus, den der Wohlstand ihrer Familie ihr bot, und nur ihre Schönheit und Abenteuerlust, die sich unausweichlich aufs Sexuelle beschränkte, zeichneten ihr eine

Lebensbahn vor. Wenn Eleanor und Hilda sich als Schwägerinnen trafen, hatten sie wenig gemeinsam – nur den Gatten-Bruder (dessen Zuneigung zu seiner Schwester wahrscheinlich die zu seiner Frau übertraf) und den Tisch, an dem sie gelegentlich bei Familienfeierlichkeiten in dem Jersey-Haus gemeinsam saßen.

Zu dem Zeitpunkt, als ich Eleanor in der Nachthemdenabteilung traf, war Hilda bereits zwei Jahre tot. Sie war an Krebs gestorben, hatte ihr Leben auf fast tragische Weise verschwendet, war in eine Katastrophe nach der anderen gerannt, und alles nur, weil die Reichen darauf bestanden, ihre Töchter zu schönen Objekten der Begierde heranzuziehen – eigene Ziele gab es für sie nicht, und die Disziplin, sich eine Welt zu schaffen, die jenseits der materialistischen Orientierungen ihrer Familien lag, lernten sie nicht.

Die Mädchen wurden in eleganten Schulen erzogen, die ihnen keine eigene berufliche Karriere nahelegten. Frauen arbeiteten nur, wenn sie dazu gezwungen waren. Es war der Stolz dieser erfolgreichen Männer, daß ihre Frauen, abgesehen von Wohltätigkeitsveranstaltungen, außer Haus keinen Finger rühren mußten. Meine Mutter arbeitete, weil sie keinen Mann hatte. Mein Vater war gestorben, aber er hatte uns schon lange vor seinem Tod verlassen. Meiner Mutter wäre also ohnehin nichts anderes übriggeblieben. Wie die Töchter aus den reichen jüdischen Familien, für die meine Mutter arbeitete, hatten auch meine Tanten kein College besucht. Für Frauen wie meine Tanten und Eleanor galt das College als zu teuer und überflüssig und für Frauen wie Hilda als zu gefährlich. Für meine und Dorindas Generation war es bereits selbstverständlich, daß die Frauen der Ober- und Mittelschicht von ihren wohlhabenden Vätern aufs College geschickt wurden. Hildas Generation erfüllte mich nur mit Mitleid. Ich verstand ihre Situation und konnte mich in ihre Verzweiflung hineinversetzen. Hildas sexuelle Eskapaden währten, anders als bei Dorinda, ihr ganzes Leben lang, genau wie ihre Labilität und ihr Getriebensein. Es schien fast so, als fürchte sie, sich in Luft aufzulösen, wenn sie auch nur einen Moment innehielte, um sich zu fragen, was sie tat. Und als sie während des Krieges, vom Schicksal nach Europa verschlagen, schließlich doch gezwungen war, nachzudenken und ihre Lebensweise in Frage zu stellen, wurde sie verrückt. Dorindas Vater mußte sie narkotisieren lassen und unter der Obhut zweier Krankenschwestern auf einem der letzten Passagierschiffe, die den Ozean überquerten, nach Amerika holen.

Auf Eleanor muß Hilda wie ein Wesen einer unbekannten Spezies gewirkt haben. Aus der Zeit, als Hilda Emile noch nicht kannte und Eleanor gerade die frischgebackene Goddard-Schwiegertochter geworden war, gibt es ein Foto von beiden im Garten des New-Jersey-Hauses. Sie stehen neben dem Großvater, der den Arm um seine geliebte und schöne Tochter Hilda gelegt hat. Eleanor steht etwas abseits, sorgfältig frisiert, perfekt gekleidet und voller Anspannung. Das Foto muß ungefähr zwei Jahre vor Dorindas und Nellies Geburt aufgenommen worden sein. Dorindas Geburt war hochkompliziert; Nellie dagegen kam wie im Vorbeigehen auf die Welt. Auch ich war noch nicht geboren. Es gelang mir einfach nicht, den Schnappschuß anzusehen, ohne uns drei, Dorinda, Nellie und mich, als Ungeborene in einer über dem Bild schwebenden Luftblase dazuzudenken. Wie das Leben meiner Mutter zu jener Zeit aussah, interessierte mich nicht im geringsten.

Die Geschichte von Dorindas Geburt ist schnell erzählt. Sie wurde nach vielen bangen Monaten empfangen und unter schrecklichen Wehen geboren. Als ihrem Vater, Sig, schließlich der verquollene Säugling gezeigt wurde, schniefte er verächtlich und sagte, sie sehe aus wie ein jüdischer Komödiant. Das weiß ich von Dorinda, der er die Geschichte oft erzählt hat. Ich kann mir aber gut vorstellen, wie er, der unbekümmerte Mann, sich im gleichen Moment um seine angebetete Schwester Hilda sorgte, die in Frankreich kurz vor der Geburt stand.

Eleanor war Sigs Sekretärin gewesen. Vielleicht hatte er sie geheiratet, weil sie fügsam, tüchtig und ordentlich war, vielleicht auch, weil sie sonst nicht mit ihm geschlafen hätte. Sig war so attraktiv, daß eine Frau, die sich ihm verweigerte, zweifellos eine neue Erfahrung für ihn war. Später erzählte Eleanor mir, die Goddards hätten darauf bestanden, daß sie für Dorinda ein Kindermädchen einstellte; aber jedesmal, wenn das Mädchen Dorinda ausfuhr, lief Eleanor in diskretem Abstand hinterher, um sicherzugehen, daß ihrem Kind nichts passierte. Manchmal setzte sie sich durch und fuhr Dorinda selbst in dem eleganten Kinderwagen spazieren. Es sei schrecklich gewesen, erzählte sie mir später. Dorinda schien instinktiv zu spüren, daß sie es mit jemand Wehrlosem zu tun hatte, und gleich, welche Richtung Eleanor einschlug, Dorinda hörte vor Zorn auf zu atmen, lief vor den Augen ihrer entsetzten Mutter blau an, bis Eleanor sich geschlagen gab und fuhr, wohin Dorinda wollte. Eleanor war sich sicher, daß das Kindermädchen nie solche Probleme hatte.

Als die Kinderschwester von einer Gouvernante abgelöst wurde, also kurz ehe ich Dorinda kennenlernte, hatte Eleanor gelernt, ihre elegante Robe mit größerer Selbstverständlichkeit zu tragen. Sie war von Natur aus eine Dame, brauchte aber einige Jahre, bis sie Zutrauen zu sich selbst und ihrer Autorität faßte, zumindest der Dienerschaft und den Kreisen der Goddards gegenüber. Allerdings glaube ich nicht, daß sie sich je stark genug fühlte, Dorinda zu lenken. Oft erzählte sie mir Geschichten, wie Dorinda über sie triumphierte, erzählte sie aber so, als sehe sie darin nicht den Beweis für ihr eigenes Versagen, sondern für Dorindas Willenskraft. Wahrscheinlich war Eleanor von uns allen am meisten überrascht, als Dorinda plötzlich einen so konventionellen Weg einschlug. Es sah fast so aus, als hätten sich zwanzig Jahre nach ihrer Geburt plötzlich und unversehens die Gene ihrer Mutter durchgesetzt.

Derweil bewegte Hilda sich mit unendlicher Anmut und unendlichem Reichtum in den Künstlerkreisen von Paris. Es war die Zeit zwischen den beiden Weltkriegen, die Nachtclubs blühten und das Leben pulsierte. Aber obwohl ich mir praktisch alles im Leben der Goddards, bevor ich sie kennenlernte, bildlich vorstellen kann, weigert sich meine Fantasie, den Ozean zu überqueren. Eleanors, Dorindas und Nellies Erzählungen und die späteren Biographien von Emmanuel Foxx sind meine einzigen Anhaltspunkte. Hilda lernte gleich zu Anfang ihrer Zeit in Europa Emmanuel Foxx kennen und wurde – wie so viele Frauen vor ihr – seine Sklavin. Hilda, die nicht einmal ihre eigene Unterwäsche aufheben oder einen Brief schreiben konnte, tippte Manuskripte für Foxx und unterstützte ihn auf vielfältige Weise – mit Geld, aber auch mit eigener Anstrengung, Mühe und oft sogar Qual.

Gabrielle, Emmanuels Frau, hatte von Anfang an eine tiefe Abneigung gegen Hilda, oder, wie ich eher glaube, Furcht vor ihr – ihrer Schönheit, ihrem Geld und Emmanuels Faszination für sie. Aber am Ende erwies sich Emmanuel als resistent gegenüber Hildas Reizen, ihrem Geld und ihren Bemühungen um ihn. Also probierte sie ihren Charme an Emmanuels und Gabrielles zwanzigjährigem Sohn Emile aus. Sie war älter als er und weit erfahrener in der Kunst des Flirtens. Emile war von seinem Vater auf der Suche nach besseren Arbeitsbedingungen, billigeren Mieten, ergebeneren Frauen und großzügigeren Mäzenen durch ganz Europa geschleppt worden. Vor Nellies Ankunft in Amerika erzählte mir Dorinda, daß Nellie, wie ihr Vater, vier Sprachen spreche und alle mit jener eigenartigen Korrektheit, an der man sofort erkennt, daß es nicht die Muttersprache ist. Emile und Nellie waren Sprachgenies ohne Muttersprache.

Nicht nur wegen des Krieges kam Nellie so bereitwillig zu den Goddards, sondern weil hier ein Ort war, an dem sie sich, zumindest einige Jahre lang, würde zu Hause fühlen können.

Kurz nachdem Hilda und Emile ihre Affäre begonnen hatten, galt er in den Pariser Kreisen als Gigolo. Ich nehme an, er konnte sich einfach nicht gegen diese Rolle wehren. Auf allen noch existierenden Fotos aus jener Zeit ist er nie mit Hilda allein, sondern immer in einer Gruppe von Leuten: Sie stets im Mittelpunkt, er am Rande, mit schmollendem Blick, und immer wirkt er fehl am Platz. Aber Hilda muß ihn mit ihrer Schönheit, ihrer Raffinesse, ihrem Reichtum und ihrer Unbesonnenheit, die nach nichts fragte, fasziniert haben. Als sie schwanger wurde, bestand Emmanuel Foxx auf einer Heirat. Er wollte einen Erben, jemanden, der seinen Namen weiterführte. Wie alle, hoffte Emmanuel natürlich auf einen männlichen Erben, aber nach Nellies Geburt verkündete er, schließlich sei die Hauptfigur seines berühmten Romans eine Frau, und er sei sehr glücklich über die Geburt der Enkelin. Sie wurde nach der Hauptfigur seines Romans benannt, aber immer nur Nellie gerufen.

Nachdem Hilda genug davon hatte, mit ihrem Baby für hübsche Fotos zu posieren, überließ sie Nellie den Kindermädchen. Aber Gabrielle, Emmanuels Frau, schaltete sich ein und nahm sich der Enkelin an, ein Schritt, der Emmanuels volle Zustimmung fand. So verbrachte Nellie ihre ersten Jahre zum größten Teil bei ihnen; später, Ende der dreißiger Jahre, gesellte sich auch ihr Vater zu ihnen, als er Hilda und seiner Rolle als Ehemann einer unersättlich flirtenden Frau überdrüssig geworden war. (Peggy Guggenheim wird nachgesagt, sie hätte darauf bestanden, daß ihre Liebhaber alle Posen nachahmten, die auf den Wandgemälden eines bestimmten Gebäudes in Pompeji zu sehen waren, dessen Zutritt Frauen verboten war, in das sich Peggy jedoch durch Bestechung eingeschmuggelt hatte. Ob dies der Wahrheit entspricht oder nicht, auch Hilda gab jedenfalls damit an. Zweifellos waren für ihr wildes Spiel ewig wechselnde Liebhaber genauso wichtig wie immer neue Stellungen.) Obwohl Nellie bei ihren Großeltern und ihrem Vater lebte, ging sie bereitwillig und froh zur Familie ihrer Mutter, als sich ihr die Gelegenheit bot. Emmanuel wollte sie in Sicherheit wissen. Emile hatte sich inzwischen zu einem so starken Trinker entwickelt, daß niemand ihn um seine Meinung bat. Was Gabrielle empfand, danach fragte offenbar niemand, aber Nellie wußte genau, wie sehr ihre Großmutter sie vermißte, und sie schrieb ihr regelmäßig Briefe, in denen sie sich Mühe gab, anhänglich zu klingen, aber kaum verbergen konnte, wie vergnügt sie war und wie glücklich darüber, bei den Goddards, Dorinda und mir in Amerika zu sein.

Als ich nach der Begegnung mit Eleanor im Kaufhaus in London ankam, fragte ich mich, ob sich Gabrielle an mich als das dritte Mädchen in Nellies Briefen erinnern würde. All die Jahre hatte ich so oft an Gabrielle gedacht, so viel von Nellie und den Goddards über sie gehört, daß sie mir wie eine alte Bekannte erschien. Vielleicht war sie auch schon zu alt, mich überhaupt inmitten all ihrer traurigen Erinnerungen unterbringen zu können?

Mit Emmanuels Tod, nicht lange nach Nellies Abreise in die Staaten, geriet Gabrielle in Vergessenheit. Die Bewunderer und Verehrer großer Literaten, die sich in deren Nähe drängen, nehmen Ehefrauen als unumgängliche Begleiterscheinungen notgedrungen hin. Aber ohne den großen Autor wird die Ehefrau – es sei denn, sie macht sich zur Nachlaßverwalterin und strengen Hüterin seines literarischen Rufes, wie beispielsweise die Witwe von T. S. Eliot – so wenig beachtet wie seine Schreibutensilien oder, noch wahrscheinlicher: behandelt wie ein lästiges Überbleibsel.

Wie immer waren es die Goddards, die zu Hilfe kamen. Sie sandten Gabrielle monatlich einen Scheck, hofften zwar, daß er nicht hauptsächlich für Emiles Alkoholkonsum verwendet würde, fürchteten aber, genau das geschähe. Während des Krieges verschwand Emile plötzlich. Man fürchtete, die Nazis, die jetzt in Paris regierten, hätten ihn verhaftet. Es bestand die vage Hoffnung, daß er sich zusammengerissen, das Trinken aufgegeben und sich der Résistance angeschlossen hatte und dann entweder untergetaucht oder bei irgendeiner Aktion gegen die Deutschen heldenhaft gestorben war. Aber niemand gelang es, seine Spur aufzunehmen. Emiles Verschwinden war für Gabrielle wahrscheinlich der schlimmste Schlag. Aber: Sie lebte, und die Geldsendungen erreichten sie – mehr konnten die Goddards während des Krieges nicht über sie in Erfahrung bringen.

Nach der Befreiung Frankreichs gelang es Sig Goddard,

mit ihr Kontakt aufzunehmen. Sie bewohnte immer noch einen Teil der alten Foxxschen Wohnung und wurde von einigen vornehmen Damen unterstützt, die Emmanuel Foxx für den großen Schriftsteller seiner Zeit gehalten hatten, ohne sich Illusionen über seinen Charakter zu machen und über die Vorsorge für seine Frau, falls sie ihn überlebte. Genies leben nach ihren eigenen Gesetzen, so viel gestanden sie ihm zu, aber es mußte Leute geben, die sich um die nicht-literarische Hinterlassenschaft solcher Genialität kümmerten. Am rührendsten von all den Hilfeleistungen, besonders – wie Sig Goddard auf seine übliche sardonische Art sagte – angesichts der Knauserei und Pfennigfuchserei der Franzosen, war das Angebot eines Restaurantbesitzers, bei dem die Familie Foxx vor dem Krieg oft gespeist hatte: Er gewährte Gabrielle jeden Tag eine freie Mahlzeit. Eleanor hatte bei unserer Begegnung erwähnt, daß sie dem Restaurantbesitzer mit einem angemessenen Geschenk dafür gedankt habe.

Die Goddards hatten keine Mühe gescheut, Gabrielle zu Dorindas Hochzeit nach Amerika zu holen. Nellie hatte noch London telegrafiert und sie angefleht zu kommen, aber Gabrielle meinte, sie sei zu alt, Nellie solle sie vertreten. Zu der Zeit hatten wir wohl alle das Gefühl, Nellie hätte selbst zu ihrer Großmutter nach London reisen sollen.

Es war eine riesige Hochzeit im Harmonic Club, mit Nellie und mir als Brautjungfern. Auch meine Mutter war eingeladen, und ich war innerlich in Panik, sie könne etwas sagen oder tun, das mir peinlich wäre, aber sie benahm sich völlig korrekt und schien sich sogar zu amüsieren. Meine

Mutter, die ich mir nie als Tänzerin hätte vorstellen können – das allerletzte Talent, das ich ihr zugetraut hätte –, wurde aus reiner Höflichkeit von einem der Männer zum Walzer aufgefordert, und sie erwies sich als so graziöse und lustvolle Tänzerin, daß sie keinen Tanz ausließ und mir – wenn ich in meiner Beschämung und Bestürzung einen Blick wagte – damit zeigte, was aus ihr hätte werden können, wenn etwas Vergnügen in ihrem Leben erlaubt und erreichbar gewesen wäre.

Daß sie so tanzte, schockierte mich noch aus einem anderen Grund. Ich war, ganz für mich allein, immer eine wilde Tänzerin gewesen, wirbelte durch den Raum, den Kopf voller Phantasien, und bewegte meinen Körper auf eine Art, wie es kein Gesellschaftstanz damals zuließ. Jahre später, als die jungen Leute damit begannen, sich nicht mehr als Paar zu bewegen, sondern jeder nach seinem eigenen Rhythmus, sagte ich mir, *die* Art Gesellschaftstanz hätte mir auch gelegen. Aber ich konnte mich nie von einem Mann führen lassen. Ich hätte es als Omen deuten müssen, aber damals wunderte ich mich, daß Dorinda keinerlei Schwierigkeiten mit den traditionellen Tänzen hatte und sich in den Armen ihres Partners bewegte, als wolle sie nichts anderes vom Leben, als geführt zu werden. Meine wilde Tanzerei für mich allein erwähnte ich meiner Mutter gegenüber nie. Ich tanzte zu einer Platte, aber nur, wenn niemand in der Nähe war. Dann hörte ich mit dem Tanzen auf und fing nie wieder damit an. Vielleicht sind die Spaziergänge, nach denen ich süchtig bin, mein Ersatz geworden, vielleicht sind auch die Phantasien, die mein Tanzen begleiteten, mit den Jahren verblaßt. Auf Dorindas Hochzeit tanzte ich ein paar wenige Pflichtrunden, saß den Rest der Zeit am Tisch und trank Champagner und strengte mich an, nicht zu meiner Mutter hinzusehen – was mir jedoch schlecht gelang.

Der Harmonic Club, in dem die Hochzeit stattfand, war und ist wahrscheinlich heute noch – ich nahm mir nie die Zeit, mich zu vergewissern – in der 60. Straße Ecke Fifth Avenue. Es war ein Club für wohlhabende Juden, die zu den ihrer sozialen Klasse entsprechenden Clubs nicht zugelassen waren. Ich erinnere mich, daß Dorinda mir erzählt hatte, der Club nehme nur deutsche Juden auf, niemals osteuropäische, und sei sehr streng in der Auswahl seiner Mitglieder. Dorinda schritt in ihrem prächtigen Brautkleid am Arm ihres Vaters den Gang hinunter, so als habe es nie ein graues Ford-Coupé oder die Männer ihrer Collegejahre gegeben; Nellie und ich folgten ihr in passenden himmelblauen Kleidern, die, überflüssig zu erwähnen, die Goddards uns gekauft hatten.

Der Bräutigam erwartete sie in voller Montur – neben ihm sein Trauzeuge, der genauso langweilig war wie er – und übernahm sie, wie in den Filmen unserer Kindheit, aus den Armen des Vaters. Weder Nellie noch ich machten uns Illusionen. Er haßte uns, und Dorindas Abkehr von uns begann mit der Hochzeit. Nellie fuhr kurz nach Dorindas Hochzeit nach London, um ihre Großmutter zu besuchen, eine Reise, die die Goddards bezahlten, und ich begann mit meiner Arbeit als Lektoratsassistentin, in Wirklichkeit Sekretärin, in einem Verlag. Den Job hatten mir, wiederum überflüssig zu sagen, die Goddards verschafft.

Dorinda schritt den Gang entlang – hinein in die Arme ihres faden Chirurgen in spe und hinaus aus der Nähe, die sie mit Nellie und mir verband.

Hinter Dorinda hergehend, drehte ich den Ring an meiner rechten Hand, eine Art Talisman für mich, der all das symbolisierte, was die Goddards und Dorinda mir bedeuteten. Es war – ich besitze ihn heute noch – ein Jensen-Ring aus jenen Tagen, als das Jensen-Geschäft noch in der Fifth Avenue war und den für meine Begriffe herrlichsten Schmuck der Welt führte. Zu meinem sechzehnten Geburtstag, dem Geburtstag nach der Nacht mit dem Capehart, in der ich Len kennenlernte, gingen Dorinda und ihre Mutter mit mir zu Jensen, um mir einen Ring zu kaufen. Ich wählte den gleichen Ring, den Dorinda bereits besaß. Er war aus Silber mit ziselierten Blättern und einem Mondstein in der Mitte. Ich hatte Dorindas Ring immer bewundert und mir sehnlichst genau den gleichen gewünscht. Obwohl ich aus Höflichkeit den Preis überhörte, erinnere ich mich, daß er fünfunddreißig Dollar kostete, zur damaligen Zeit eine riesige Summe, heute ein Spottpreis. Mit dem Schwur, ihn nie abzunehmen, verließ ich das Geschäft; ein Schwur, dem ich lange Zeit treu blieb. Für mich enthielt der Ring unsere ganze Jugend; diesen Satz habe ich einmal in einem Roman gelesen.

Während ich also bei Dorindas Hochzeit den Gang hinunterschritt, drehte ich den Ring – vielleicht, um mich von der Farce abzulenken, bei der ich mitspielte. Plötzlich erinnerte ich mich auch an einen Abend nach dem ersten Sommer in New Jersey, den ich mit Dorinda in New York verbrachte. Die Goddards hatten uns alle in einem Taxi zu Rumpelmayer ausgeführt, und während wir unsere Limonaden bestellten, brachte der Geschäftsführer einen Taxifahrer an unseren Tisch. Der Mann sagte, wir hätten eine Handtasche in seinem Taxi vergessen. Voller Scham und Schuldgefühle gab ich mich als Besitzerin der braunen Handtasche zu erkennen, die er zuerst Dorinda hinhielt, dann mir. Ich erinnere mich, wie Mr. Goddard in seiner Tasche kramte und dem Fahrer ein Trinkgeld gab. Ich wußte, daß meine Tasche, eine alte meiner Mutter, weniger wert war als das Trinkgeld.

Noch eine andere Erinnerung folgte – die Erinnerung an Dorindas Geburtstagsparty in jenem ersten Sommer. Alle Töchter der Familien, die den Sommer an der Küste verbrachten, waren eingeladen. Als wir uns schließlich zum Abendessen an den Tisch setzten, fand jede an ihrem Platz ein Lederetui, in das ihr Name mit Goldbuchstaben eingraviert war. Als wir die Etuis öffneten, entdeckten wir eine Reihe von Stiften, jeder mit einem Namen. Mein Etui trug meinen Namen, die Stifte trugen meinen Namen. Ich bewahrte das Etui und die Stifte viele Jahre auf. Natürlich war Eleanor diejenige, die sich alles ausgedacht und mich nicht ausgeschlossen hatte.

Und dieser Eleanor würde ich mich erkenntlich zeigen, wenn ich meinen Auftrag in London gut ausführte. Oder, fügte die Realistin in mir hinzu, wenn ich ihn überhaupt ausführte.

Meine Reise nach London war keineswegs so glamourös, wie sie sich anhörte. Ich sollte dort meinen ehemaligen New Yorker Chef unterstützen, der wegen ehelicher Probleme, die Anlaß zu heftigstem Klatsch gegeben hatten, dessen Inhalt ich aber völlig vergessen habe, nach London übergesiedelt war. Zuerst hatte er erwogen, nach Paris zu gehen, um dort eine Filiale des Verlags aufzubauen, aber zu meiner unendlichen Erleichterung hatte er sich statt dessen für London entschieden.

Zu dem Zeitpunkt, als ich ihm nach London folgte, zeichnete sich bereits ab, daß meine Karriere im Verlagswesen sich eher in den Geschäftsetagen abspielen würde als in den Lektoraten, wo die literarische und herausgeberische Seite betreut wurden. Ich konnte sehr gut mit Zahlen umgehen, war tüchtig und schnell, genau wie meine Mutter, obwohl mir der Vergleich damals kaum in den Sinn gekommen wäre. Statt anderen Reichen führte ich Verlegern den Haushalt. Heute ist mir klar, daß da kaum ein Unterschied besteht.

Paris hat mich nie besonders interessiert. Ich weiß, welche Verwunderung eine solche Äußerung hervorruft, aber anscheinend gehöre ich zu denen, die nie den Geschmack ihrer Generation oder Kultur teilen. Irwin Edman, der in den zwanziger Jahren jung war, soll einmal gesagt haben, er habe in seiner Jugend nichts von dem Sprühen und dem Taumel gespürt, von denen er später immer gelesen habe.

Gewiß, er war ein Philosoph, und in jemandem wie beispielsweise Scott Fitzgerald konnte er wohl kaum das Sprachrohr seiner Wünsche und Hoffnungen sehen.

Ich bin nie besonders gern oder viel gereist, es gab zwar Städte, die mich begeisterten – Paris gehörte nicht dazu. Für mich ist Paris keine Stadt, in der eine alleinstehende Frau genüßlich durch die Straßen schlendern oder in Buchläden stöbern kann (interessant waren für mich natürlich nur solche mit alten und neuen Büchern in englischer Sprache). London ist eine solche Stadt, und ebenso war es das New York jener Tage. In Paris fühlte man sich immer als Außenseiter. Und das würde sich, so fürchtete ich, auch nicht ändern, wenn ich dort arbeitete. Die Leute müßten dann zwar mit mir über geschäftliche Dinge reden, meine Fragen beantworten und wichtige Angelegenheiten erörtern, aber ich bezweifelte, ob mich das den Franzosen näher brächte. Ich sprach Französisch, aber mit einem schweren amerikanischen Akzent. Die Art, wie die Franzosen bei allem eine sexuelle Ebene mitschwingen ließen, war mir fremd, und ich mochte sie nicht. Während meines einzigen Frankreichaufenthalts vor einigen Jahren fand ich, daß die Franzosen in ihrer Einstellung zu Geld, Sex, intellektuellen (als Gegensatz verstanden zu praktischen) Ideen, in ihrer Kleidung und ihren Essensgewohnheiten auf einer Ebene operierten, die einfach nicht meine war. Heute weiß ich, daß nicht nur mein Akzent mich behinderte; es war auch meine völlige Unempfindlichkeit für die vielen Signale (die mir einfach entgingen) und die vielen Gesten (die ich verschmähte). Einfach gestrickte Leute haben noch nie Zugang zu den Franzosen gefunden. Als ich später die Bücher von Nancy Mitford las, verstand ich, warum mir in Frankreich immer das Schicksal der Außenseiterin sicher gewesen wäre. Mir gefielen Mitfords Bücher, aber mir war auch klar, daß ich in ihrer Welt eine der unbeholfenen und schwerfälligen Figuren abgäbe, die sie in ihren Romanen karikiert.

Während meines Aufenthalts in Paris war ich sogar verliebt. Ich hatte Len dort wiedergetroffen, und wir lebten ganz unsere junge, wilde Liebe, die nur von Mahlzeiten und idyllischen Spaziergängen unter Kastanien unterbrochen wurde. Wir liebten uns, gingen eng umschlungen, aber die sorgfältig beschnittenen Bäume wirkten verstümmelt auf uns. Das Wetter war uns zu grau, naß und dunkel, und die Kellner waren uns zu hochnäsig und unfreundlich. Wenn die Franzosen an den Nebentischen uns amerikanisch reden hörten, ließen sie es sich nicht nehmen, uns ihre Meinung über Amerika mitzuteilen. Ich war also sehr froh, daß mein ehebrecherischer Chef sich für London entschied, noch froher war ich darüber, weil ich auf diese Weise Eleanor einen Gefallen tun und noch einmal in die Affären ihrer faszinierenden Familie eintauchen durfte, das heißt, der Familie, in die sie, vielleicht unglücklicherweise, eingeheiratet hatte.

Ob Gabrielles Ehe auch nur eine Spur leichter zu ertragen gewesen war als Eleanors, wer weiß das schon. Aber Gabrielle war mit Emmanuel nach Paris davongelaufen, schwindlig vor Glück und in einem Sinnentaumel, wie ich ihn nie gekannt hatte und nach dem ich mich auch nicht sehnte. Das empfand ich schon so, lange ehe ich auf den Aphorismus eines Franzosen stieß, den ich im Gegensatz zu den meisten anderen der vielen französischen Aphorismen sehr zutreffend fand. Er lautete: Es gibt Menschen, die lieben, und Menschen, die sich lieben lassen. Jenen Sinnenrausch und Glückstaumel erfahren nur jene, die lieben; und der Preis, den sie dafür zahlen – der Preis, den Gabrielle gezahlt hatte –, erschien mir zu hoch. Erst als ich zu dieser Einsicht gelangt war, fragte ich mich zuweilen, ob Eleanor so geliebt hatte wie Gabrielle, und ich sagte mir, daß es wohl so gewesen sein müsse – daß beide hatten erfahren müssen, wie gefährlich es war, das Objekt seiner Leidenschaft zu heiraten.

Gabrielles Familie verstieß sie ohne einen Pfennig, was als recht und billig galt, denn sie hatte ihnen ja ins Gesicht gelacht. Ich nehme an, das Leben am linken Seineufer mit seinen Künstlern und Emigranten war sehr anregend. Aber ein ungebundener Hemingway zu sein, ist eine Sache – eine ganz andere ist es, einen Haushalt und ein Kind zu versorgen mit dem unregelmäßigen Einkommen eines Genies. Gabrielle war abhängig, ängstlich und lebte im Exil, kehrte aber selten nach London zurück, begleitete nicht einmal Emmanuel auf all seinen Reisen dorthin. Und obwohl sie sich angeblich wieder mit ihrer Familie versöhnen wollte, reagierte diese nicht.

Die Goddards konnten nie recht verstehen, warum sie schließlich doch nach London zurückkehrte. Sie schrieb ihnen nur, sie bewohne jetzt eine kleine Wohnung in Kensington, gab ihre Adresse an, damit die Schecks sie erreichten;

ansonsten sei sie unendlich dankbar für ihre Großzügigkeit. Eleanor erzählte mir einmal, daß bei aller Dankbarkeit, die aus ihren Briefen spreche, gleichzeitig Gabrielles Überzeugung herauszuhören sei, die Goddards täten ihr gegenüber nur ihre Schuldigkeit. Ich war mir immer noch zu unsicher, was meine eigene Dankbarkeit den Goddards gegenüber betraf, um die von Gabrielle zu beurteilen. Ich gefiel mir in dem Glauben, meine Dankbarkeit sei unkompliziert, aber gelegentlich überkam mich ein Gefühl von Bitterkeit. Obwohl ich mir einredete, es rühre aus meiner Enttäuschung über Dorindas Entwicklung, hütete ich mich, Gabrielle gegenüber moralisch zu werden.

Die romantische Geschichte von Emmanuel und Gabrielle kannte ich so gut, als sei es eine Liebesgeschichte aus der Literatur – und in der Literatur findet sich stets mehr über die Liebe als über die Realität. Wären Romeo und Julia am Ende des Stückes nicht gestorben – wie hätten sie gelebt? Wollte Shakespeare in seinem ›Wintermärchen‹ andeuten, ein Mann könne seine Frau nach zwanzig Ehejahren nur dann noch lieben, wenn sie sich die Schönheit der Zwanzigjährigen bewahrt habe? Emmanuels und Gabrielles Liebe hatte fast shakespearesche Züge, so zumindest erschien es mir noch 1955, als ich mich auf die Suche nach der sechsundsechzigjährigen Gabrielle machte. Ihr Sohn war tot, ihr Mann nach kurzer qualvoller Krankheit gestorben. Ihre Enkelin lebte auf der anderen Seite des Ozeans, und ich, diejenige aus unserem Triumvirat, die ihr am entferntesten stand, war auf dem Weg zu ihr. So traurig ihr Leben vielleicht heute auch sein mochte, selbst ich erwartete, daß sie die gelebte große Liebe noch immer ausstrahlte. Irgendwo hatte ich einmal gelesen, alte Menschen blickten nur in ihre Vergangenheit zurück, entdeckten und durchlebten sie noch einmal neu. Auf welch herrliche Vergangenheit, auf welch großartige Liebe konnte Gabrielle zurückblicken! Wenn man sich schon in den Strom hemmungsloser Leidenschaft warf, war es immerhin von Vorteil, wenn das Objekt der Leidenschaft ein bedeutender Schriftsteller war, der große Schöpfer einer Romanheldin.

Gabrielle lernte Emmanuel kennen, als sie sechzehn war. Dem Familienklatsch der Goddards zufolge soll sie ihm gleich bei ihrer ersten Begegnung »alles« gegeben haben. Emmanuel war zu Gast auf dem riesigen, schloßartigen Herrensitz ihrer Familie (vielleicht ist er auch von Erzählung zu Erzählung größer geworden). Einer von Gabrielles Brüdern hatte Emmanuel eingeladen und ihn als den großen Schriftsteller der Zukunft vorgestellt. Solche Einführungen haben selten wirklich prophetischen Charakter. Emmanuel war zwar noch nicht der große Schriftsteller, aber doch ein Mann von außergewöhnlicher Anziehungskraft, vor allem für Frauen. Ich habe ihn mir immer so imposant wie Rodin oder Augustus John vorgestellt – von hoher Gestalt und hohen Ansprüchen an das Leben. Gabrielle bewunderte ihn vom ersten Augenblick an. »Wer, der nicht auf den ersten Blick liebte, hat je geliebt?« Ich bin fest davon überzeugt, daß diese Zeile Marlowes (und meine Ansicht wird durch den Zusammenhang bestärkt, in dem Shakespeare sie zitiert) nur auf Schürzenjäger und Leute, die keine Ahnung von der Ehe haben, zutrifft.

Sie bot an, ihm den Park zu zeigen, den Teich mit den Enten, die verwilderten Gärten und schlief mit ihm unter den Bäumen eines Buchenhains, im Licht, das durch das dichte Blätterwerk fiel. Als sie kurz darauf mit ihm nach Paris durchbrannte, mußte sie schon mit Emile schwanger gewesen sein, der neun Monate später geboren wurde. Sobald sie wußten, daß Gabrielle ein Kind erwartete, ließen sie sich in Paris von einem Standesbeamten trauen. Emmanuel hatte sich bisher in keine Ehe einfangen lassen. Aber Gabrielle war (so behaupteten die Goddards) die erste oder zumindest die jüngste Jungfrau, die er sich genommen hatte. Er konnte also sicher sein, daß sie sein Kind trug, und er wollte einen Erben, jemand, der seinen Namen weiterführte. Vielleicht, weil Emile eine solche Enttäuschung wurde, begrüßte Emmanuel es später, daß Nellie ein Mädchen war. Das war zumindest meine Vermutung.

Gabrielles Familie blieb unerbittlich. Ihr Vater verfolgte sie bis nach Paris, aber als er das flüchtende Paar aufgestöbert hatte, wozu er einige Wochen brauchte, sagte ihm Emmanuel, Gabrielle sei schwanger und würde ihn heiraten. Der Goddard-Legende zufolge verkündete der Vater, seine Tochter existiere von nun an nicht mehr für ihn, machte auf dem Absatz kehrt und verschwand. Ich habe mich oft gefragt, ob Gabrielles Brüder versuchten, sich mit ihr in Verbindung zu setzen – sie waren älter und hatten zweifellos ein beträchtliches eigenes Vermögen –, aber offensichtlich waren sie sehr konservativ oder ebenso ängstlich auf den Ruf der Familie bedacht wie die Eltern. Gabrielles Mutter starb wenig später – an gebrochenem Herzen, wie mir die Goddards versicherten. Sie hatte ihre Tochter geliebt und gab sich selbst die Schuld an allem. Hätte sie weitergelebt, hätte sie Gabrielle vielleicht irgendwann verstanden und unterstützt. Aber sie stand ganz unter der Knute ihres Mannes und verlor mit Gabrielles Flucht ihren einzigen Grund zu leben. Eine romantische Geschichte, wenn es je eine gegeben hat.

Egal, worauf die Goddards ihre wundervollen Geschichten über die Foxx' auch stützten, sie behaupteten jedenfalls, Gabrielle habe von Zeit zu Zeit an ihre Familie geschrieben und um Hilfe gebeten, aber keine erhalten. Ihre Briefe kamen auf die feinste englische Art ungeöffnet zurück. Ein zweites Kind wurde tot geboren, und die Foxx' bekamen keine weiteren Kinder mehr. Angesichts der Katastrophe, die sie aus Emile gemacht hatten, war das wahrscheinlich auch gut so; das jedenfalls dachte ich 1955 auf meine arrogante, intolerante und nüchterne Art. Aber was – erinnere ich mich, Dorinda kurz nach Nellies Ankunft gefragt zu haben – hatten sie während des Krieges getan? Ich rühmte mich, die Historikerin in unserer Gruppe zu sein und über alle wichtigen Daten Bescheid zu wissen. Schließlich wußte ich ja auch, daß mein Vater, lange bevor er meine Mutter kennenlernte, im Krieg gewesen war. Dorinda konnte mir keine Auskunft geben, fragte aber beim Dinner nach, und ihr Vater sagte, Emmanuel sei bei Kriegsausbruch schon fast vierzig gewesen und zunächst nicht von den Franzosen eingezogen worden. Später blieb er vom Kriegsdienst verschont, weil er ein Herzleiden und ein Geschwür hatte. Er zog sich mit seiner Familie aufs Land zurück und arbeitete weiter an seinem Roman, seiner Meinung nach eine weit wichtigere Sache als der Krieg.

Einer von Gabrielles Brüdern wurde im Krieg getötet, der andere verwundet, aber weder das Herz ihres Vaters noch das des überlebenden Bruders stimmte das weicher. Gabrielle half Emmanuel bei seinen Schriften und versuchte, Essen für ihn und den Jungen aufzutreiben. Es muß eine schwere Zeit gewesen sein. Wenn ich sie mir vorzustellen versuchte, hatte ich immer die Bilder Frankreichs vor Augen, die ich aus Filmen und Geschichten über den Zweiten Weltkrieg kannte. Die Bilder von Emile als kleinem Jungen in dem einen Krieg und von Emile als Mitglied der Résistance in dem anderen Krieg verschwammen in meinem Kopf miteinander.

In London beanspruchte mein Boß mich über alle Maßen. Meine Zeit war damit ausgefüllt, ihm beim Aufbau seines Büros zu helfen und ansonsten die Rolle auszufüllen, die man in den Fünfzigern von einer Verlagsassistentin erwartete: die Rolle der »Dienerin«. Akademikerfrauen spielten natürlich eine ähnliche Rolle, oft in ungeheuerlichem Ausmaß. Ich erinnere mich noch gut daran, wie Queenie Leavis, die Frau des damals gefürchtetsten und einflußreichsten Kritikers F. R. Leavis, viele Jahre später in einem Interview zugab, daß sie alle Recherchen für seine berühmten Bücher übernommen und den größeren Teil von ihnen geschrieben habe. Wir, die wir den männlichen Verlegern und Schriftstellern assistierten, übernahmen also das Recherchieren und Tippen, manchmal auch das Formulieren der Texte und ließen sie alles Lob einheimsen, auf Gesellschaften herumlaufen und schwadronieren. In jenen Tagen hatten ›Time‹ und ›Life‹ eine große Leserschaft. Im Mitarbeiterstab dieser Zeitschriften waren die Männer die Autoren. Für Frauen galt diese Bezeichnung nicht, sie waren die »Rechercheure«. In meinem Fall bedeutete das, daß ich nach einigen Jahren das Büro des Geschäftsführers leitete, nicht nur als Sekretärin (unabhängig von mir gab es eine zweite Sekretärin), sondern auch für Hauptbuchhaltung, Öffentlichkeitsarbeit und nicht selten für wichtige Entscheidungen verantwortlich war.

Erst einige Wochen später unternahm ich also den Versuch, Gabrielle anzurufen, um mich mit ihr zu verabreden. Wie sich herausstellte, hatte sie kein Telefon. Das war damals nicht so ungewöhnlich wie heute – für mich, als Amerikanerin, aber dennoch verblüffend. Ich mußte ihr daher einen Brief schreiben, den die englische Post, die damals, anders als überall sonst auf der Welt, noch nicht den Tiefststand ihrer Funktionstüchtigkeit erreicht hatte, Gabrielle am nächsten Morgen zustellte. Sie schrieb sofort eine Antwort, die mich noch am selben Nachmittag erreichte, was im Rückblick das Überraschendste an der ganzen Geschichte war. Sie bat mich, sie am nächsten Tag um drei Uhr aufzusuchen. Ich überließ meinen Boß seinem heillosen Durcheinander, nahm mir den ganzen Tag frei, wanderte durch die Straßen, überlegte, was ich Gabrielle sagen sollte, plante meinen Brief an Eleanor und kaufte einige Süßigkeiten für Gabrielle.

Gabrielle bewohnte das Erdgeschoß eines umgebauten Hauses am Rande von Kensington, eigentlich schon Knightsbridge, wie mir sogleich die Vermieterin erklärte, die mir die Tür geöffnet hatte. Die Frau hatte schon auf Gabrielles allererstem Besuch gelauert. Offenbar hatte Gabrielle ihr erzählt, daß sie mich erwarte, mehr aber nicht. Trotz meines amerikanischen Akzents schien die Frau sofort anzunehmen, ich sei mit Gabrielle verwandt. Vielleicht hielt sie mich für Nellie. Sie erzählte mir, wie sehr sie sich um Gabrielle sorge, die nie einen Schritt vor die Tür setze, das »Mädchen« dafür bezahle, ihr Lebensmittel und andere notwendige Dinge zu besorgen, und die bei Gott nicht die Sorte Mieter sei, die sie eigentlich haben wolle, aber schließlich bezahle sie pünktlich die Miete, und man könne das arme Geschöpf ja nicht einfach auf die Straße setzen. Immer noch schwatzend, führte sie mich einen Flur entlang, zu Gabrielles Tür. Ich dankte ihr, blieb stehen und blickte sie so lange an, bis sie ging. Ich wollte allein sein, wenn ich Gabrielle gegenübertrat.

Und als ich ihr schließlich gegenüberstand, als sie die Tür öffnete und mich hereinließ, fesselte sie meine Aufmerksamkeit mit solcher Gewalt, wie nie jemand zuvor, nicht einmal Nellie, als sie in Amerika ankam, nicht einmal Dorinda, als ich ihr das erste Mal begegnete. Alles bisher, so sah ich es in jenem Moment, war die Vorbereitung auf diesen Augenblick gewesen, und mir schien, daß mein Leben zum guten Schluß doch eher ein Roman war als eine realistische Biographie. Diese Ahnung hatte ich schon früher gehabt und mich im stillen damit auseinandergesetzt, wie so oft, seit Dorinda, Nellie und ich getrennt waren. Nur in Romanen, Märchen und in den Geschichten, die Mädchen träumen, entreißt etwas junge Frauen ihrer glanzlosen Bestimmung und versetzt sie in eine andere, reichere, abenteuerlichere Welt. Genau das war mit mir geschehen: zuerst die Goddards, dann Nellie und nun Gabrielle. Aber es gab auch einen Grund, warum mir – der schwerfälligen, etwas langweiligen, hart arbeitenden Anne – all dies passierte, und nicht Dorinda oder Nellie, die vom Schicksal viel eher für eine Starrolle auserkoren schienen. Gabrielle brauchte jemand Aufnahmebereiten wie mich. Eleanor, sagte ich mir, wäre auch geeignet gewesen, aber Eleanor war zu sehr von ihrem Mann in Anspruch genommen, zu sehr das Geschöpf der Goddards.

Auf mich, mit knapp dreißig, wirkte Gabrielle an jenem Tag, als ich ihrer zum erstenmal ansichtig wurde, alt und heruntergekommen. Das ist der richtige Ausdruck: »ansichtig wurde«. So als hätte ich sie aus meiner Phantasie herausgelöst und ins Blickfeld genommen. In New York und London bin ich bestimmt täglich an vielen sechsundsechzigjährigen Frauen vorübergegangen, die mir weder alt noch verhärtet vorkamen, weil sie sich durch Kosmetik und Diät ihre jugendliche Erscheinung bewahrten. Gabrielle sah aus wie sechsundsechzig, wenn nicht älter. Ich brauchte jedoch nicht lange, um ihre Vitalität zu entdecken – eine Lebendigkeit, die keine Imitation von Jugend ist und nicht den Anschein von Jugendlichkeit erwecken will, sondern die echt und so ganz anders ist als jene Verkörperung von Jugend, der die modernen Frauen nachjagen. Gabrielles grauweiß meliertes Haar war kurz geschnitten. Bei unserer ersten Begegnung war ich konventionell genug, ihr insgeheim zu einem »guten« Friseur zu raten. Sie trug ein langes formloses Kleid mit einer alten Strickjacke darüber: Wie in allen englischen Häusern jener Tage war es kalt bei ihr. Ihre Füße, mit Strümpfen aus grobem Material, steckten in Gebilden, die wie Männerschlappen aussahen. Ihre Hände waren groß, und die Fingernägel an den dicklichen Fingern kurz geschnitten. All dies nahm ich mit einem Blick auf – wie eine Art Offenbarung, auch wenn mir dieses Wort damals nicht in den Sinn kam. Warum sind die Geschöpfe, die in Offenbarungen erscheinen, immer schön wie die Engel? Und warum stellen wir uns Engel immer schön vor? Ich will damit nicht behaupten, Gabrielle sei mir auf den ersten Blick wie ein Engel vorgekommen, sondern nur, daß irgend etwas in mir sich zu ihr hingezogen fühlte, sie wiedererkannte und sagte: »Da bist du also.«

»Kommen Sie herein.« Sie sprach ein reines Upperclass-Englisch; heute hört man das in England viel seltener als damals. In jenen Tagen hatten alle BBC-Sprecher einen Oxford-Akzent. Daß die Beatles oder die heute allgegenwärtigen Tonlagen aus Australien, Yorkshire, den Midlands oder dem East End über einen Sender gingen, lag noch in ferner Zukunft. Aber selbst damals versetzte mich die Reinheit ihrer Sprache in Staunen.

Im Kamin entdeckte ich ein elektrisches Heizgerät, in das sie eine Münze warf. Auf einem Tischchen neben dem Kamin stand ein mit Münzen gefüllter Teller. Sie verwandte offenbar ihr Geld für das, was ihr wichtig war: Wärme, einen großen Raum, ein eigenes Badezimmer, Trinkgelder für das »Mädchen«, das für sie einkaufte. Sie verschwendete es nicht für Äußerlichkeiten oder irgend etwas, das nicht von unmittelbarem Nutzen war. Sie hatte ein Radio, an dem sie, in wenigen Stunden, die Nachrichten hören würde und später am Abend Musik. Sogar auf den ersten Blick fand ich, daß sie ihr Leben bemerkenswert vernünftig eingerichtet hatte.

Mein Plan war gewesen, sie zum Abendessen auszuführen, aber ich verwarf ihn gleich im ersten Moment. Ihr Leben fand hier statt und nirgendwo sonst. Sie hatte Zugang zu einem Garten, den die Bewohner aller umstehenden Häuser gemeinsam benutzten. Ich nahm an, oder wollte es gern glauben, daß sie gelegentlich dorthin ging, um ein wenig frische Luft zu schnappen. Als ich sie fragte, erzählte sie mir, nachts stelle sie sich manchmal ans offene Fenster, aber tagsüber gehe sie nie hinaus. Dort gebe es Kinder, und für die sei sie das geborene Opfer; sie schien das als unvermeidliches Schicksal hinzunehmen. Sie mochte keine Kinder. Als sie das sagte, wurde mir plötzlich klar, daß auch ich keine Kinder mochte, nicht einmal, als ich selbst Kind war, außer Dorinda und Nellie, aber die waren ja keine Kinder, sondern, wie ich, kleine Erwachsene, die auf ihre Verwandlung warteten.

»Setzen Sie sich«, sagte sie. Ich setzte mich auf einen Stuhl gegenüber dem Kamin mit dem elektrischen Heizer. Offensichtlich hatte sie den Stuhl für mich dorthin gestellt. Für zwei Stühle in der Nähe der Wärmequelle gab es normalerweise keinen Bedarf. Immer noch im Mantel, setzte ich mich: Der Raum war alles andere als warm. »Wie geht es Nellie?« fragte sie.

»Nellie geht es gut«, sagte ich. »Sehr gut.« Das schien keine angemessene Antwort und schon gar keine Neuigkeit, aber Gabrielle akzeptierte sie. Nellie, mit ihrer Begabung für Sprachen, arbeitete inzwischen für eine internationale Bank und war recht erfolgreich dort. Wie ich hatte sie nicht geheiratet, sah in der Ehe eine Falle. Weder sie noch ich hatten uns durch die Ehen in jener Welt, der Dorinda angehörte, zum Narren halten lassen. Vielleicht mußte man das Bild meiner Mutter oder Hildas vor Augen haben, um genug Widerstandskraft gegen die Ehe zu entwickeln, der die Frauen unserer Generation hinterherjagten wie dem Goldenen Vlies.

»Ledig wie Sie«, sagte Gabrielle, als hätte sie meine Gedanken gelesen. »Arbeitet, bringt sich selbst durch. Braves Mädchen. Und sie nutzt ihre Sprachkenntnisse. Nur jemand wie Emile konnte behaupten, weil er so viele Sprachen spreche, habe er keine Muttersprache. Nellie nach Amerika gehen zu lassen, brach mir das Herz, aber wäre sie bei mir geblieben, sie wäre verdammt wie ich. Wie Emile.«

»Sind Sie immer noch verdammt?« fragte ich. Immer und immer wieder habe ich an diese Frage zurückgedacht und daran, warum ich sie stellte. Sie kam mir wie durch Eingebung. Und Eingebungen gibt es selten: Sie sind eine Form von Telepathie wie eine plötzliche Einsicht oder Offenbarung, die vielleicht nur einmal im Leben vorkommt und ein ganzes Leben Vorbereitung braucht. Zweifellos hatte mich alles in meinem Leben darauf vorbereitet – mir eingegeben, diese Frage zu stellen.

»Nein«, sagte sie. »Ich bin nicht mehr verdammt. Deshalb war ich damit einverstanden, Sie zu empfangen. Sie sind die Botschafterin.«

Mit meinen knapp Dreißig fragte ich mich natürlich einen schrecklichen Moment lang, ob sie vielleicht verrückt sei. Sie muß diese Zweifel in meinem Gesicht gesehen haben. »Vielleicht mehr als eine Botschafterin«, sagte sie. »Vielleicht eine Freundin. Sie sind genau in Nellies Alter«, fügte sie offenbar zur Erklärung hinzu. »Möchten Sie Tee?«

Ich freute mich über ihr Angebot – echter englischer Tee, stark und mit Milch. Erst jetzt sah ich, daß sie den Wasserkessel schon aufgesetzt hatte. Wir tranken unseren Tee und sahen einander an. Ich hatte das Gefühl, mir eröffne sich eine neue Welt. So hatte ich noch nie empfunden, nicht einmal während meines Zusammenlebens mit Dorinda. Ich wartete, daß sie zu sprechen begänne, nur um ihre Stimme zu hören. Ob sie etwas Tiefgründiges sagte oder nicht, war mir völlig gleichgültig.

»Foxx behauptete immer, die Engländer machten aus ihrem Teetrinken eine heilige Handlung. Er hatte recht, was die englischen Bräuche betraf, hatte er immer recht. Tee ist fraglos besser als Wein. Tee ist niemandes Blut, außer dem der Unterschicht. In Tee ist kein Erlöser mit hineingepanscht.« Sie prustete los. Zum erstenmal sah ich sie lachen. Dann lächelte sie mich an, wie um ihr lautes Prusten zurückzunehmen. Ihr Lächeln war hinreißend und strafte das gestutzte Haar und die ruinierte, mit winzigen geplatzten Äderchen übersäte englische Haut Lügen. Es war ein liebevolles und intelligentes Lächeln, das so selten ist wie ein großer Rubin. Ich trank meinen Tee, und ein Gefühl reiner Freude überkam mich, wie eine Welle von Wohlbehagen, aber weit intensiver, eben Freude, nehme ich an. Als meine Mutter in die Menopause kam, litt sie unter fliegender Hitze; sie werde von den Hitzewellen förmlich übermannt, so beschrieb sie es – sie ergriffen von ihrem Körper Besitz wie Lust, nur daß fliegende Hitze eben keine Lust ist. Aber ich fühlte mich in dem Augenblick von Lust überkommen.

Wir hatten keine Eile. Beim Eintreten hatte ich meine Tasche mit den Süßigkeiten abgestellt, und ich habe keine Ahnung, was aus meinen Mitbringseln geworden ist. Vielleicht hat Gabrielle sie an die Vermieterin oder ihr »Mädchen« verschenkt? Ich habe Gabrielle nie etwas essen sehen, und sie lud mich auch nie zu einer Mahlzeit ein. Und ich, ich dachte nicht ans Essen, wenn ich mit ihr zusammen war.

Wir tranken nur Tee, unzählige Tassen Tee. Dort saß ich also, trank meinen Tee und sah mich in dem großen Zimmer um.

Überall waren Papiere verstreut, auf jedem Stuhl, Tisch, sogar direkt neben der Ofenplatte – jede freie Fläche und fast der ganze Boden waren mit Papieren übersät. Fast instinktiv hatte ich mir einen Weg durch die Papierstapel zu dem elektrischen Heizer und den Stühlen gebahnt. An diese Art Unordnung war ich gewöhnt. Dorinda hatte nie etwas aufgeräumt, und am Anfang hatte ich hart mit mir zu kämpfen, um meinen Ordnungssinn, den ich mit der Muttermilch eingesogen hatte, zu zügeln.

Gabrielle schien selbstverständlich davon auszugehen, daß ich, nachdem ich mich umgeblickt hatte, verstehen würde: Dies war keine Unordnung, sondern das Entdecken und Ordnen ihres Lebens.

»Jetzt fallen sie wieder über mich her«, sagte sie. »Alle diese Gelehrten und akademischen Schnüffler auf der Suche nach Briefen, Erinnerungen und Geschichten. Sie sind die einzige, die ich vorgelassen habe. Die Vermieterin tut, als erweise sie mir einen Gefallen, daß sie mich hier wohnen läßt. Gewiß, vielleicht könnte sie mehr für die paar Zimmer bekommen. Aber ich besteche sie die ganze Zeit mit Geld und allem möglichen (ihre Augen wanderten zu meiner Tasche von Fortnum und Mason hin). Und sie schickt sie alle fort, alle außer Ihnen. Ich habe ihr gesagt, daß sie Sie hereinlassen soll. Um die Wahrheit zu sagen, bis Sie hier waren, wußte ich nicht, ob Sie kommen würden oder vielleicht Nellie. Ich bin froh, daß Sie's sind. Nellie muß ihren eigenen Weg gehen.«

Ich weiß nicht, warum mich diese Unterstellung, ich hätte keinen eigenen Weg zu gehen, nicht beleidigte. Zum Teil, weil es stimmte. Ich spielte größeres Interesse, oder zumindest größeres Engagement, für die Verlagswelt vor, als ich in Wirklichkeit hatte. Außerdem hatte ich immer das Gefühl, mich erwarte eine Bestimmung. Vielleicht war sie genau hier.

»Sind das Foxx' Briefe?« fragte ich.

»Einige. Die meisten sind meine – Briefe, die ich ihm über lange Jahre hinweg jeden Tag schrieb; in denen ich meine Gedanken, Sehnsüchte, meine Phantasien, meistens sexuelle, niederschrieb – erzählte, wie ich mir ausmalte, ihn zu erregen und mich an wilde, verwegene Dinge erinnerte, die ich in Wirklichkeit nie getan hatte. Ihm war es lieber, ich schrieb diese Dinge auf, als daß ich sie tat. Er sagte, von allen Frauen, denen er begegnet sei, hätte ich die größte Vorliebe für die Missionarsstellung. Nun, sie ist ja schließlich auch die bequemste.«

»Aber Sie waren doch so selten voneinander getrennt.« Ich hatte alle Biographien gelesen, die es gab. Über alles, was Foxx, sein Leben und seine leidenschaftliche Heldin betraf, war ich bestens informiert. All die *outré* sexuellen Praktiken, die er seiner Heldin abverlangte – Praktiken, die sie mit leidenschaftlicher Hingabe und Lust vollführte, kamen mir in den Sinn. Ich versuchte, sie in Zusammenhang mit dieser großen Frau zu bringen, die mir in Filzpantoffeln und Strickjacke gegenübersaß.

»Wir waren nie getrennt. Er schleppte mich durch ganz Europa. Er sagte, ich sei seine Muse. Ha! Ich schrieb jeden Tag in meinem Zimmer. Er schloß mich ein. Er ließ mich nicht einmal zu dem Baby, wenn es schrie. Also lernte ich, sehr schnell zu schreiben.«

»Und dies sind die Briefe?«

»Ja. Das meiste sind Briefe. Ich kann mich kaum dazu bringen, sie noch einmal zu lesen. Ich habe schon erwogen, sie zu verbrennen.«

»Sie verbrennen! Oh, das dürfen Sie nicht. Das wäre ein Sakrileg.«

»Warum?« forderte sie. »Sagen Sie, warum!«

Ich wußte, daß ich jetzt nicht schweigen oder zögern durfte. Daß ich kein falsches Wort sagen durfte. »Weil es die Worte einer Frau sind«, sagte ich. »Es sind Ihre Worte! Warum sollte die Welt glauben, es seien seine?«

Ich hatte das Richtige gesagt. Später fragte ich mich, ob jene ihr abgerungenen Worte wirklich ihre eigenen waren, oder, wie die Worte masochistischer Frauen in Pornoromanen, im Grunde Männerphantasien: Die Frauen sagten, was Männer von ihnen hören wollten, spielten Gefühle vor, die Männer von ihnen wollten. Aber davon erwähnte ich nichts. Es war ja gut möglich, daß Gabrielle nicht nur ihre sexuellen Phantasien niederschrieb, sondern ihre Gedanken, Sehnsüchte und verborgenen Hoffnungen. Schließlich hatte Foxx' Heldin große Sehnsüchte, männliche Träume, sogar über die Liebe zu Frauen.

Aus irgendeinem Grund mußte ich in jenem Augenblick

an Dorinda denken, an ihre wilde Mädchenzeit, ihren unstillbaren Erfahrungshunger (zumeist sexuellen) und an die Konventionen, in die sie sich schließlich selbst eingekerkert hatte. Ihre Hochzeit war in der Tat ein Aufnahme-Ritual gewesen, eine Initiation ins wohlanständige Frauenleben. Warum hatte ich es damals nicht so gesehen?

»Trinken Sie noch einen Tee«, sagte Gabrielle. Während sie zum Kessel schlurfte – ihre Filzpantoffeln waren zu groß –, spürte ich, daß sie überlegte, wie es weitergehen sollte. Dann hatte sie offenbar einen Entschluß gefaßt. Ich solle morgen wiederkommen. Zum Tee. Dann würden wir weitersprechen.

Und so, ohne meine versprochene weitere Tasse Tee, wurde ich entlassen. Gabrielle entfernte sich vom Kessel, aber ihr Gesicht war freundlich. Sie lächelte. Ich wollte noch nicht gehen, aber mir blieb keine andere Wahl. Ich erhob mich, meinen Mantel hatte ich die ganze Zeit nicht ausgezogen, griff nach meiner Handtasche und ging durch die Tür, die sie mir aufhielt. Ich wollte bleiben, aber mir fiel kein Grund dafür ein.

»Bis morgen«, sagte ich.

»Bis morgen«, antwortete sie und winkte mir kurz nach, ehe sie die Tür wieder schloß.

Die Vermieterin wartete auf mich. »Geht's ihr besser?« fragte sie.

»War sie denn krank?« antwortete ich, leicht herablassend, wie ich hoffte.

»O ja«, sagte die Vermieterin. »Sie bekommt Anfälle.

Dann wird sie ganz sonderlich, wirklich sonderlich. Nun, jetzt sind Sie ja da und können sich um sie kümmern. Ihre Enkelin, habe ich recht?«

Ich ging, weil Gabrielle es so wollte, aber mit düsteren Vorahnungen, die während der ganzen Nacht und auch am folgenden Morgen kein Appell an meine Vernunft beschwichtigen konnte.

Am nächsten Tag ging ich so früh zu Gabrielle, daß es schon beinahe unhöflich war. Die Vermieterin wartete bereits auf mich.

»Sie lag auf der Erde. Das Mädchen und ich haben sie ins Bett gehoben. Wie wir's geschafft haben, weiß ich beim besten Willen nicht. Sie wollte keinen Arzt, und sie will nichts trinken. Nur mit Ihnen will sie sprechen. Sie wollte, daß das Mädchen Sie holt. Aber ich weiß ja nicht, wo Sie wohnen, woher sollte ich denn? Wie auf Kohlen hab' ich gesessen, daß Sie endlich kommen!«

Sie machte Anstalten, mit mir in Gabrielles Zimmer zu gehen, aber ich schob sie zurück und schloß die Tür. Gabrielle war blaß und sah krank aus. Sie atmete in kurzen Stößen, und meine entsetzten Ohren meinten, bei jedem Atemzug ein Rasseln, ein Röcheln zu hören. Sie zog mich am Ärmel und signalisierte mir, mich auf die Bettkante zu setzen.

»Ich habe es der Vermieterin aufgeschrieben, schon lange vorher. Gestern abend mußte ich nur noch Ihren Namen einsetzen. Gehen Sie nicht ohne die Papiere. Dort sind Taschen. Packen Sie die Papiere hinein.« Sie deutete auf eine Tasche neben ihrem Stuhl. Ich sah, daß sie schon angefangen hatte, die Papiere hineinzupacken, wahrscheinlich gestern abend. Sie hatte sich überanstrengt und war zusammengebrochen.

»Sie sind doch erst sechsundsechzig«, sagte ich, so als wollte ich sie anflehen, ihre Arithmetik und damit ihre Krankheit neu zu überdenken. Sie ignorierte mich.

»Packen Sie alles zusammen«, sagte sie nur. »Und nehmen Sie die Papiere heute abend mit. Lassen Sie sich ein Taxi rufen. Geben Sie allen genug Geld, viel Geld. Der Vermieterin, dem Mädchen, dem Taxifahrer. Für Geld tun die alles, was Sie wollen. Hier.«

Sie zog an ihrem Rock, um mich, wie ich schnell verstand, auf ihre Tasche hinzuweisen. Von ihr ermuntert, faßte ich hinein und zog ein dickes Bündel Banknoten heraus. Zu der Zeit war England noch nicht zum Dezimalsystem übergegangen. Ich erwähne das hier, weil das alte englische Geld eine besondere Magie besaß; es wirkte wie Spielgeld auf mich, der Stoff, aus dem die Träume sind, etwas, was die neuen Pfundnoten niemals sein können.

Ich nickte zustimmend.

»Bringen Sie sie irgendwohin«, sagte sie. »Vielleicht in ein anderes Land. Ich hab' das Geld nicht! Haben Sie es?« Sie war jetzt völlig verwirrt und aufgeregt. Ich sagte ihr, ja, ich hätte das Geld, daß ich die Papiere irgendwo in einer sicheren Bank deponieren würde, vielleicht in der Schweiz – in meiner eigenen Verwirrtheit bildeten die Schweiz und sichere Banksafes plötzlich eine unverbrüchliche Einheit. Ich sagte ihr, ich würde die Papiere in einem großen Schließfach, einem Safe, wie ich es anscheinend unbedingt nennen mußte, verwahren. »Tun Sie es jetzt gleich. Packen Sie alles zusammen. Ich will Ihnen zusehen.«

Und ich packte ihre Papiere zusammen. In den folgenden Jahren habe ich die Szene immer und immer wieder durchgespielt, mich selbst dabei beobachtet, wie ich die Papiere einsammelte und in den Leinentaschen verstaute, die Gabrielle besorgt hatte. Schon während ich es tat, kam ich mir vor, als spielte ich eine Szene in einem Kriegsfilm, verzweifelt arbeitend, die Gestapo im Nacken, die jeden Moment einzudringen drohte. Aber es gab keine Gestapo. Die Vermieterin hätte für das Geld, das ich ihr zusteckte, alles getan. Sie konnte sehen, daß ich nicht vorhatte, ihre Möbel abzutransportieren, und was lag ihr schon an irgendwelchen Papieren? Sie war entzückt, an dem Drama teilzuhaben. Später wurde mir klar, daß ich es auch mit einer jener moralischen, gesetzestreuen Engländerinnen hätte zu tun haben können, die die Polizei gerufen hätte, damit alles seine Ordnung hat. Nie zuvor oder danach in meinem Leben war ich so dankbar für Verrat. Wie sollte sie wissen, daß ich Gabrielle nicht ausraubte, sie nicht um ihren wertvollsten Besitz brachte? Gewiß, Gabrielle wirkte einverstanden mit meinem Tun, aber inzwischen atmete sie noch schwerer und hatte ihre Augen fast ständig geschlossen, außer für kurze Momente, wo sie sie, wie von Panik ergriffen, plötzlich öffnete, dann aber, wenn sie mich sah, beruhigt schien. Offenbar wollte sie es so haben.

Als ich mit dem Einpacken fertig war, nahm ich Gabrielles Hand. Ich würde sie morgen wieder besuchen, flüsterte ich ihr zu, oder heute, später am Abend.

»Nein«, sagte sie. »Gehen Sie jetzt. Gehen Sie, so schnell Sie können. So schnell Sie nur können.« Und sie schloß die Augen.

Wir riefen ein Taxi und verstauten Gabrielles zwei Leinentaschen darin. Ich belohnte die Vermieterin mit einem weiteren Geldbetrag. Während der ganzen Fahrt umklammerte ich die Taschen, so als könne jemand das Taxi anhalten und sie mir wegreißen. Nachdem ich sie hoch in mein Pensionszimmer gebracht hatte, entspannte ich mich ein wenig, sagte mir, daß es hier keine Gestapo gab und nur wenige Leute Interesse an Gabrielles Schatz hatten.

Am nächsten Morgen suchte ich mir eine Bank und mietete einen Safe, in dem ich die Papiere deponierte. Die Taschen wollten nicht mit hineinpassen. Sie aufzuheben, schien sinnlos. Aber es gelang mir, die eine in die andere zu stecken, und ich nahm sie wieder mit. Später, als ich merkte, wie schlecht sie sich als Totems eigneten, hätte ich sie beinahe weggeworfen. Am Ende beschloß ich aber doch, sie aufzubewahren – weil sie Gabrielle gehörten. Ich kam mir ein wenig albern dabei vor, aber ich habe sie heute noch.

Nachdem die Papiere sicher verstaut waren, erwog ich, Gabrielle ein Telegramm mit dem Text »Auftrag erfüllt« zu schicken, aber sie hatte mich angefleht: »Keine Botschaften, keine Botschaften.« Wie Sie, die dies lesen, war ich überzeugt, Gabrielle würde bald sterben. Aber sie starb noch nicht. Die Vermieterin rief die Ambulanz, und Gabrielle wurde ins Krankenhaus gebracht. Sie lag in tiefer Bewußtlosigkeit, aus der sie nie wieder richtig erwachte. Inzwischen hatte ich Eleanor wie versprochen ein Telegramm geschickt, und die Goddards schickten Geld für ein gutes Pflegeheim.

Dort besuchte ich Gabrielle. Das Personal war freundlich, aber Gabrielle wußte nicht, wo sie war. Ich saß an ihrem Bett, hielt ihre Hand und verlängerte meinen Englandaufenthalt um Tage, dann um Wochen. Meine Arbeit war längst erledigt, aber ich hoffte, Gabrielle würde noch einmal sprechen. Manchmal, sehr selten, bewegte sich ihre Hand kaum spürbar in meiner. Am Ende fand ich mich schließlich damit ab, daß ich nichts weiter tun konnte.

Gabrielle habe ich nie wiedergesehen. Kurz nachdem ich in die Staaten zurückgekehrt war, reiste Eleanor zu ihr und erzählte mir später, die Schwestern aus dem Pflegeheim hätten berichtet, Gabrielle habe nach Nellie gefragt, manchmal rufe sie sogar im Schlaf nach ihr. Als Nellie sie dann in dem Pflegeheim besuchte, erkannte Gabrielle sie nicht mehr.

Gabrielle starb einige Jahre später. Ich bezahle noch immer die Miete für den Safe in der Londoner Bank. Es gelang mir, in meine frühere Stellung in dem Verlag zurückzukehren. Ich war zu gut, man wollte nicht auf mich verzichten; und Frauen konnte man damals so wenig bezahlen, ihnen gleichzeitig so viel Verantwortung und so wenig Anerkennung geben, daß der Verleger töricht gewesen wäre, mich nicht wieder einzustellen.

Teil III

3

Die schicksalsschwere Entscheidung, sich ans Biographieschreiben zu wagen, hatte Kate gleich zu Beginn des Frühjahrssemesters getroffen – rechtzeitig genug, um unbezahlten Urlaub beantragen zu können. Die Universität zögerte keinen Moment, ihn ihr zu gewähren. Wegen finanzieller Engpässe war die Einsparung eines vollen Professorengehalts gern gesehen. Kates Arbeit würde von einem außerordentlichen Professor übernommen, dessen Bezahlung, nach Stunden berechnet, unter dem Mindestlohn eines Arbeiters lag. Kate selbst hatte solche Härteproben schon oft absolviert und wußte auch um deren Vorteile: Die Gelegenheit, einmal woanders zu arbeiten, neue Kollegen und neue Studenten kennenzulernen, neue Lehrmethoden auszuprobieren oder alte Fragen anhand neuer zu überprüfen, und nicht zuletzt das Abenteuer, ein neues Wohnviertel und einen neuen Campus zu erforschen.

Unbezahlten Urlaub nehmen war ungefähr so, wie eine Zeitlang sterben, denn man konnte nie sicher sein, ob die Universität je die Personalakte wiederfände oder der Versuchung widerstehen würde, jemand anderem das Büro zu geben. Nur daran, daß man seine Krankenversicherung im voraus selbst bezahlen und komplizierte Arrangements wegen der Post treffen mußte, merkte man, daß man noch zu den Lebenden zählte. Am ersten Juni würde Kate mit der

Arbeit an der Biographie beginnen. Bis dahin wollte sie – falls die Zeit dazu reichte – ein wenig herumschnüffeln, wie sie das ausdrückte. Die Frage war nur: Wo mit dem Schnüffeln beginnen?

Russell Baker berichtet, wie er einmal zu seiner Frau sagte: »Ich gehe jetzt nach oben und erfinde die Geschichte meines Lebens.« Kate wiederholte seine Worte Reed gegenüber. »Ich fange jetzt an, die Geschichte von Gabrielles Leben zu erfinden. Wie es sich für einen guten Biographen gehört, werde ich allerdings nach Dokumenten suchen, die meine Interpretationen stützen.«

»Das gehört sich auch für einen guten Detektiv«, hatte Reed geantwortet. »Es gelingt dir immer wieder, mich zu überraschen. Und genau das – falls du es noch nicht wußtest – ist der Grund, warum ich dich geheiratet habe. Du bist der einzige Mensch, den ich gut kenne, der noch Überraschungen bereithält. Die meisten Leute beschränken sich darauf, genau die Erwartungen zu erfüllen, die man an sie hat.«

»Allmählich hörst du dich wirklich an wie ein Juraprofessor«, sagte Kate. »Etwas Bombastisches hat sich in deine Sätze geschlichen.«

»Wie sonst soll ich dir verständlich machen, daß ich dich wundervoll finde?«

»Unsinn. Daß du Juraprofessor geworden bist, finde ich mindestens genauso außergewöhnlich wie meinen Plan, eine Biographie zu schreiben. Im Grunde willst du doch nur sagen, daß dein Sprung ins Ungewisse ein vernünftiger war und meiner nicht. Gib es zu.«

»Ich gebe höchstens zu, daß ich nicht ganz verstehe, warum diese Frau dich überhaupt so interessiert. Sonst unterstellst du doch allen Frauen, die sich mit Schriftstellern zusammengetan haben, um ihnen Muse zu sein und die Wäsche zu waschen, sie hätten, gelinde gesagt, einen sehr unweisen Schritt getan. Bestenfalls billigst du ihnen noble Motive zu.«

»Heutzutage gibt es solche Frauen ja kaum noch. Die Frauen, die heute Schriftsteller heiraten oder mit ihnen zusammenleben, schreiben meistens selbst oder haben einen anderen anspruchsvollen Beruf. Du darfst nicht vergessen, was Gabrielle hinter sich ließ, als sie mit ihrem hübschen Helden durchbrannte. Das Leben einer englischen Upperclass-Ehefrau mochte zwar eine gewisse Sicherheit bieten, aber ansonsten verdammt wenig. So viele Alternativen hatte sie nicht. Ich weiß, wie sich ihre Angehörigen verhielten, nachdem sie fortgelaufen war, und das beweist, daß sie praktisch nicht existent waren – die Alternativen, meine ich, nicht die Angehörigen. Gabrielle wollte Abenteuer und Herausforderungen in ihrem Leben, und sie verschaffte sie sich auf dem einzigen Weg, den sie sah. Heute ist es nicht mehr angesagt, reiche Frauen zu bemitleiden – schließlich müssen sie weder zusehen, wie ihre Kinder hungern noch die Küchen anderer Frauen putzen –, aber sie sind trotzdem ein ziemlich ohnmächtiger Haufen. Ich finde, Gabrielle war klug, das zu begreifen.«

»Wie klug sie war, könntest du doch auch in einem kurzen prägnanten Essay beschreiben.«

»Vielleicht. Aber das ist nicht das einzig Interessante an ihr. Alle, die sich in letzter Zeit mit ihr befaßten, scheinen überzeugt davon zu sein, daß sie etwas unternommen hat, um den Überzeugungen und Ansichten ihres Meisters etwas entgegenzusetzen. Das Memoir von Anne läßt vermuten, daß sie diese Schritte wahrscheinlich sogar schriftlich festgehalten hat. Aber selbst wenn nicht, selbst wenn sich ihre Papiere als bloßes Gekritzel herausstellen – das verborgene Leben einer Frau ihrer Generation verdient es, näher betrachtet zu werden. Das ist meine Ansicht. Und angesichts Simons großzügigem Angebot verspüre ich in der Tat große Lust, mir dieses Leben genau anzusehen.«

»Ich wußte doch, daß du schon alles genau ausgetüftelt hast«, sagte Reed stolz, wie jemand, der auf ein völlig unbekanntes Pferd gesetzt und gewonnen hat. »Und wo willst du anfangen?«

»Ich werde«, sagte Kate so pompös, daß Reed grinsen mußte, »mit einem Zitat von Luce Irigaray beginnen. Wappne dich! *Jungfräulichkeit bedeutet, noch nicht von Männern gezeichnet zu sein, noch nicht von ihrer Sexualität, ihrer Sprache geprägt zu sein!*«

»Ah«, sagte Reed. »Du hast also vor, zu beweisen, daß Gabrielle ihr ganzes Leben lang Jungfrau blieb. Und – bist du auch eine?«

»Verdammt, ich wußte, daß du das fragen würdest«, sagte Kate. »Natürlich nicht. Kein Mitglied des Lehrkörpers einer englischen Fakultät kann noch Jungfrau sein. Jedenfalls noch nicht. Nächste Frage!«

Kate fand es logisch, ihre Arbeit mit einem Gespräch mit Mark Hansford zu beginnen, dessen Foxx-Biographie sie kürzlich gelesen hatte. Von Simon Pearlstine hatte Kate erfahren, daß Hansford erst Anfang Fünfzig war und die Biographie damals in der Hoffnung geschrieben hatte, damit seine bereits beachtliche Karriere zu krönen. Wegen des Rufes, den ihm seine früheren Biographien eingebracht hatten, war ihm ein ansehnlicher Vorschuß plus Umsatzbeteiligung zugestanden worden, aber (ganz unter uns, hatte Pearlstine gesagt) als es dann erschien, stellte sich sein Werk als ziemliche Enttäuschung heraus – für den Verlag wie für die Leser. Viel mehr wußte Kate über Hansford nicht.

Sie habe vor, eine Biographie über Gabrielle zu schreiben, informierte sie ihn höflich, und sie hoffe, auf seine Bereitschaft zu einem Gespräch rechnen zu dürfen. Ihres Danks für jegliche Hilfe dürfe er gewiß sein, und, nüchtern besehen, sei es ja nur in seinem Interesse, ihr zumindest ein wenig zu helfen, denn Zitate aus einer Biographie in einer anderen werteten die erwähnte Biographie natürlich in gewisser Weise auf.

Kate war daher ziemlich überrascht, als er einem Treffen eher abgeneigt schien; das wurde in seinem Brief deutlich, der sich durch Knappheit, um nicht zu sagen Schroffheit, auszeichnete. Dem Brief folgte ein Telefonanruf, in dem Hansford sich zunächst umständlich auf seinen Brief berief, dann aber, wie seinen Worten zufolge seine Mutter zu sagen pflegte, die Karten offen auf den Tisch legte. »Um die Wahrheit zu sagen«, vertraute er ihrem Telefonhörer an, »meine

Frau und ich hätten uns beinahe wegen Gabrielle getrennt. Wir haben uns wieder versöhnt, aber ausgemacht, daß das Thema Gabrielle in Zukunft für uns beide tabu ist. Wenn Sie unbedingt meine Hilfe möchten, rufen Sie mich in meinem Büro an. Vielleicht läßt sich das Ganze ja telefonisch erledigen, ansonsten verabreden wir ein Treffen. Tut mir leid, daß ich so vorsichtig bin, aber Ehe und Wissenschaft gehen entweder sehr gut zusammen oder sehr schlecht. Sie werden sicher erraten, wie der Fall bei mir liegt.«

Ziemlich erstaunt antwortete Kate, sie habe nicht die geringste Ahnung, wovon er spreche. Aber könnte man sich nicht kurz treffen, damit sie ihm ein paar Fragen stellen und ihr Vorhaben skizzieren könne? Es entstand eine Pause, während der Hansford offensichtlich seinen Terminkalender konsultierte.

»Ich könnte mich nächste Woche mit Ihnen treffen, Donnerstag abend«, sagte er. »Da geht meine Frau in eine Wagneroper mit Überlänge, was ich, nebenbei gesagt, für eine völlig überflüssige Kennzeichnung halte, denn für mich wäre jede Wagneroper überlang. Würde Ihnen der Donnerstag passen?«

»Habe ich nicht irgendwo gehört, daß ›Rheingold‹ ein wenig kürzer ist?« fragte Kate. »Aber ich teile Ihr leidenschaftliches Desinteresse an Wagner und kann mich also völlig irren. Donnerstag abend paßt wunderbar. Darf ich Sie zum Essen einladen?«

»Danke, aber nein danke. Ich esse mit meiner Frau zu Abend. Dann werde ich kurz nach ihr das Haus verlassen und beten, daß ihr Wagner nicht gerade an dem Abend auf den Magen schlägt. Können wir uns gegen acht bei Ihnen treffen?« Kate, die sich vorkam, als arbeite sie für die CIA, war einverstanden.

Punkt acht stand er vor der Tür und setzte sich kurz darauf mit einem Drink und so weitentrücktem Blick auf die Couch, daß Kate sofort wußte: Er hatte sich nicht nur genau zurechtgelegt, wie er seine Geschichte erzählen wollte, sondern seinen Auftritt auch schon geprobt. Selbstzufriedenheit strahlte aus jeder seiner Poren – nach Kates langer Erfahrung mit männlichen Universitätskollegen kein neues Phänomen. Hansford gehörte zu der Sorte Männer, die fest davon überzeugt waren, jeder Satz von ihnen, und mochte er so dröge und überlang sein wie eine Wagneroper, sei umwerfend fesselnd und von höchstem Interesse. Nun, gestand Kate ihm innerlich zu, in diesem konkreten Fall stieß er wirklich auf interessierte Ohren.

»Ich habe mich ein wenig über Sie umgehört«, sagte Hansford. »Natürlich kenne ich Ihre Arbeiten. Ich setze also voraus, ich kann mit Ihnen sprechen wie mit einer Frau von Welt. Denn ich fürchte, Sie brauchen einige Abgeklärtheit für meine Geschichte.«

Kate vermutete, daß sie wahrscheinlich eher einen starken Magen brauchte, bemühte sich aber, erfreut über ein so mannhaftes Kompliment zu erscheinen. Sie schob das Tablett mit Eis, Whisky und Pistazien in seine Reichweite und lehnte sich zurück, um ihm zu lauschen.

»Neunzehnhundertsiebenundsiebzig«, begann Hansford, als hielte er eine Vorlesung vor einem Saal voller Studenten, zumindest aber vor einer Gruppe faszinierter Bewunderer, »war das Foxx-Jahr. Das Interesse in den literarischen Kreisen schwappte über auf die populäre Presse. Emmanuel Foxx war fünfundzwanzig Jahre tot und sein Meisterwerk ›Ariadne‹ (erstaunlich, nicht wahr?) vor fünfzig Jahren erschienen. Runde Zahlen«, Hansford fiel jetzt in einen leicht herablassenden Ton, »vermitteln Menschen ein gewisses Sicherheitsgefühl. Überall in England und von Toronto bis Texas wurden Seminare über Foxx' Œuvre abgehalten.«

Kate nickte ermutigend. Sie hatte sich mit diesen Tagungen beschäftigt und wußte, daß deren Teilnehmer zu zwei Kategorien gehörten – so wie auch von Anfang an die Leser von ›Ariadne‹: Zum einen die männlichen Literaturwissenschaftler, die Foxx als Vertreter der klassischen Moderne in der Tradition von Pound, Eliot und Joyce betrachteten, und zum anderen Frauen, die in Foxx den Darsteller weiblichen Bewußtseins sahen. Dabei waren einige dieser Frauen der Ansicht, Foxx' Darstellung beschränke sich auf die männliche Sicht weiblichen Bewußtseins, andere wiederum waren davon überzeugt, er habe die männliche Sicht überwunden und sei zu einer wahren Einsicht in die weibliche Seele und das weibliche Herz gelangt. Im ersten Lager gab es auch einige Frauen (im Lager der Männer gibt es immer Frauen), und es gab einige wenige Männer im Frauenlager (manchmal finden sich eben auch ein paar mutige Männer). Daß die Männer im Lager der Frauen mit größerem Mißtrauen aufgenommen wurden als die Frauen in dem der Männer, spiegelte lediglich ganz allgemein das Verhältnis zwischen Mächtigen und weniger Mächtigen wider. All das erwähnte Kate natürlich mit keinem Wort, sondern behielt lediglich ihren interessierten Blick bei.

»Während der ersten Dekaden nach dem Erscheinen von ›Ariadne‹«, hob Hansford wieder an, nachdem er sich eine Pause gegönnt hatte, um einen Schluck zu trinken und eine Handvoll Pistazienkerne zu kauen, »versuchten mehrere Literaturwissenschaftler, Emmanuels Frau, Gabrielle, zu interviewen. Sie schickte alle fort, sowohl in Paris wie auch später in London. Offenbar hatte sie ihre Vermieterin bestochen, niemanden vorzulassen. 1955 wurde sie krank, erlitt eine Herzattacke oder einen Gehirnschlag, irgend etwas in der Richtung. Sie wurde in einem Pflegeheim untergebracht und war damit für niemanden mehr erreichbar. Es ging das Gerücht um, daß niemand – weder ihre Enkelin noch die Familie, mit der sie durch Emiles Heirat verwandt war – ihr noch einen zusammenhängenden Satz entlocken konnte. Irgendein besessener und gewissenloser Literaturwissenschaftler ließ sich von journalistischen Praktiken inspirieren und verschaffte sich durch Bestechung Zugang zu dem Pflegeheim, um die Akten einzusehen – in der Hoffnung, zu erfahren, wer Gabrielle im Pflegeheim besucht hatte.«

Nun erhob sich Hansford und begann, im Zimmer auf und ab zu schreiten, so wie er es zweifellos auch im Hörsaal tat. Seine Körpersprache signalisierte die Gewißheit, daß er sein Publikum von seiner Geschichte gefesselt wußte, und mit seinem gewichtigen Auf- und Abschreiten schien er ihr noch mehr Dramatik verleihen zu wollen. Kate, die bei ihren Vorlesungen nie auf und ab ging, beobachtete ihn mit ernsthafter, gespannter Miene.

»Von einigen Personen war natürlich bekannt, daß sie Gabrielle in dem Pflegeheim besucht hatten«, teilte Hansford Kate mit, deren Wenigkeit für einen ganzen Hörsaal voller Studenten herhalten mußte. »Aber sie hatte noch weitere Besucher: nämlich Anne Gringold – eine Jugendfreundin von Nellie, Gabrielles Enkelin. Ferner besuchte sie noch irgendein Neffe. Dem Eindringling gelang es schließlich, mit beiden zu sprechen, aber er ging mit so wenigen Informationen wieder fort, daß er nicht einmal einen kleinen Zeitschriftenartikel daraus machen konnte. Selbst seiner abgestumpften Wahrnehmung war nicht entgangen, daß sowohl der Neffe wie auch die Freundin der Enkelin es meisterhaft verstanden, sich in Nebelwolken zu hüllen: Sie gaben sich hochkooperativ, sagten aber im Grunde gar nichts.«

Kate fragte sich, wie lange es wohl her war, seit Hansford eine so aufmerksame, bereitwillige und ermutigende Zuhörerschaft wie sie gehabt hatte. Wahrscheinlich ließen sich seine Studenten leicht von seinen Possen ablenken. Amüsiert beobachtete sie, wie Hansford zu dem Tablett mit den Getränken zurückkehrte, sein Glas nachfüllte, seinen Diskurs aber nicht unterbrach.

»Vor fünf Jahren«, schwadronierte Hansford jetzt, »beauftragte mich ein großer Verlag, der den bevorstehenden Jahrestag von Foxx' Tod vor Augen hatte, eine Biographie über den großen Schriftsteller zu schreiben – zu sehr guten Bedingungen, wie ich hinzufügen darf. Es war natürlich nicht die erste Biographie, aber diese würde so umfassend sein, daß ihr zumindest zwei Dekaden lang keine andere den Rang streitig machen konnte. Ich weiß nicht, wieviel Sie über die Vorarbeiten für eine Biographie wissen«, fügte er wie nebenbei hinzu, »nun, falls Sie noch keine Vorstellungen haben, so werden Sie eins gewiß bald feststellen: Die für Forschungen und Niederschreiben nötige Zeit sprengt stets die optimistischen Terminvorstellungen des Verlages. In einem Wort: Die Hoffnung, meine Biographie könnte zum Jahrestag fertig sein, war sehr unrealistisch. Aber – Gott sei's geklagt – die Verleger sind nicht mehr die Gentlemen, die sie einst waren. Kurz, um es gelinde auszudrücken, ich war in der Zwickmühle. Die Wahrheit ist, ich war unter entsetzlichem Druck, und zwar nicht nur Zeitdruck – auch meine Ehe geriet ins Wanken. Ich weiß nicht, ob Sie Feministin sind«, fügte er düster hinzu, offensichtlich aufs Schlimmste gefaßt. Aber Kate ließ die Gelegenheit ungenutzt verstreichen, denn schließlich wollte sie Informationen und weiter nichts. Hansford gab sich mit ihrem ermutigenden Lächeln zufrieden. »Ich will nicht behaupten, daß meine Frau Feministin ist, aber zu der Zeit las sie eindeutig zuviel feministische Literaturkritik. Jedenfalls, ihre Interpretation meines Materials, das sie mir tippen half – damals hatte noch nicht alle Welt einen Computer –, vor allem ihre

Theorien über Foxx' Meisterwerk ›Ariadne‹, brachten unsere Beziehung an den Rand des Scheiterns.«

Kate hatte keine Schwierigkeit, diese letzte Bemerkung zu interpretieren. Sosehr er auch versuchte, die Ideen seiner Frau ihrer Ehekrise und ihrer Vergiftung durch den Feminismus anzulasten, so hatte sie doch seinen Glauben an seine eigene Größe ordentlich ins Wanken gebracht.

»Sie dürfen nicht glauben«, sagte Hansford, »ich hätte nicht die größten Anstrengungen unternommen, all die Menschen aufzuspüren, die Emmanuel in seiner Jugend und während seiner Jahre in Paris und den anderen europäischen Städten gekannt haben.« Kate hatte genug gelesen, um die vielen Punkte auf der Landkarte Europas zu kennen, wo die Foxx' sich mit großen Hoffnungen niedergelassen hatten, von wo sie aber bald wieder weitergezogen waren. Seßhaft wurden sie erst in Paris. Und auch dort hatten sie mit einer selbst für die damalige Zeit erstaunlichen Häufigkeit eine Wohnung gegen die nächste getauscht. Kate wußte, daß Hansford all jene Menschen aufgesucht hatte. In der Tat hatte er beinahe fünf Jahre allein darauf verwandt, mit den Leuten zu sprechen, die Foxx als Knabe gekannt hatten, während seiner Schulzeit und seiner Studienjahre in Cambridge – ehe er dort von der Universität verwiesen wurde – und während der Zeitspanne in England, ehe er heiratete.

»Natürlich«, sagte Hansford und ließ sich mit einer Geste auf die Couch sinken, die Kate die Bedeutung des nun folgenden signalisieren sollte, »sprach ich mit den Goddards. Und natürlich auch mit Dorinda.« Hier machte er eine

Pause, um seinen Drink und, so wirkte es auf Kate, auch seine Nerven aufzumöbeln. Denn nun schien, wie sie zu vermuten begann, die Krux des Ganzen erreicht zu sein. Sie erinnerte sich sehr wohl, daß Dorindas Fotos das Herzstück der Biographie waren, die Hansford schließlich fabriziert hatte.

»Ich war recht überrascht«, Hansford schien sich nun endgültig auf heikles Terrain vorzuwagen, »aber Dorinda gab mir die Zeit für unsere langen Gespräche keineswegs widerwillig. Sie zeigte mir die Fotos, die sie von Hilda, Emile und Nellie gemacht hatte. Nellie war auf den meisten Fotos zusammen mit Anne Gringold zu sehen, was mich in meinem Gefühl bestärkte, Anne Gringold sei sehr wichtig, und was gleichzeitig meinen Ärger darüber verstärkte, daß sie sich geweigert hatte, mit mir zusammenzuarbeiten.

Kate konnte sich Hansfords Frustration vorstellen. Auch wenn er seine Interpretation des Foxxschen Œuvres für die einzig maßgebende hielt und sich alle Ansätze der modernen Literaturwissenschaft – den feministischen, dekonstruktivistischen und was es sonst noch gab – zunutze gemacht hatte, hegte er tiefe Zweifel, ob seine so gründlich recherchierte und so sorgfältig ausgearbeitete Biographie von Emmanuel Foxx nicht doch bloß ein alter Hut sei, oder noch schlimmer: ein kolossaler Langweiler.

»Das war Anfang 1977«, fuhr Hansford fort. »Ich finde den Weihnachts- und Neujahrsrummel deprimierend und hochgradig irritierend, womit ich gewiß nicht allein dastehe. Um genau die Zeit nun wurde mein Verleger immer verständnisloser für die Verzögerungen. Die Verkettung von Feiertagen und die Ungeduld meines Verlegers katapultierten mich in einen heftigen Streit mit Judith, meiner Frau.« Auch dies fiel Kate nicht schwer zu interpretieren: Judith hatte ihm an den Kopf geschleudert, sie habe die Nase voll davon, seine Gehilfin zu sein; sie wolle als Co-Autorin genannt werden, das sei das mindeste, was ihr zustehe. Und davon ganz abgesehen, finde sie seine Biographie langweilig, dumm und, gelinde gesagt, wenig inspirierend.

Eines ahnte Kate allerdings nicht, nämlich, daß Judith eine Bombe hatte platzen lassen. »Sie werden nie erraten, was meine Frau sagte«, fuhr Hansford fort, unbewußt Kates Gedankengang aufnehmend und inzwischen sowohl seine eigene wie Judiths Rolle schauspielernd. »Judith hatte mir gerade verkündet, sie wolle eine möglichst lange, wahrscheinlich jedoch endgültige Trennung; kurz darauf stürmte sie wutentbrannt aus dem Schlafzimmer. Aber vorher blieb sie noch reglos in der Tür stehen« – Hansford mimte jetzt Judiths Pose als Statue –, »erstaunlich nach ihren wilden Anklagen, nicht wahr? – und verkündete, Emmanuel Foxx habe ›Ariadne‹ überhaupt nicht geschrieben, zumindest nicht den ganzen Roman. ›Jede Frau könnte dir das sagen‹, so ihre Worte, ›aber Foxx war und ist eine solche Männerdomäne, genau wie Lawrence, Joyce und Pound, daß sich nie jemand die Mühe gemacht hat, seine Schreibweise wirklich zu analysieren.‹

›Viele Frauen haben seine Schreibweise analysiert‹, schoß

ich zurück, wie Sie sich wohl vorstellen können.« In der Tat, das konnte Kate. »›Frauen‹, sagte ich, ›schwanken immer, ob sie Foxx als männliches Chauvinistenschwein verdammen sollen oder ihn in den Himmel loben, weil er bemerkenswerte Einsicht in die weibliche Psyche vermittelt. Aber gleichwie, niemand bestreitet, daß die Hauptfigur eine Frau ist und diese Tatsache sein Buch so bemerkenswert macht.‹

›All diese Leute bleiben auf halbem Weg stehen‹, beharrte meine Frau und meinte, nachdem sie so viel Zeit mit ›Ariadne‹ und den anderen Foxxschen Werken verbracht habe, glaube sie allmählich, Gabrielle habe den ganzen Roman verfaßt. Für sie sei es völlig klar, daß Foxx seine Frau nicht nur beobachtet, befragt und imitiert habe – seine ganze Arbeit sei schlicht und einfach geklaut, und wenn nicht von seiner eigenen Frau, dann von einer anderen. An diesem Punkt explodierte Judith förmlich, wie Sie sich vorstellen können. Ich wies darauf hin, daß es nicht den geringsten Beweis für solch wilde Spekulationen gebe, aber sie ließ nicht locker: Und wenn es solche gäbe, würde ich sie ignorieren und als lächerliche Beweise von der Sorte abtun, die harmlose Idioten zu der Behauptung veranlassen, De Vere habe Shakespeare geschrieben und Shelley statt seiner Frau ›Frankenstein‹.« Hansford, der sich inzwischen in Rage geredet hatte, sank plötzlich wieder auf die Couch und hielt sein Glas in der Hand, als habe er sich die ganze Zeit nicht gerührt.

Kate murmelte, sie glaube ihm ohne weiteres, daß seine Frau in Rage geraten sei.

»Ich hoffte bloß, daß sie nicht als nächstes behauptete, eine Freundin von Richardson habe ›Clarissa‹ geschrieben, denn das hätte geheißen, Judith wäre völlig verrückt geworden. Ich wies sie ruhig darauf hin, daß die Beispiele aus der Literatur mir recht gäben. Sie werden es nicht für möglich halten, aber sie behauptete, so abwegig sei der Gedanke gar nicht, daß ›Clarissa‹ von einer Frau geschrieben worden sei. Sie schrie herum, auch Lawrence habe in ›Söhne und Liebhaber‹ und seinen anderen Büchern die Worte von Frauen gestohlen, und in ›Das wüste Land‹ habe T. S. Eliot die genauen Worte und Ausdrücke seiner Frau übernommen. Unzählige Professorenfrauen schrieben die Bücher ihrer Männer, und zum Schluß würden sie höchstens mit zwei Worten in der Danksagung erwähnt – wahrscheinlich genau ein Jahr, ehe ihre Göttergatten sich dann scheiden ließen und mit irgendeiner Studentin fortliefen.« Hansford, der merkte, daß die Gäule mit ihm durchgingen, verstummte und füllte sein Glas nach.

Kate amüsierte sich bei der Vorstellung, wie Hansford zu der verspäteten und unerfreulichen Einsicht kam, daß seine Frau dadurch, daß sie ihm bei seinen Büchern »half«, eine Menge über moderne Literatur gelernt hatte. Der Gedanke mußte ihn zugleich geärgert und geängstigt haben.

»Ich will keinen Hehl daraus machen«, nahm Hansford seinen Faden wieder auf, »aber ich habe mich allen Ernstes gefragt, ob sie nicht irgendwann behaupten würde, sie hätte meine Foxx-Biographie geschrieben.«

Kate, die allmählich den Rhythmus des Hansfordschen

Ehegeplänkels erkannte, wobei ihr ihre umfangreiche Kenntnis moderner Akademikerehen zu Hilfe kam, konnte sich Judiths Antwort vorstellen: Sie habe nicht das geringste Interesse daran, als Autorin einer solch langweiligen Biographie zu gelten. Aber Hansford sprach das nicht aus. Er gab lediglich zu, Judith sei der Ansicht gewesen, daß alles Wissenswerte über Foxx' sexuelle Beutezüge bereits in den früheren Biographien stehe. Davon aber ganz abgesehen, sei sexuelle Freibeuterei nicht mehr so aufsehenerregend und skandalös wie früher, auch wenn es sich natürlich nach wie vor um Ausbeutung handele.

»Um die Wahrheit zu sagen«, vertraute Hansford sich jetzt Kate an, »ich hoffte, sie würde sich an ihrem Lieblingsthema, der sexuellen Ausbeutung, festbeißen, denn das würde sie eine Weile beschäftigen.« Und, fügte Kate im stillen hinzu, sie von anderen, heikleren Themen ablenken, dem zum Beispiel, wie enttäuschend seine letzte Biographie war oder wieviel seiner drei früheren Biographien sie geschrieben hatte. Aber Judith enttäuschte ihn, so, wie sie immer häufiger in letzter Zeit seine Erwartungen enttäuschte. »Aus heiterem Himmel erzählte sie mir dann, sie spiele mit dem Gedanken, selbst ein Buch über *meinen* großartigen Emmanuel Foxx zu schreiben. Sie sagte noch, das solle ich mir in meine Pfeife stopfen und rauchen! Dann stürmte sie aus dem Zimmer und knallte die Tür hinter sich zu.«

Hansford stand von der Couch auf und setzte sich in einen Sessel neben Kate. Seine Haltung hatte sich verändert, war entspannter, fast kumpelhaft. Kate wappnete sich: Als nächstes folgte bestimmt ein ausführlicher Bericht irgendwelcher sexueller Tollkühnheiten.

»Natürlich«, sagte Hansford, »trug der Streit mit Judith nicht gerade dazu bei, mein Selbstvertrauen zu stärken, aber wenigstens brachte er mich auf eine Idee oder war zumindest der Ansporn, eine Idee weiterzuverfolgen, die mir schon vorher gekommen war. Dorinda erschien mir plötzlich wie ein Hoffnungsstrahl. Ich fragte mich, ob ich nicht doch zu ungeduldig mit ihr gewesen war – mit ihren extrem ausführlichen Beschreibungen, unter welchen Umständen und wo jedes einzelne Foto entstanden war. Wenn man es sich genau überlegte, war sie schließlich eine zentrale Figur in der Foxxschen Familiensaga: die Kusine und Freundin Nellies, die Nichte Hildas, das vergötterte einzige Kind der Goddards. In ihren zugegebenermaßen nicht gerade fesselnden Anekdoten waren vielleicht doch Hinweise enthalten, die mir entgangen waren. Meine Frau hat mir schon immer vorgeworfen, ich würde Frauen und dem, was sie zu sagen hätten, zu wenig Aufmerksamkeit schenken. Einmal gab sie mir eine Geschichte von Susan Glaspell, ›A Jury of Her Peers‹, zu lesen, die ich, offengestanden, ärgerlich fand, obwohl ich sie natürlich lobte. Meiner Meinung nach hatte Glaspell die Geschichte künstlich konstruiert, um ihre Thesen zu veranschaulichen: daß Männer Idioten sind und nur das sehen, was sie sehen wollen.« Als ob Männer keine Geschichten konstruierten, um ihre Anschauungen an den Mann zu bringen, dachte Kate, unternahm aber nichts,

Hansfords inzwischen sturzbachartigen Redefluß zu unterbrechen.

»Vielleicht, so dachte ich plötzlich«, sprach Hansford weiter, »hätte ich mir den Frauenstandpunkt doch mehr zu Herzen nehmen sollen. Vielleicht gab es in Dorindas weitschweifigen Erzählungen doch noch einiges, was aufschlußreich war. Jedenfalls schien es mir einen Versuch wert. Schließlich hatte sie mir bei unseren bisherigen Gesprächen nie das Gefühl gegeben, meine Gegenwart sei ihr unangenehm. Im Gegenteil, sie forderte mich auf wiederzukommen.« Er grinste Kate auf eine Wir-Jungs-verstehn-schon-wovon-die-Rede-ist-Art an. Es passierte Kate nicht zum erstenmal, daß männliche Kollegen ihr die vertraulichsten Geständnisse machten und Kate sich plötzlich in einen Kumpel verwandelt fühlte. Hansfords nächsten Gedanken zu erraten, fiel ihr daher nicht schwer: Dorinda war nicht der Frauentyp, der ihn anzog – sie war älter als er –, aber die Aufmerksamkeit eines Mannes, noch dazu eines Professors und Autors, würde sie, da war er ganz zuversichtlich, nicht zurückweisen. Und auf irgendeine subtile Weise, die er lieber nicht analysierte, würde er damit Judith eins auswischen.

»Nun«, fuhr er in seliger Unkenntnis von Kates Gedanken fort, »zu meiner Überraschung lud Dorinda mich zum Lunch ein, in ein Restaurant in der Nähe ihres Arbeitsplatzes. Mir war offengestanden bis dahin nicht klar gewesen, daß sie überhaupt arbeitete. Irgendwie hatte ich mir unsere Begegnung in ihrem Salon vorgestellt: Sie nötigt mich zum Tee, vielleicht auch einem Drink oder irgend etwas Vornehmem zum Essen, wie Brunnenkresse-Sandwiches zum Beispiel. Ist es nicht eigenartig, wie wir alle Menschen gleich in Schubladen stecken, ehe wir das geringste von ihnen wissen?« Diese Weisheit bot er dar, als sei sie der größte Durchbruch in der menschlichen Erkenntnisgeschichte. Nun, mahnte sich Kate zur Nachsicht, er will mir erzählen, wie er Dorinda verführte und weiß nicht recht, wie er es anfangen soll. Vielleicht noch einen Drink? Das hilft immer.

Kate nippte an ihrem Mineralwasser. Sie trank gerne, aber nur in der richtigen Gesellschaft und zu den für ihre Begriffe richtigen Zeiten. Da ihr Begriff von richtigen Zeiten sich aber kraß von dem der meisten anderen Menschen unterschied, wurden ihre Trinkgewohnheiten, das Gefühl hatte sie oft, leicht falsch interpretiert. Hansford, der vor sich hin trank, setzte seine Geschichte fort, die er aus hingeworfenen Fakten, versteckten Anspielungen und leicht verschämtem Eigenlob zusammenstrickte. Reed gegenüber füllte Kate später die Lücken in seiner Geschichte aus.

»Wenn du mich fragst«, sagte sie zu ihm, als sie ihren Feierabend-Drink genossen, »brachte es ihn bloß deshalb aus der Fassung, daß Dorinda sich in einem Restaurant mit ihm treffen wollte, weil er fürchtete, ihm würde die Rechnung präsentiert. So knickrig ist er! Wie sich herausstellte, hatte sie sich für eins der italienischen Restaurants auf der West Side entschieden, wo es exzellentes Essen gibt, die kleinen Tische dicht an dicht stehen und der Service insofern typisch italienisch ist, als die Kellner sich lieber miteinander und mit dem Barmann unterhalten, als sich um die Gäste zu kümmern. Hansford fürchtete, das Getriebe dort ließe keine Vertraulichkeit aufkommen, aber sie blieben, bis das Restaurant fast leer war. Du erinnerst dich doch, Reed: Wir wurden einmal von Kollegen von dir in ein ähnliches Restaurant eingeladen. Die Leute standen Schlange, um hereinzukommen, das Essen war sehr gut und die Bedienung erbärmlich.«

Reed erinnerte sich und bemerkte, schlecht serviertes Essen, noch dazu in einer Atmosphäre, wo kein entspanntes Gespräch entstehen konnte, sei kaum der Mühe wert. Aber ihnen beiden lag schließlich weniger an Gourmet-Kost als an guten Gesprächen, und Feinschmecker und Redner gehören vielleicht verschiedenen Gattungen an. Wie dem auch sei, Hansford wollte reden, oder nicht?

»Ja. Und ich nehme an, das tat er auch. Sie landeten bei einer Flasche Wein, zu der er Dorinda hatte überreden müssen, denn sie trank normalerweise mittags keinen Alkohol. Wie er mir gestand, scheute er sich nicht, ihr mit dem Spruch *Wein löst die Zunge* zu kommen. In dem Moment war ihm, wie er reuig berichtete, allerdings gar nicht bewußt, daß er damit die Worte einer Dichterin zitierte, die Judith bewunderte und über die er sich, als sie sie ihm vorlas, abschätzig geäußert hatte. Dorindas Reaktion, so versicherte er mir nachdrücklich, war ganz so, wie er gehofft hatte.

Hansford hatte das Gefühl, sie für sich und seine Pläne gewonnen zu haben. Außerdem hatte er nicht vergessen, daß sie aus einem sehr reichen Hause stammte und sich möglicherweise verpflichtet fühlte, das Ganze zu bezahlen.

Die Neureichen, klärte er mich auf, lebten ständig in der Angst, andere würden von ihnen erwarten, für sie zu bezahlen, und bestünden deshalb stets darauf, die Rechnung zu teilen, aber die von jeher Reichen seien oft großzügig, besonders in der Gesellschaft von Akademikern. Die Entdeckung, daß Dorinda ihn offensichtlich bezaubernd fand, beruhigte ihn sehr.

Er mußte sich gar nicht erst bemühen, das Gespräch auf die Foxx' zu bringen. Dorinda ging selbstverständlich davon aus, daß er ihretwegen mit ihr sprechen wollte, und fing an, über Emile, Nellie und Gabrielle draufloszuschwatzen (sein Ausdruck). Sie erinnerte ihn auch daran, daß sie Emmanuel nie begegnet war.«

Kate unterbrach ihren Bericht. »Es ist erstaunlich«, sagte sie, »aber trotz seines schrecklichen Gefasels hat er mir doch ein Bild von Dorinda vermittelt. Oh, für die Biographie bringt mich das wahrscheinlich nicht weiter, aber seine Beschreibungen von ihr waren das einzige in seinem Redeschwall, das ich nicht selbst an seiner Stelle hätte sagen können. Sie gehöre zu der Sorte Menschen, die bedächtig und in großen Abständen an ihrem Wein nippen, eine Angewohnheit, die er verabscheue. Und, wie um seine schrecklichsten Befürchtungen zu erfüllen, habe sie dann mit ihrem Brot herumgespielt, das Weiche in der Mitte herausgepult und zu schmuddeligen kleinen Kügelchen geformt. Am liebsten hätte er ihr den Brotkorb weggenommen. Um seiner Irritation Herr zu werden, machte er ihr ein Kompliment wegen ihrer Fingernägel, die seine Augen anzogen, so, wie angeblich das Kaninchen von der Schlange hypnotisiert wird.

Offenbar freute sie sich über das Kompliment und erzählte ihm mit gewissem Stolz, sie habe schon immer zehn Halbmonde gehabt.«

»Weißt du, Reed«, rief Kate aus. »Seit meiner frühesten Jugend habe ich niemanden mehr über die Halbmonde an seinen Fingernägeln reden hören. Dabei hat meine Mutter mich gelehrt, stolz auf *meine* zehn Halbmonde zu sein. Andere – meinte ich in meiner schrecklichen jugendlichen Arroganz, die meine Mutter mit allen Mitteln zu schüren versuchte – mußten ihre Nagelhaut zurückschieben, damit die Halbmonde sichtbar wurden – falls sie überhaupt welche hatten.«

»Willst du mir berichten, wie das Essen der beiden deiner Meinung nach verlief – schon gut, schon gut, wie es wirklich verlief –, oder willst du eine Kulturgeschichte der Fingernägel entwickeln?«

»Langweile ich dich?« fragte Kate.

»Nein, du nicht. Aber Hansford und Dorinda werden mich gleich langweilen. Kam etwas dabei heraus, das für dein biographisches Vorhaben von Nutzen ist?«

»Sie sprachen über Emile, den Dorinda offenbar nie kennengelernt hat. Nachdem er ihre Tante geheiratet hatte, kamen die beiden mehrere Sommer lang an die Küste von New Jersey. Für Dorindas Vater war seine geliebte Schwester natürlich für jeden Mann zu gut, und der Großvater, der alte Lüstling, der es darauf anlegte, kleine Mädchen zu verführen, wollte unbedingt den Mann sehen, den seine vergötterte Tochter geheiratet hatte. Deshalb kam Hilda mit Emile angereist. Ich glaube, die Familie hielt Emile für einen ziemlichen Waschlappen, wie man in Dorindas Jugend zu sagen pflegte. Emile schien die meiste Zeit krank, ungeduldig und gelangweilt gewesen zu sein. Dorindas Daddy meinte, das käme vom Nichtstun; der Sohn eines berühmten Schriftstellers zu sein, sei schließlich keine Lebensaufgabe. Nicht einmal für seine Tochter Nellie schien Emile sich sonderlich zu interessieren. Wenn Hilda und er in die Staaten reisten, ließen sie das Kind in Paris bei ihrer Großmutter. Dorinda war noch sehr klein damals, erinnerte sich aber sehr genau, wie darüber gesprochen wurde. Sie wußte, daß Nellie gleichaltrig war, und Dorinda, das geliebte, einzige Kind, konnte sich nicht vorstellen, daß jemand, der ein Kind ihres Alters hatte, den Ozean überquerte, ohne es mitzunehmen. Da ihre Mutter es haßte, sie allein zu lassen, dachte Dorinda, Nellies Mutter müsse genauso empfinden, aber das war nicht der Fall.«

Kate lächelte Reed an. »Tatsache ist, daß Hansford so viele Details der Familiengeschichte der Foxx' kannte, daß er sofort verstand, wovon Dorinda sprach. Aber ob sie dem aus der Fassung gebrachten Biographen irgend etwas Nützliches mitzuteilen hatte, blieb unklar. Er fragte, ob sie je Gabrielle begegnet sei, obwohl er ziemlich sicher war, daß das nicht der Fall war. Und natürlich«, fügte Kate hinzu, »in dem Moment, wo er über Gabrielle zu sprechen begann, richtete ich meine Antennen auf und merkte mir alles, was er sagte – nun, mehr oder weniger alles.«

»Und das war?«

»›Nein‹, sagte Dorinda zu ihm. ›Sie kam nicht zu meiner Hochzeit, obwohl meine Familie alles daransetzte, sie zu überreden. Meine Mutter fuhr nach London, um sie im Pflegeheim zu besuchen, aber da war sie schon völlig verwirrt. Sie tat mir leid. Irgendwie hatte ich immer ein Faible für Gabrielle.‹

›Faible?‹ fragte Hansford.

›Ja‹, sagte Dorinda. ›Ihre Geschichte hat mich immer fasziniert, und sie hätte mich noch mehr fasziniert, wenn ich mehr Einzelheiten gewußt hätte. Schließlich brannte sie mit Emmanuel durch, als sie noch blutjung war. Und was für ein Leben hat sie dann führen müssen! Immer in einer fremden Stadt, ohne Familie, wahrscheinlich ohne Freunde. Dann verlor sie den Sohn und mußte auf ihre Enkelin verzichten. Sie soll so schön gewesen sein, das typische schöne englische Mädchen.‹

An dieser Stelle machte Hansford einen Witz, auf den er so stolz war, daß er ihn mir wiederholte: ›Bei den Mädchen mit rosigen Wangen muß man um ihre Tugend bangen.‹ Die Sorte Plattheit, die haargenau zu ihm paßt«, fügte Kate hinzu. »Reicht es dir inzwischen?«

»Sagte Dorinda noch etwas?«

»Ja. Sie sagte, als junger Mann müsse Foxx unwiderstehlich gewesen sein, einer jener gutaussehenden Männer, die den Teufel im Leib haben und alle Regeln und Zwänge des langweiligen bourgeoisen Lebens durchbrechen.«

»Ich nehme an, das faßte Hansford als die Ermunterung auf, als die es eindeutig gemeint war«, sagte Reed.

»Ihr Männer seid doch alle gleich«, brummte Kate.

»Wir alle haben Gehirne, die funktionieren, falls du das meinst«, antwortete Reed. »Jedenfalls die meisten von uns.«

»Ja, du hast recht. Ich nehme an, die Semiotik der Sexualität ist recht klar umrissen.«

»Fahr fort mit der verflixten Entführungsgeschichte und verschon mich mit deinen linguistischen Theorien.«

Kate lachte. »Hansford entgegnete, solch unwiderstehliche Typen, wie sie sie beschreibe, bereiteten kurze Wonne und lebenslanges Leid. Er wollte wissen, ob Gabrielle ihrer Meinung nach gelitten habe.

›Natürlich litt sie‹, sagte Dorinda. ›Aber immerhin hatte sie Anteil an etwas Bedeutendem, etwas, das wichtig war.‹«

Reed seufzte. Kate ignorierte ihn. »Hansford fragte, ob sie einen Roman, und sei er auch noch so gefeiert, für so wichtig halte. Eine seltsame Frage für einen Literaturprofessor, aber er war ja jetzt auf Freiersfüßen, und sein Berufsethos scherte ihn nicht mehr. Überflüssig zu sagen, wie dumm das von ihm war, denn hätte der Idiot sich an seine Aufgabe gehalten, hätte er vielleicht mehr über Gabrielle erfahren.«

»Und was sagte Dorinda? Ich kann es mir schon denken.«

»Wie du zweifellos errätst, meinte sie, Kunst sei wichtiger als alles andere. Ein Kunstwerk zu erschaffen oder jemandem beim Schöpfungsprozeß zu helfen, sei eine großartige Bestimmung. Hansford ließ die Bemerkung fallen, daß sie ja keinen Künstler geheiratet habe. Ich nehme an, Dorinda spielte weiter mit dem Brot herum, formte noch mehr kleine schmutzige Kugeln, bis Hansford vor Qual fast aufschrie. Er sagte, das Schlimmste sei gewesen, daß er einfach nicht wegsehen konnte.«

»Er konnte also seinen Blick nicht wenden, und sie landeten im Bett. In seiner Wohnung?«

»So nehme ich an. Dorindas Mann kam wohl gelegentlich von der Arbeit nach Hause, um sich am häuslichen Quell zu laben. Also wollte sie es dort nicht riskieren.«

»Das Ganze klingt allmählich sehr nach ›Les Liaisons Dangéreuses‹; war es wenigstens für beide Teile erfreulich?«

»Um Hansford Gerechtigkeit widerfahren zu lassen: Über diese Details hat er sich nicht ausgelassen. Aber er hatte wohl den Eindruck, Dorinda betrachtete den Sex als Lohn für ihre Bereitschaft, mit ihm zu sprechen. Sie schien es ziemlich eilig zu haben.«

»Für mich klingt das nicht nach einer besonders vielversprechenden Person«, sagte Reed.

»Ich bin mir nicht so sicher. Das alles liegt mehrere Jahre zurück. Vielleicht war es ihr erster Schritt aus der Enge ihres Lebens. Dorinda ist etwa zwanzig Jahre älter als ich, trotzdem – wir sind in der gleichen konventionellen Welt aufgewachsen. Ich glaube, ich verstehe sie, kann nachempfinden, was sie fühlte. Und mein nächster Schritt wird sein, mit ihr zu sprechen.«

»Ich nehme an, sie trafen sich wieder, und er bekam die Fotos. Wirst du Hansford ihr gegenüber erwähnen?«

»Nur, wenn sie ihn erwähnt«, sagte Kate. »Mit ein bißchen Glück bleibt es mir erspart, ihn noch einmal zu sehen. Jedenfalls braucht man nicht viel Phantasie, um sich den Rest der Geschichte auszumalen: Seine Liaison mit Dorinda brachte Hansford die exzellenten Fotos für sein Buch ein, seiner Ehe tat sie aber wohl alles andere als gut, und Judith gab ihr Gabrielle-Projekt nur um den Preis einer Versöhnung auf. Mark Hansford, so kann man schließen, gab wohl seinerseits Dorinda auf: Die Jubiläumsausgabe zum zehnten Jahrestag der Erstveröffentlichung ist seiner Frau gewidmet.«

4

Kate ging davon aus, daß Dorinda mit Mark Hansford so gründlich fertig war wie er mit ihr. Vielleicht hatte sie keine Lust, je wieder über die Foxx' zu sprechen, vielleicht tat es ihr aber auch gut, so ein Gespräch mit jemand anderem als Hansford zu führen. Wie dem auch sei, dachte Kate, ich werde mit Dorinda beginnen. Sie verspürte den starken Wunsch, Anne erst zu treffen, wenn ihr Freisemester wirklich begonnen hatte. Außerdem war ihr zu Ohren gekommen, daß Anne sich im Moment im Ausland aufhielt und Nellie, wenn Kates Informationen stimmten, ohnehin die meiste Zeit im Ausland lebte. Dorinda wohnte hier in New York. Und die Frage, ob ihr Techtelmechtel mit Mark Hansford ihr die ganze Emmanuel-Foxx-Geschichte und alles, was damit zusammenhing, verleidet hatte, die konnte nur Dorinda selbst beantworten. Kate beschloß, sie nicht schriftlich um ein Treffen zu bitten, denn nach dem Bild, das sie sich aufgrund der spärlichen Informationen gemacht hatte, wäre Dorinda wahrscheinlich eher spontan zur Kooperation bereit als nach längerem Nachdenken oder, noch schlimmer, nach Beratung mit ihrem Gatten. Gatten neigten dazu, zur Vorsicht zu mahnen. Kate wußte noch nicht, daß dieser besondere Gatte die Vorsicht in Person war.

Dorindas Reaktion auf Kates Anruf war eindeutig schroff: »Wenn es Ihnen um Fotos geht, die sind schon alle veröffentlicht; und ich wüßte beim besten Willen nicht, was ich Ihnen sonst noch erzählen soll.«

»Wären Sie trotzdem so freundlich, sich mit mir zu treffen?« fragte Kate. Sie hoffte, ihre Stimme klang nicht zu verzagt; klägliches Bitten lag Kate nicht. »Es wäre mir eine Freude, Sie zum Lunch einzuladen.«

Es entstand eine lange Pause, während der Dorinda sich vielleicht sagte, daß ein Lunch mit einer Frau zwar keine großen Abenteuer bereithielt, aber auch keine großen Enttäuschungen. Es konnte für Kate nur von Nutzen sein, daß sie bald eine kleine Lektion lernen sollte: Die Tatsache, daß sie die Gedanken eines Herrn wie Professor Hansford lesen konnte, bedeutete noch lange nicht, daß sie auch nur halb so klug war, wenn es um Dorinda ging. Frauen, die gelegentlich mit etwas dümmlichen Männern ins Bett gehen, sind nicht notwendigerweise selbst etwas dümmlich.

Dorinda nahm die Einladung an. Uhrzeit, Datum und Ort wurden verabredet, und Kate fing sofort an, darüber nachzubrüten, welche Fragen sie Dorinda stellen sollte. Aber es war nicht leicht, sich Fragen an eine Frau auszudenken, der schon alle Fragen gestellt worden sind, die die Nase voll vom Thema Foxx hatte und die, wie die meisten Frauen ihrer Generation, wahrscheinlich ohnehin wenig Sinn darin sah, sich mit einer anderen Frau auseinanderzusetzen.

Wie Kate bald feststellen sollte, tat sie Dorinda unrecht. Dorinda mochte über Sechzig sein, aber sie war nicht über den Punkt hinaus, wo man überraschende Entwicklungen begrüßt. Trotzdem verströmte sie vor allem Ungeduld, als

Kate und sie sich setzten. Da Kate das Restaurant ausgewählt hatte, war ihr nicht wichtig gewesen, ob es sich um ein italienisches, chinesisches oder mexikanisches handelte. Es sollte nur ruhig, der Abstand zwischen den Tischen groß und die Kellner unaufdringlich sein. Dorinda lehnte einen Aperitif ab und begann sofort damit, das Brot auszuweiden.

Kate mußte an Annes Bericht denken und stellte erfreut fest, daß die Frau ihr gegenüber immer noch jene Dramatik und Lebhaftigkeit ausstrahlte, die Anne beschrieben hatte. Auch die feingeschnittenen Züge waren unverkennbar: die hohen Wangenknochen, die tiefliegenden blauen Augen, das feine, leicht zerzauste Haar. Mit ihren Falten, Krähenfüßen und schweren Augenlidern wirkte Dorinda auf Kate fast wie eine junge Schauspielerin, die man auf alte Frau geschminkt hatte. Die immer noch schlanke Dorinda, die in diesem Augenblick ihre Lesebrille aufsetzte wie ein Theaterrequisit, verblüffte Kate mit ihrer Doppelerscheinung: Zugleich jung und alt, zugleich reif und das impulsive Mädchen, das Anne beschrieben hatte.

Kate horchte in sich hinein, um ihre eigene Stimmung abzuschätzen und bestellte sich einen Wodka-Martini mit Olive: Salz schärft die Sinne. Dorinda wartete nicht ab, bis Kate ihr Anliegen zur Sprache brachte.

»Sie wollen über Gabrielle schreiben. Nun, es ist an der Zeit, daß das jemand tut. Ich warte schon lange darauf, daß man damit aufhört, Emmanuel als der Welt höchste Autorität in Sachen Frauen zu behandeln, und einmal einen genaueren Blick darauf wirft, wie er mit den Frauen in seinem Leben umgegangen ist. Kennen Sie Mark Hansford?«

»Ja«, sagte Kate, nachdem sie für den Bruchteil einer Sekunde mit dem Gedanken gespielt hatte, nicht gerade zu lügen, aber doch die Wahrheit zu überspielen. »Ich kann nicht behaupten, daß er zu den sympathischsten Leuten gehört, die ich in meinem Leben kennengelernt habe.«

»Ich habe mich ihm mehr oder weniger an den Hals geworfen«, sagte Dorinda einfach. »Zu der Zeit wurde mir gerade klar, in welche Sackgasse mein Leben geraten war, und er bedeutete meinen ersten Schritt aus diesem Leben hinaus. Es war eine dumme Geschichte. Ich brauchte nicht lange, um das zu merken. Zum Schluß überließ ich ihm die Fotos, weil ich das Gefühl hatte, mich damit von meiner Vergangenheit zu lösen. Aber zu dem Zeitpunkt war mir noch nicht klar, daß ich zwei Vergangenheiten habe: die vor meiner Heirat und die danach.

Wenn Sie mit ihm gesprochen haben, hat er Ihnen vielleicht erzählt, daß seine Frau ein Buch über Gabrielle schreiben wollte. Ich nehme an, sie gab den Plan auf, als Mark an den häuslichen Herd zurückkehrte. Aber ihre Idee war verdammt gut. Wie sind Sie auf die Idee gekommen?«

»Ein Verleger kam darauf«, sagte Kate. »Er bot mir einen Vertrag an, und ich war fasziniert.«

»Und warum beginnen Sie mit mir?«

»Weil Sie hier in New York leben. Aber der Hauptgrund sind Ihre wundervollen Fotos. Hinter diesen Fotos muß eine Geschichte liegen.«

»Mark sah das nicht so. Ihn interessierten nur die Fotos als solche, mehr nicht.«

»In seinem Buch wird nicht erwähnt, welche Kamera Sie benutzt haben.«

»Eine Leica. Jetzt habe ich eine neue Kamera. Aber die alten mit dem Sucher waren mir immer lieber, besonders für Porträts. Mein Mann hat eins dieser Spiegelreflexdinger, die automatisch Blende und Belichtungszeit einstellen, eigentlich alles automatisch machen, außer dem Bildausschnitt; und sie sind auch ganz brauchbar, wenn man bloß hübsche Landschaften fotografieren will. Ich möchte diese Kameras nicht schlechtmachen, sie interessieren mich einfach nicht. Vielleicht ist das reine Nostalgie, denn ich bekam meine erste Leica, als ich zwölf war, von deutschen Flüchtlingen, eine M 3. Ich habe sie immer noch. Und Anne hat ihre wohl auch noch.«

Kate sah Dorinda beeindruckt und fragend an.

»Mein Vater kaufte zwei und gab eine davon Anne. Vor einer Weile hatte sie sie noch und sagte, sie würde sich niemals freiwillig von ihr trennen. Wollten Sie wirklich über Kameras sprechen?«

Kate stand jedoch vor einer viel schwierigeren Frage als dieser: Sollte sie Annes Memoir erwähnen? Simon hatte ihr keine Schweigepflicht auferlegt, aber vielleicht ärgerte sich Dorinda über die bloße Tatsache, daß es geschrieben worden war? Sie brauchte nicht überempfindlich zu sein, um das Gefühl zu haben, Anne habe sich ihrer Erfahrungen, ihres Lebens bemächtigt. Wieder überraschte Dorinda Kate.

Das schien, wie Kate bald feststellen sollte, eine Gewohnheit von ihr zu sein.

»Haben Sie den Essay gelesen, den Anne über unsere Kindheit schrieb, oder wurde der an einen anderen Verlag geschickt?«

»Ich habe ihn gelesen. Dieses Memoir war der Hauptgrund, daß der Cheflektor sich entschloß, eine Biographie über Gabrielle in Auftrag zu geben. Aber in gewisser Weise war es ja eher Ihre und Annes Biographie. Welch eine herrliche Kindheit!«

»Finden Sie wirklich?« fragte Dorinda und sah Kate erwartungsvoll an. Sie hatte keine rhetorische Frage gestellt. Dorinda war anders, als Kate erwartet hatte, eine Tatsache, an der sie ihre stille Freude hatte, denn sie mochte Leute, bei denen nicht jede Äußerung vorhersehbar war.

»Nein«, sagte Kate. »Nicht wirklich. Es gilt geradezu als unanständig, sich über eine reiche Kindheit zu beschweren, und ich kann verstehen, warum. Hätte ich nicht selbst eine gehabt, würde ich bestimmt glauben, jeder, der unter solchen Umständen unglücklich war, sei ein Narr.«

»Wie Heathcliff in der ›Sturmhöhe‹ über die Lintons sagt. Ich habe gehört, Sie sind Professorin für englische Literatur?«

»Und wo haben Sie das gehört?« fragte Kate. Sie hatte nichts davon am Telefon erwähnt.

»Ich betreibe Forschungen«, war Dorindas rätselhafte Antwort.

»Nun«, sagte Kate. »Was Heathcliff betrifft, haben Sie

zweifellos recht. Wer wäre schon gern ein Linton, außer natürlich allen, die keine Lintons sind. Aber Cathy wollte gewiß keine sein.«

Es entstand eine längere Pause. Kate war damit beschäftigt, ihre Vorurteile zu modifizieren, ein zwar erfreuliches, aber auch schwieriges Unterfangen. Sie hoffte, die Pause nicht mit belanglosem Geplapper überbrücken zu müssen und rüstete sich gerade schon für diese unangenehme Aufgabe (Virginia Woolf hatte es *die Gesprächswellen aufpeitschen* genannt), als Dorinda zu sprechen begann. Offensichtlich hatte sie beschlossen, Kate mit Fakten zu verwöhnen. »Wie Sie wahrscheinlich schon wissen, habe ich Emmanuel und Gabrielle nie kennengelernt, aber von Hilda und meinem Vater und später von Nellie so viel über beide gehört, daß ich das Gefühl hatte, sie zu kennen. Meine Mutter fuhr nach England und besuchte Gabrielle während der letzten Jahre in dem Pflegeheim, aber Gabrielle war inzwischen völlig verwirrt. Meine Mutter beschrieb mir ihren Besuch jedoch so lebendig, daß ich meinte, mit ihr dort gewesen zu sein. Manchmal wachte Gabrielle plötzlich auf, wie erschreckt, kam es Mami vor, schien sich dann aber an etwas zu erinnern und schlief mit einem winzigen Lächeln wieder ein, so als sei ihr eingefallen, daß ja alles in Ordnung war, daß für alles gesorgt war.«

»Was war *alles*?«

»Ich weiß es nicht. Vielleicht gar nichts Konkretes. Mami kann Szenen so gut nacherzählen, daß man meint, man war dabei. Ich glaube, das kommt von ihrem Leben mit den

Goddards. All die Szenen bei uns zu Haus konnte sie wohl nur bewältigen, weil sie sie später immer wieder durchspielte. Und die Szenen bei den Goddards waren immer wild.«

»Sind sie das heute nicht mehr?«

»Nein. Großvater starb. Dann Hilda, und dann Daddy. Nur noch Mami und ich sind übriggeblieben. Sie ist einverstanden mit dem Leben, das ich führe, denn genau so ein Leben hat sie sich wohl immer für mich gewünscht. Aber manchmal sitzen wir zusammen, erinnern uns an die alten Tage und lachen. Gerade neulich beschrieb sie mir, jedesmal, wenn sie einen Handwerker für irgendwelche Reparaturen bestellt hatte, mußte sie vorher Daddy anflehen und beknien, sich nicht einzumischen; denn sonst ging er zu dem vor sich hin arbeitenden Mann hin und schrie ihm mit voller Lautstärke – was übrigens seine übliche Stimmlage war – irgendwelche Fragen und Ratschläge zu, so daß der Handwerker unweigerlich sein Werkzeug hinwarf und aus dem Raum stapfte. Und Mami mußte ihm hinterherlaufen, ihn zurückholen und ihm auf möglichst nette Art erklären, ihr Mann sei bloß ein harmloser Irrer.«

»Aber seine Schwester hat Ihr Vater wohl über alles geliebt, besonders als sie Emile Foxx heiratete?«

»Er hat sie immer über alles geliebt. Hilda war der Augapfel ihres Vaters und ihres Bruders – benutzt diesen Ausdruck heute noch irgendwer? Sie sorgten sich um sie, als sie Emile heiratete, aber insgesamt fanden sie wohl auch, das habe sie schlau angestellt – einen so berühmten Schriftsteller in die Familie zu bringen. Als junges Mädchen empfand ich das selbst so.«

Kate nickte. Sie hatte den von Dorinda angedeuteten Sinneswandel verstanden.

»In der letzten Zeit habe ich oft über Gabrielle nachgedacht. Wahrscheinlich deshalb, weil ich vor kurzem begann, auch über meine Mutter nachzudenken. Ich meine *wirklich* nachzudenken. Von allen, die noch am Leben sind, hat sie Gabrielle am häufigsten gesehen. Sie sollten mit ihr sprechen.«

»Welche Art Forschungen betreiben Sie denn?« fragte Kate. Sie wollte es plötzlich wissen.

»Ich arbeite im Labor eines Krankenhauses. Mein Mann hat mir geholfen, den Job zu bekommen. Und wie sich herausstellte, bin ich ziemlich gut. Ich habe mich schon immer für Medizin interessiert, was wahrscheinlich ein Grund dafür ist, daß ich mich überhaupt für meinen Mann interessiert habe.« Dorinda machte eine Pause. »Sagen Sie mal, erzählen Ihnen alle Leute Dinge, die sie zuvor nicht begriffen haben und lieber für sich behalten hätten, wären sie ihnen klar gewesen?«

»Ich kam wohl gerade im richtigen Moment daher. Und was genau machen Sie in dem Krankenhaus?«

»Irgend jemand hat Fieber, niemand weiß, aus welchem Grund. Auch nicht die Ärzte, die feststellen müssen, daß ihre Antibiotika das Fieber nicht senken und dann, wie im letzten Jahrhundert, auf feuchte Wadenwickel zurückgreifen. Aber, aha! Sie haben ja den technischen Fortschritt auf ihrer Seite. Also bohren sie den armen Mann an, holen ein kleines rundes Stück aus seiner Leber und bringen es mir, damit ich alle möglichen Dinge damit anstelle.«

»So, wie Sie das sagen, klingt es ziemlich finster.«

»Ist es auch, jedenfalls oft genug. Irgendein Typ schreibt eine Arbeit über die Leber. Er braucht Proben. Und die verschafft er sich, auch wenn man ziemlich sicher sein kann, daß die Leber nicht für die Krankheit verantwortlich ist. Die müssen einfach genug Material für ihre Arbeiten haben. Oft sind die Patienten arm oder ahnungslos und können nicht widersprechen. Auch den reichen Patienten bleibt allerdings meistens nichts anderes übrig, als den Ärzten zu glauben. Aber ich will nicht zynisch werden. Tatsache ist, daß es mir gefällt, die Leber und andere Organe zu untersuchen. Ich wäre gern Ärztin geworden, keine praktische, sondern eine, die herauszufinden versucht, was zum Beispiel eine Epidemie ausgelöst hat. Mit Ihnen kann man gut reden! Vielleicht hat es mir auch nur gefehlt, mit jemandem zu reden. Und sagen Sie mir nicht, ich sollte einen Psychiater aufsuchen. Das bekomme ich nämlich ständig von Arthur zu hören, wenn ich sage, ich würde gern einmal mit ihm zusammen unser Leben überdenken. Arthur ist mein Mann, er ist Hirnchirurg. Nur was in den Hirnen vorgeht, die er nicht gerade aufschneidet, davon hat er auffallend wenig Ahnung.«

»Was der Grund dafür ist, warum Mark Hansford so etwas wie ein Versuchsballon für die Freiheit war?« fragte Kate.

»Ein ziemlich trauriger Versuchsballon. Ich glaube, ich wußte von Anfang an, daß er nicht besser zuhören konnte als Arthur. Ob die Natur die Männer mit einem Hörorgan ausgestattet hat, das nur dann funktioniert, wenn sie fürs Zuhören bezahlt werden und manchmal noch nicht einmal dann? Was meinen Sie, ob auch Gabrielle sich diese Frage manchmal gestellt hat? Ich weiß, der allgemeinen Meinung nach hatte Emmanuel sein ganzes Wissen über Frauen daher, daß er ihr zuhörte. Aber er bekam ja auch eine Art Bezahlung dafür – seinen großen Ruhm.«

Kate beschloß, das einzige Thema anzuschneiden, bei dem sie nachfragen konnte, ohne zudringlich zu wirken. Vielleicht konnten Frauen zuhören, aber wenige Angehörige beiderlei Geschlechts verstanden es, Interesse zu zeigen, das keine Neugier war. Fragen waren kaum der Weg, echtes Interesse zu demonstrieren.

»Ich würde gern mehr über Ihre Mutter hören«, sagte Kate. »Anne mochte sie offensichtlich sehr. Wie es scheint, hatte sie keinen leichten Stand.«

»Ich glaube eher, daß sie die meiste Zeit praktisch keinen Boden unter den Füßen hatte. Auf seine Art war mein Vater natürlich faszinierend. Ich fand ihn wundervoll, denn er liebte mich über alles – so, wie er seine Schwester Hilda liebte. Aber er konnte verheerend sein. Ich erinnere mich, wie er im Strandclub einmal zu Nellie sagte, er habe größere Brüste als sie. Es stimmte sogar. Nellie hatte winzige Brüste, und mein Vater war ziemlich dick. Aber kein einfühlsamer Mensch hätte so etwas je zu einem heranwachsenden Mädchen gesagt. Anne und ich schämten uns wegen seiner Bemerkung, aber Anne sagte schnell, sie wünschte, sie hätte solche Brüste wie Nellie. Ich glaube, das hat Nellie getröstet. Meiner Mutter mutete mein Vater einiges zu. Er lief herum und spielte sich als Gönner auf gegenüber Leuten wie den Foxx', aber mit den Folgen mußte meine Mutter fertig werden. Und sie wurde wunderbar damit fertig. Tante Hilda sah auf meine Mutter herab, und auch ich habe sie bis vor kurzem nie richtig ernst genommen. Sie ist keine glänzende Persönlichkeit. Der einzige Mensch, den sie je in unseren Haushalt einführte, war Anne. Vielleicht witterte sie eine potentielle Verbündete, denn Anne war ihr irgendwie ähnlich.«

»Ihre ganze Familie war sehr großzügig«, sagte Kate. »Anne fand das eindeutig so.«

»Mit Vorbehalten«, sagte Dorinda. »Ich habe ihr Memoir gelesen. Sie schickte es mir, was nur anständig von ihr war. Aber Anne ist ja immer anständig. Ich weiß, das klingt herablassend, aber ich meine es nicht so. Inzwischen habe ich gelernt, Anstand zu schätzen. Innere Werte haben, nannte man das wohl früher. Aber heute muß wohl jeder zugeben, daß gerade die Leute, die ständig von inneren Werten sprechen, in die verruchtesten Skandale verwickelt sein können. Ja, anständig ist genau das richtige Wort für Anne. Und sie hat recht, wenn sie sagt, unsere Großzügigkeit habe uns wenig gekostet. Sie hat uns so viel gegeben wie wir ihr; bei adoptierten Kindern ist das meistens so.«

»Das ändert nichts an der Tatsache, daß Ihre Familie

Anne und Nellie gut behandelte und beide nie aus den Augen verlor. Ich glaube, das ist schon einige Anerkennung wert.«

»Vielleicht. Und das ist hauptsächlich meiner Mutter zu verdanken. Oh, als ich jung war, gefiel ich mir sehr in der Rolle der Wohltätigen. Um die Wahrheit zu sagen: Noch bis vor kurzem war das so – auch bei Mark Hansford.«

Kate erinnerte sich plötzlich an eine Begebenheit in ihrer Jugend. Sie hatte ein Geldstück in einen dieser Spielautomaten gesteckt und war mit so vielen Münzen belohnt worden, daß sie Hilfe brauchte, sie einzusammeln. Sie erinnerte sich, daß sie nicht gewußt hatte, wohin mit ihnen und wie sie tragen, bis ihr eine freundliche Frau eine braune Papiertüte gab.

»Glauben Sie, ich dürfte Ihre Mutter anrufen und um ein Gespräch bitten?«

»Wissen Sie, was so ungewöhnlich an Ihnen ist? Es ist mir einfach aufgefallen, also kann ich es auch erwähnen: Sie stellen keine Fragen, wenn Sie nicht wirklich eine Antwort wollen. Arthur stellt die ganze Zeit Fragen, das ist seine einzige Art von Diskurs – Gespräch möchte ich es nicht nennen –, und er hört nie auf die Antworten. Das habe ich Mark Hansford erzählt, ehe ich merkte, daß er ganz genauso ist. Was meine Mutter betrifft – ja, rufen Sie sie an. Ich gebe Ihnen ihre Nummer und bereite sie auf Ihren Anruf vor. Sie war wahrscheinlich die letzte Verwandte, die Gabrielle gesehen hat, und außerdem kennt sie Nellie am besten. Ich glaube, Nellie besprach mit ihr Dinge, über die sie mit Anne und mir nie redete. Das ist mir allerdings erst vor kurzem bewußt geworden.«

»Sie muß sehr alt sein, wie Meister Shallow zu Falstaff sagte«, bemerkte Kate und fühlte sich albern dabei.

»Sie ist zweiundneunzig, aber Sie werden merken, daß sie noch viel über die Foxx' zu erzählen hat. Was die alten Zeiten betrifft, ist sie noch sehr klar. Nur bei der jüngsten Vergangenheit und Gegenwart ist sie vergeßlich und bringt leicht etwas durcheinander.«

»Ich hoffe, das bedeutet nicht, daß Sie selbst nicht mehr mit mir sprechen wollen.«

»Ich würde mich gern weiter mit Ihnen unterhalten«, sagte Dorinda. »Wenn man anfängt, sich zu erinnern, merkt man plötzlich, daß viel mehr da ist, als einem bewußt war: Man kann sich nur an das wirklich erinnern, was man vergessen hatte. Für mich war Emmanuel Foxx immer eine glamouröse Figur. Ob Sie es glauben oder nicht, aber ich habe mir oft ausgemalt, die letzte Frau in seinem Leben zu sein, die ihn inspirieren würde. Nellie habe ich natürlich nie davon erzählt. Nellie ist die einzige, die Gabrielle wirklich liebte, aber, wie in so vielen Familien, erst als sie nicht mehr bei ihr war. Sie müssen sich mit Nellie unterhalten. Ich werde Ihnen helfen. Ja, ich helfe Ihnen sehr gerne. Soll ich Ihnen etwas Schreckliches erzählen? Kürzlich las ich über mehrere Frauen – alle talentiert, vielleicht nicht gerade Genies, aber doch außerordentlich begabt –, die auf ihre alten Tage Affären mit jungen Männern anfingen. Und ich lernte etwas daraus. Ich habe angefangen, solche Frauen zu sammeln. Bisher bin ich auf vier gekommen. Was ich daraus gelernt habe? Daß nicht nur Männer im Alter noch sexuelle Wünsche haben und daß Sexualität nur ein anderes Wort für Macht ist, wenn man erst einmal über die Vierzig ist.«

»Da haben Sie recht«, sagte Kate. »Das ist mir auch aufgefallen.«

»Sie wollten sagen, Sie haben es schon immer gewußt. Hören Sie, ich will es Ihnen einfach machen. Hier sind die wissenswerten Fakten meines Lebens.« Dorinda hielt die Hand hoch, um die Fakten ihres Lebens an den Fingern abzuzählen. »Ich habe Spaß an medizinischen Forschungen. Ich lerne viel daraus, über die Vergangenheit nachzudenken. Ich habe vier Söhne, also einen weniger als Sally Seton, aber ich pflanze keine blauen Hortensien oder irgendwelche anderen Blumen an. Ansonsten haben Lady Rosseter und ich eine Menge gemeinsam. Ich habe einen Ehemann, mit dem ich seit über zwanzig Jahren nicht mehr richtig gesprochen habe. Sollte die CIA in die Verlegenheit kommen, unsere Telefongespräche abzuhören, wäre sie davon überzeugt, wir benutzten einen Code, denn eine andere Erklärung für eine derart unpersönliche Kommunikation gibt es nicht.« Sie ließ ihre Hand wieder sinken. »Fünf Fakten. Ich unterhalte mich gern mit Ihnen. Lassen Sie mich das Essen bezahlen. Ich weiß, es war Ihre Einladung, aber Sie können das nächste Mal bezahlen. Dann verspreche ich auch, all Ihre Fragen über Gabrielle zu beantworten. Ich mag Ihre Fragen.«

Kate akzeptierte die Einladung, denn sie wußte, es gab Augenblicke, in denen nur das Gefühl zählte, es sei richtig so.

»Wer ist Sally Seton, wenn sie ganz in ihrem Element ist, wie Molly Bloom sich dir zufolge ausdrückt?« fragte Reed am Abend. Sie tranken Whisky und erzählten sich die Ereignisse des Tages. Reeds Tag hatte eher aus Frustrationen denn Ereignissen bestanden, wobei die Häufung ersterer für das Fehlen letzterer verantwortlich war, und er war froh, alles zu vergessen und von Dorinda und Sally Seton zu hören.

»Sally Seton ist eine Figur aus Virginia Woolfs Roman ›Mrs. Dalloway‹«, sagte Kate. »In ihrer Jugend ist Sally Seton wild und wundervoll, verwandelt sich dann aber in eine schreckliche Dame, die ein Leben voll quälender Etikette und Rechtschaffenheit führt. Interessant dabei ist, daß nicht nur Dorinda sich selbst so charakterisiert, sondern auch Anne Sally Seton in ihrem Memoir erwähnt. Zu der Zeit, als die beiden Elizabeth Bowen verschlangen, haben sie wahrscheinlich auch diesen Roman zusammen gelesen.«

»Von Elizabeth Bowen habe ich schon gehört. Sie lebte länger als Virginia Woolf.«

»Korrekt, o du mein lieber Mann, der zuhören kann. Mir war nie klar, wie ungewöhnlich du in dieser Hinsicht bist, bis Dorinda es erwähnte, indirekt natürlich.«

»Ich bin in jeder Beziehung ungewöhnlich. Ich dachte, das wüßtest du.«

»Nicht zuletzt, weil du mich erträgst.« Beide lachten, denn diese Art Gespräche hatten sie in den verschiedensten Variationen schon oft geführt.

»Willst du Dorindas Mutter bald besuchen?« fragte Reed, als sie bei ihrem zweiten Drink angelangt waren.

»Ja. Obwohl mit einer zweiundneunzigjährigen Frau zu reden ein schönes Stück Arbeit sein kann. Aber vielleicht überrascht sie mich ja. Dorinda hat mich schließlich auch verblüfft. Es macht mir Spaß, wenn ich merke, wie Leute, die ich in Schubladen gesteckt habe, aus diesen Schubladen herausspringen. Weißt du, was das Überraschendste an Dorinda war? Rhetorische Fragen, keine Antworten erwünscht. Ihr muß klar gewesen sein, daß ich in Annes Memoir von ihrer wilden Jugend gelesen habe. Das merkte ich spätestens, als sie Sally Seton erwähnte. Trotzdem war sie entschlossen, mir zu trauen. Ich habe so das Gefühl, daß sie in letzter Zeit nicht vielen Menschen vertrauen konnte. Aber wenn man mit über Sechzig anfängt, seiner eigenen Mutter zu trauen, ist man wahrscheinlich zu allem bereit.«

»Es sei denn«, sagte Reed, »man ist so glücklich, nie in diese Lage zu kommen. Nicht alle Mütter sind rehabilitationsfähig.«

»Wie wahr! Du hast natürlich wieder recht. Ich darf nicht euphorisch werden und in einem völlig ungerechtfertigten Glauben an die Größe des menschlichen Charakters schwelgen.«

»Wenn man Whisky trinkt, muß man euphorisch werden«, sagte Reed streng, »das gehört zu seinen schönsten Eigenschaften.«

Mit zweiundneunzig bewohnte Eleanor Goddard die Hälfte der Zimmerflucht, in der die Goddards früher gelebt hatten. Ehe das Gebäude an eine Immobiliengesellschaft verkauft wurde, hatte der Hausherr Eleanor überredet, die Hälfte ihrer neun Zimmer aufzugeben. So blieben ihr ein riesiger Salon ohne den Capehart, ein Eßzimmer, ein großes Schlafzimmer und ein kleineres für ihre Gesellschafterin plus zwei und ein halbes Badezimmer. Wie sie Kate erzählte, wollte sie lieber keine Spekulationen über den Preis anstellen, den der Hausherr für die andere Hälfte ihrer Wohnung bekommen hatte.

Eleanor, wie Kate aufgefordert wurde, sie zu nennen, saß elegant gekleidet im Salon, als Kate zu ihr geführt wurde. Kate hatte sich kaum gesetzt, als Eleanor sagte, Dorinda habe ihren Besuch bereits angekündigt, und sie, Eleanor, sei glücklich, über die Foxx' oder auch sonstwen zu sprechen.

»Es gibt nicht viele Leute, die darum bitten, den Erinnerungen einer steinalten Frau zuzuhören. Ich erinnere mich, wie Pop, so nannten wir Sigs Vater, endlos schwadronierte, und ich schwor mir, wenn ich alt werde, nie über die Vergangenheit zu sprechen, es sei denn, ich würde ausdrücklich darum gebeten. Aber glauben Sie mir, ich finde es schön, wenn man mich darum bittet. Kann ich Ihnen irgend etwas anbieten – einen Tee, Drink oder Saft?«

»Vielen Dank, ich möchte nichts«, sagte Kate. »Es sei denn, Sie leisten mir Gesellschaft. Am liebsten würde ich einfach sprechen und zuhören.«

»Gut. Was hielten Sie eigentlich von Dorinda? Welchen Eindruck machte sie auf Sie?«

»Ich hatte gehofft, diejenige zu sein, die die Fragen stellt«, sagte Kate lächelnd. »Ich mochte Dorinda sehr und hatte den Eindruck, daß sie dabei ist, ihr Leben neu zu überdenken, was im großen und ganzen gesehen immer eine gute Sache ist.«

»Im großen und ganzen?«

Kate staunte. Offenbar war sie auf die gewitzteste alte Dame des Universums gestoßen. Würde sie Fragen auch so hübsch beantworten wie sie sie stellte? »Viele Leute, die ich kenne«, sagte Kate, »die meisten davon Verwandte oder Freunde, überdenken ihr Leben nur aus dem Grund neu, um alte Scharten auszuwetzen – aus Bitterkeit, weil ihnen das Leben übel mitgespielt hat. Bei Dorinda habe ich das Gefühl, daß sie ihr Leben mit Blick auf die Zukunft neu überdenkt, und nicht, um die Vergangenheit zu bewältigen.«

»Das freut mich zu hören. Dorinda war mir schon immer ein Rätsel, das gestehe ich offen ein. Sogar als Baby war sie mir ein mysteriöses Wesen. Es lebte noch ein anderes Mädchen bei uns, sie hieß Anne, und mit einer Tochter wie ihr hätte ich mehr anfangen können. Sie war mir näher als Dorinda, um die Wahrheit zu sagen, und wenn man zweiundneunzig ist, sagt man entweder die Wahrheit oder spult die ewig gleichen alten Geschichten ab. Eigenartig, sich mit der eigenen Tochter erst zu verstehen, wenn sie über sechzig und man selbst älter als Gott ist, wie Sig zu sagen pflegte.

Das Hauptproblem für mich war Dorindas Ehe. Ich konnte nie verstehen, warum sie Arthur geheiratet hat. Na, im Grunde verstand ich nichts, was Dorinda tat, aber ihre Heirat war mir am allerrätselhaftesten. Ich fühlte mich immer an diese alte Geschichte von der schönsten Frau von London erinnert, die den langweiligsten Mann von ganz England heiratete. Wenn man sie fragte, warum, sagte sie, das sei der einzig sichere Weg, nie wieder beim Dinner neben ihm sitzen zu müssen. Für Dorinda kann das wohl kaum ein Motiv gewesen sein. Aber Sie sind ja hergekommen, um über Gabrielle Foxx zu sprechen, und ich sitze hier und schwatze über meine Tochter.«

»Nach dem, was Dorinda mir erzählt hat, nehme ich an, daß Ihr Mann alles andere als langweilig war.«

»Langweilig konnte man Sig bestimmt nicht nennen«, stimmte Eleanor zu. »Nein, beim besten Willen nicht. Er holte mich aus meiner Kleinbürgerwelt, im Grunde eher Arbeiterwelt, wo wir immer versuchten, so zu tun, als hätten wir mehr als wir in Wirklichkeit hatten. Sig, die Goddards und all ihre Freunde taten das nie. Ich sagte mir immer, das läge daran, weil man einfach unmöglich noch mehr besitzen konnte als sie. Warum also so tun?« Eleanor lachte in sich hinein. »Die Goddards waren Juden, wissen Sie, und deshalb hatten sie nichts von der typischen Langweiligkeit der Angelsachsen. Ich erinnere mich, wie Sig und seine Familie während des Krieges, den Zweiten Weltkrieg meine ich, viele Juden aus Deutschland, Österreich und anderen Ländern retteten. Manche dieser jüdischen Familien waren in Europa selbst sehr reich gewesen. Und wenn sie dann herkamen, klagten sie endlos über Amerika; in der Alten Welt sei alles viel besser gewesen. Sig war viel toleranter als ich. Aber was«, sagte sie und schüttelte den Kopf, »hat das alles mit Gabrielle zu tun? Verzeihen Sie mir, meine Liebe, alle, die mir nahestanden, sind gestorben. Und sogar, wenn ich über alte Leute lese, sind sie immer noch jünger als ich, wenn auch manchmal nicht viel. Ich bin eine Reliquie. Sie müssen aufpassen, daß ich nicht den Faden verliere. Stellen Sie mir Ihre Fragen über die Foxx'.«

»Alles, was Sie erzählen, ist wichtig für meine Arbeit, und davon ganz abgesehen, interessiert es mich. Wirklich. Haben Sie den Namen Dorinda von Ellen Glasgow?«

»So ist es. Wie klug von Ihnen, meine Liebe. Alle anderen dachten, er sei eine kapriziöse Erfindung von mir. Ich sagte, mir gefiele der Name und damit hatte es sich. Sig hätte sich nur um den Namen eines Sohnes Gedanken gemacht. Als ich mit Dorinda schwanger war, las ich ›Barren Ground‹. Das Buch war gerade erschienen. Ich weiß nicht, warum mich dieser Roman so berührte – vielleicht, weil ich hoffte, meine Tochter würde Dorindas Mut haben. Sie hatte so viel davon, als sie jung war und später so wenig – ich spreche von meiner Dorinda. Aber wie es aussieht, macht sie ja im Augenblick eine Veränderung durch. Haben Sie Arthur kennengelernt?«

Kate schüttelte den Kopf. »Dem Schicksal geht man am

besten aus dem Wege«, sagte Eleanor. »Ich habe versucht, mir einzureden, daß sogar Langweiler interessant sind – eben in ihrer Eigenschaft als Langweiler. Irgend etwas Interessantes muß doch an jedem Menschen sein, wenn man sich nicht zu oft sieht. Das war eine hübsche Illusion, aber Arthur machte sie zunichte.«

»Vielleicht haben Sie ihn zu oft gesehen?«

»Eigentlich nicht. Meistens war er im Krankenhaus, spielte Golf oder war sonst irgendwo. Aber wenn er nach Hause kam, konnte man förmlich spüren, wie die Temperatur im Raum sank, so als hätte jemand kaltes Wasser verspritzt. Ich mochte Arthur nie. Aber er ist der erste Mensch, bei dem ich offen zugab, daß ich ihn nicht mochte. Ich empfand das als große Erleichterung, aber Dorinda und mich brachte es natürlich nicht näher.« Eleanor machte eine Pause und sah Kate erwartungsvoll an.

»Wie oft sind Sie Gabrielle begegnet?«

»Lassen Sie mich nachdenken. Das erste Mal, als Hilda sich entschlossen hatte, Emile zu heiraten. Sig und ich fuhren nach Europa, auf der *Île de France* glaube ich, aber wir haben den Ozean so oft überquert, daß ich das Schiff vielleicht verwechsle. In jenen Tagen war das Reisen ein Vergnügen. Gabrielle war alles andere als erfreut über die Heirat, und ich machte ihr keinen Vorwurf daraus. Wir unterhielten uns oft, während all die anderen Emmanuel umtänzelten, und ich wußte, was sie empfand. Ich glaube, uns beiden war klar, daß Emile für Hilda ein Ersatz-Emmanuel war, ihre Eintrittskarte in die aufregende Pariser Schriftstellerwelt. Und ich fand es nur verständlich, daß Gabrielle sich für Emile eine Frau wünschte, die ihn um seiner selbst willen liebte.

Gabrielle war sehr freundlich und unternahm mit mir kleine Spaziergänge durch Paris. Unsere Abwesenheit wurde kaum bemerkt, höchstens von Emmanuel, der plötzlich irgend etwas brauchte, merkte, daß Gabrielle nicht da war und darauf bestand, daß man sie sofort holte. Ich glaube, sie war eine Art Talisman für ihn, ohne den er sich verloren fühlte. Und dann rannten alle los, uns zu suchen – wir saßen meistens in einem Café in der Nähe –, und Gabrielle mußte zurück. Oft hatte ich das Gefühl, gerade in dem Augenblick einem wirklichen Gespräch nahe zu sein, aber es kam nie dazu. Vielleicht wäre es passiert, wenn ich länger geblieben wäre. Aber das ist wahrscheinlich nur die Illusion einer alten Frau, die ihre Vergangenheit durch eine rosarote Brille sieht. Sind Sie sicher, daß Sie nichts trinken möchten?«

»Ganz sicher«, sagte Kate. »Und wann trafen Sie sie das nächste Mal?«

»Mein Gott, ich wüßte nicht, wann mir mal jemand so an den Lippen hing wie Sie – ich glaube, das ist mir noch nie passiert, höchstens bei Anne. Bei Sig und Dorinda ganz bestimmt nicht. Ich traf Gabrielle noch einige Male, als wir vor dem Krieg nach Europa reisten. Emmanuel starb während des Krieges, und da war es nicht mehr möglich zu reisen. Sig holte Hilda in allerletzter Sekunde aus Europa heraus. Sie war in einem Sanatorium. Emile hatte sie verlassen. Nellie, ihre Tochter, lebte bei Gabrielle, und wenig später holten wir auch sie nach Amerika. Aber all das wissen Sie sicher schon. Ich denke oft darüber nach, wie grausam es war, Gabrielle den einzigen Menschen fortzunehmen, den sie noch hatte. Aber wir dachten natürlich alle nur an das Mädchen. Sie war in demselben Alter wie Dorinda und sehnte sich danach, bei uns in Amerika zu leben. Wir sind oft so grausam, ohne es zu wollen – als ob das eine Entschuldigung wäre! Ich versuchte, mir einzureden, daß Nellie hätte umkommen können, wäre sie in Europa geblieben, aber darum geht es ja eigentlich nicht.«

Diese letzten Worte kamen langsam und schleppend. Eleanor war eingedöst. Ihr Kopf war leicht zur Seite gesunken, und sie hatte die Augen geschlossen. Kate saß da und betrachtete die Frau. Nach einer Weile kam die Pflegerin herein und sagte leise zu Kate: »So lange hat sie nicht geredet, seit ich hier bin, und das sind jetzt schon sieben Jahre. Sie wird jetzt eine Weile schlafen. Das heißt aber nicht, daß sie sich nicht gefreut hat. Es ist ihr Alter, wissen Sie.«

»Glauben Sie, ich darf wiederkommen?« fragte Kate. »Habe ich sie nicht zu sehr ermüdet?«

»Sie war glücklich über Ihren Besuch. Sie können jederzeit wiederkommen. Aber rufen Sie vorher an. Manche Tage sind besser als andere. Ich glaube, Sie haben ihr sehr gutgetan.«

»Und sie mir«, sagte Kate und ging leise, der dicke Teppich dämpfte ihre Schritte, aus dem Zimmer.

5

ARIADNE – in der Mythologie die Tochter von Minos (siehe dort) und Pasiphae. Als Theseus (siehe dort) nach Kreta kam, verliebte sich Ariadne in ihn und gab ihm eine Fadenrolle, mit deren Hilfe er den Weg aus dem Labyrinth fand, nachdem er den Minotaurus getötet hatte. Danach nahm er Ariadne mit auf die Flucht, doch vergaß er sie (durch Zauberei?) auf der Insel Naxos (Dia) und ließ sie dort zurück. Allgemein wird angenommen, daß Dionysos sie dort fand und heiratete...

›The Oxford Classical Dictionary‹

»Nach matrilinearem Recht verlor eine Thronerbin allen Anspruch auf ihr Land, wenn sie ihrem Gatten übers Meer folgte. Dies erklärt, warum Theseus Ariadne nicht mit sich nach Athen nahm, oder überhaupt weiter als Dia, eine kretische Insel innerhalb Sichtweite von Knossos...«

Robert Graves
›Griechische Mythologie‹

Seit sie denken konnte, hatte Kate Sonntage gehaßt. Noch heute behauptete sie, sollte sie je aus einem Koma aufwachen, wüßte sie sofort, ob Sonntag sei oder nicht. Vielleicht waren die Sonntage deshalb so entsetzlich, weil man sie mit der Familie verbrachte, zu Hause blieb und, zumindest die

Erwachsenen, Vergnügen an diesem »Familien«-Tag heuchelte. Das geräuschvolle Schweigen ihres Vaters war Kate noch genauso gegenwärtig wie die Nervosität ihrer Mutter und die Hast, mit der ihre Brüder nach dem unvermeidlichen Familienmittagessen einen Grund suchten, das Haus zu verlassen, das heißt natürlich, solange sie noch nicht alt genug waren, um dem Familienleben ganz zu entrinnen. Diese Zeiten waren längst vergangen, aber auch heute gab es wenig, was der Zähflüssigkeit eines Sonntags, seinen endlosen, stillstehenden Stunden, entgegenwirken konnte. Kate hatte jedoch im Laufe der Jahre eine Gegenstrategie für sich entwickelt: Sie machte den Sonntag zu einem Arbeitstag, und zwar einem viel strenger geregelten als die übrigen Tage, an denen sich die Zeit wie von allein auf vernünftige und angenehme Weise zu strukturieren schien. Sie stand früher auf als gewöhnlich, verbrachte eine halbe Stunde mit der dicken Sonntagszeitung – während der Woche blätterte sie die Zeitung beiläufig durch – und setzte sich dann an die Arbeit, die sie am Abend zuvor genauestens geplant hatte. Dieses Schema, das Kate strikt befolgte, vertrieb ihr nicht nur die Zeit, sondern ließ sie auch den Abenden mit weniger Schrecken entgegensehen – ein Schrecken, den in ihren jungen Jahren selbst die verheißungsvolle Aussicht auf das Abendprogramm im Radio nicht hatte mildern können.

Ihr Plan für diesen Sonntag war die gründliche Beschäftigung mit Foxx' ›Ariadne‹-Roman, den sie gerade zum zweitenmal gelesen hatte. Dem Usus seiner Schriftstellerkollegen der Moderne folgend, hatte Foxx den Lesern sein Romansujet nicht in dessen ursprünglicher mythischer Version vorgestellt. Entweder setzte er diese Kenntnis voraus, oder er hielt sie für überflüssig. Die Erläuterungen zu ›Das wüste Land‹, die einzige bekannte Ausnahme von diesem Vorgehen, hatte T. S. Eliot, wie jeder Englischstudent höheren Semesters wußte, im nachhinein hinzugefügt um die Leerseiten in der Erstausgabe des Gedichts auszufüllen; diese Erläuterungen waren jedoch alles andere als geeignet, die Quellen seines Gedichts verständlicher zu machen. Wie bei Foxx und Joyce enthielt der Titel den entscheidenden Hinweis. Alle Schriftsteller der Moderne waren fasziniert von dem Phänomen des Labyrinths und dem Minotaurus, den Dädalus dort versteckt hatte. Aber Foxx war der erste, der Ariadne ins Zentrum der Sage rückte. Die Schriftstellerinnen der Moderne, räsonierte Kate, zogen es offensichtlich vor, ihre eigenen Heldinnen zu schaffen und die der Mythologie den Männern zu überlassen. Die Männer dagegen ließen sich fast ausschließlich von den männlichen mythischen Gestalten inspirieren – die weiblichen ignorierten sie oder dachten ihnen nur Nebenrollen zu. Nur Foxx hatte eine Frau in den Mittelpunkt gestellt, ihre Gedanken zum Zentrum seines Meisterwerks gemacht.

Sein Buch beginnt, als Ariadne und ihr Hof die Ankunft des Schiffes mit den Stierspringern erwarten. Ariadne war prophezeit worden, unter ihnen befände sich Theseus, der Mann, den sie lieben würde. Die Frage, was diese Liebe für sie bedeuten wird, durchzieht den ersten Teil des Romans. Ariadnes Mutter, Pasiphae, liebte einen Stier, und Dädalus verlieh ihr die Gestalt einer Kuh, damit der Stier ihre Leidenschaft befriedigen konnte. Der Minotaurus, der aus dieser Vereinigung hervorging, wurde im Herzen des Labyrinths versteckt, und Ariadne war vorherbestimmt, den Mann zu lieben, der den Minotaurus tötete und wieder aus dem Labyrinth herausfände – denn das war der schwierigste Teil der Aufgabe. Weil sie Priesterin war – wie der gebildete Leser wußte oder durch Lektüre der umfangreichen Sekundärliteratur zum ›Ariadne‹-Roman erfahren konnte –, erlaubt Foxx seiner Ariadne das Wissen um die andere (noch in der Zukunft liegende) verhängnisvolle Liebe in ihrer Familie – die Liebe von Ariadnes Schwester Phädra zu ihrem Stiefsohn Hippolitos, dem Sohn von Theseus und Hippolyta, der Königin der Amazonen, die Theseus im Kampf besiegt hatte. Verhängnisvolle Lieben waren der Fluch, der auf dieser Familie lag. Und Foxx' fasziniertes Interesse für diese verhängnisvollen Lieben – die verhängnisvollen Lieben aller Frauen – bildete den Kern seines Romans. In Ariadnes stürmischer Liebe zu Theseus, sinnierte Kate, sah Foxx zweifellos das Urbild von Gabrielles Liebe und Leidenschaft für ihn selbst.

Die Ironie, daß Ariadne mit dem Faden, den sie Theseus für das Labyrinth gab, ihrem eigenen traurigen Schicksal in die Hände spielte, war Foxx keineswegs entgangen. Seiner Meinung nach lenkten alle Frauen ihre Leidenschaften in solch tragische Bahnen, die die Männer dann für ihre eigenen Bedürfnisse ausnutzten. Jede Frau, die ihre Bestimmung in der Liebe sieht – und welche Frau, so hätte Foxx wohl gefragt, täte das nicht –, wird die ihrer Leidenschaft angemessenen Umstände herbeiführen, natürlich nur, wenn sie in der Lage ist, ihr Leben selbst zu lenken. Das Erstaunliche an Ariadnes Handeln lag für Foxx darin, daß sie, die doch in einem Matriarchat lebte und als Priesterin und Königin über enorme Macht verfügte, diese Macht einem Mann übergab, dessen Entscheidung oder Schicksal es sein würde, sie zu verlassen. Daß die herkömmlichen Beschreibungen ihrer Liebesgeschichte mit Theseus den Vater und den Geliebten in den Vordergrund stellten (die Leser werden an keiner Stelle aufgefordert, die Berichte über Pasiphae, Ariadnes Mutter, oder eine andere Frau hinzuzuziehen), machte für Kates Gefühl wieder einmal deutlich, wie die herkömmliche Geschichtsschreibung nur die Männer im Blick hat. Aus dieser Sichtweise sehnten Frauen sich nur danach, Männern zu helfen, von ihnen geliebt zu werden und ihrem untergeordneten Schicksal entgegenzueilen. Soviel war auch Foxx klar, und er hatte den Mut, seine Geschichte vom Blickwinkel der Frau aus zu erzählen. Graves mochte recht haben mit seiner Behauptung, Ariadne sei deshalb nicht weiter als bis zur Insel Dia gelangt, weil sie den Anspruch auf ihr Land nicht verlieren wollte. Wie sein Roman beweist, glaubte Foxx jedoch, Theseus habe sie verlassen, weil ihre Macht und Stärke ihm Furcht einflößten oder weil er Dionysos' größeres Recht auf Ariadne anerkannte.

Kate war verblüfft von Foxx' Selbstüberschätzung, denn plötzlich hatte sie begriffen, daß er mit der Verschmelzung von Theseus und Dionysos zu einer Figur sich selbst meinte: Ariadnes einzigen Geliebten. Die Ariadne-Gestalt in Foxx' Roman hieß nun Artemisia – der Name, auf den Foxx' Enkelin getauft wurde, der aber (wie Kate aus Annes Memoir wußte) schnell von »Nellie« abgelöst wurde. Während sich Kate die Gemeinplätze der vielen Biographien, der Hansfordschen und anderer, ins Gedächtnis rief, fiel ihr plötzlich Foxx' und Gabrielles erste Begegnung ein: Über labyrinthartige Pfade mußte Gabrielle ihn zu dem Buchenhain geführt haben, wo sie seine Geliebte wurde, seine Geliebte und willige Sklavin. Der griechischen Sage zufolge, die Kate vor kurzem noch einmal gelesen hatte, war Ariadne von Dionysos in eine Göttin, ein überirdisches Wesen verwandelt worden, und offenbar war Foxx davon überzeugt, das gleiche bei Gabrielle vollführt zu haben. Stellte sich nur die Frage: Wo blieb die wirkliche Gabrielle in all dem – im Mittelpunkt, wie Foxx meinte, oder nur im Mittelpunkt der Phantasie ihres Schöpfers und deshalb ihm untergeordnet?

Als Kate all dies endlich durchdacht hatte, war der Sonntag schon fast besiegt, und sie war bereit, sich mit Reed über die in der Sonntagszeitung geschilderten Ereignisse des Tages zu empören. Aber warum, grübelte sie immer noch, hatte Foxx Artemisia nur Geliebte zugedacht, die entweder unzulängliche Männer waren oder Frauen?

Artemisias Liebschaft mit Theseus waren weitere Lieben und Leidenschaften gefolgt, zumeist mit schwachen Männern, denen es entweder an körperlicher oder geistiger Kraft fehlte; in einer außergewöhnlichen Szene kam es jedoch auch zu einer leidenschaftlichen Begegnung mit einer anderen Frau. Im Gegensatz zu D. H. Lawrence, in dessen Darstellung lesbische Liebe finster und unheilvoll erschien, hatte Foxx die Leidenschaft der beiden Frauen in ein beglückendes, fast magisches Licht gerückt. Wie bei Lawrence tauscht die Geliebte seiner Heldin am Ende die Frauenliebe gegen die Liebe zu einem bösen Mann ein, aber solange ihre Leidenschaft für Artemisia währt, bildet sie ein Kernstück des Buches; gleichzeitig war sie der Hauptgrund, daß der Roman unter die Zensur fiel. Artemisia hatte die Herrlichkeit der Männer angezweifelt, aber, im Gegensatz zu Joyces Molly Bloom, andere Frauen nicht verachtet. Ebendiese Tatsache hatte verhindert, daß Foxx' männerorientiertes Buch, als in den Siebzigern und Achtzigern die feministische Literaturwissenschaft aufkam, von den Frauen nicht voll und ganz abgelehnt wurde. Kein Wunder also, daß man nun Fragen nach Gabrielle stellte. Kein Wunder, dachte Kate, daß die Entdeckung von Annes Memoir ein Anstoß war, eine Biographie über sie zumindest in Erwägung zu ziehen.

Was hatte Gabrielle wohl von ›Ariadne‹ gehalten? Verdammt, warum bist du gestorben? schimpfte Kate mit Gabrielle, unvernünftigerweise, wie sie sehr wohl wußte. Warum hast du uns nicht erzählt, was du dachtest? Warum hast du es nicht wenigstens Nellie oder Anne erzählt? Oder hast du vielleicht doch alles niedergeschrieben und Anne überlassen, es zu verstecken?

In allen Foxx-Biographien fanden sich Berichte von Leuten, die mit Gabrielle gesprochen hatten. Leute, die sowohl mit dem Schriftsteller wie auch mit seiner Frau befreundet waren, gaben mehr oder weniger beiläufige Bemerkungen Gabrielles wieder, aber auch Geständnisse, die sie in einem stillen Moment gemacht hatte. Einem Besucher hatte sie erzählt, ihr Mann habe sie zu Liebesaffären mit anderen Männern ermutigt, weil er ihre Reaktionen erforschen wollte. Sollte das wirklich stimmen? Und wenn ja, hatte sich Gabrielle seinen Wünschen gefügt? Kate hatte Dorinda um einen Abzug jenes Fotos von Gabrielle am Fenster gebeten. Es hing jetzt über ihrem Schreibtisch und fesselte ihre Aufmerksamkeit auf geradezu übernatürliche Weise.

»Dreh dich um«, wollte Kate zu ihr sagen – und sagte es. »Sag mir, was du denkst, was du von all dem Getue um ein Buch hältst, das du doch am besten von allen verstehst.«

War es vorstellbar, daß Gabrielle irgend jemand von den Grausamkeiten (falls es welche gab) ihrer Ehe erzählt hatte? Sie war eine stolze Frau. Darin waren sich alle einig, die sie kannten. Sie war von ihrer Familie verstoßen worden, und sie strafte sie ihrerseits mit Verachtung, die die ganze englische Aristokratie mit einschloß. Aber der Stolz auf die eigene Herkunft ist schwer abzuschütteln – er hängt einem Menschen ewig an, auch wenn sein Glaube an dessen Berechtigung längst erschüttert ist. Konnte man sich vorstellen, wie eine solche Frau sagte: »Er will, daß ich mit anderen Männern gehe.«

War Gabrielle in der Hoffnung nach England zurückgekehrt, ihre Heimat zurückzugewinnen, so wie Ariadne auf Dia geblieben war, um ihr Land nicht zu verlieren? Aber

Knossos war ein Matriarchat, was niemand, der bei klarem Verstand war, England unterstellen konnte. Warum war Gabrielle dann nach England zurückgekehrt? Nun, warum nicht? Es war ihr Geburtsland.

Den trüben Weltnachrichten, die sie mit Reed diskutierte, schenkte Kate nur ihre halbe Aufmerksamkeit, was ihm nicht entging.

»Gabrielle scheint dich ja sehr in Anspruch zu nehmen«, sagte er. »Mir ist nur nicht klar, ob du dich ihr als Detektivin, Literaturwissenschaftlerin oder Schriftstellerin widmest.«

»Ich weiß es selbst noch nicht«, sagte Kate. »Aber wenn du eine Definition unserer Zeit haben willst, hör zu: Es gibt keinen Wegweiser mehr für das Labyrinth – nicht um alle Liebe und Macht der Welt.«

»Sondern?« fragte Reed.

»Wir müssen den Faden selbst finden, jetzt, wo Ariadne uns den Tip gegeben hat. Ganz einfach.«

Beide lachten.

Ende der folgenden Woche hatte Kate den Entschluß gefaßt, als nächste Nellie zu befragen. Nellie lebte in der Schweiz und arbeitete für eine internationale Organisation, bei der Sprachkenntnisse und die Fähigkeit, über nationale Belange hinauszusehen, gefragt waren. Kate komponierte ihren Brief an Nellie mit großer Sorgfalt – deutete den Wunsch an, sich mit ihr zu treffen, da sie ein Buch über ihre Großmutter plane. Sollte Nellie jedoch nicht zitiert oder über bestimmte Dinge nicht ausgefragt werden wollen, so würde dieser Wunsch selbstverständlich respektiert. Kate nannte ihre akademischen Qualifikationen und betonte, daß sowohl sie selbst wie auch der Verlag die Absicht hätten, die Biographie über Gabrielle so solide, unspektakulär und unjournalistisch wie möglich zu gestalten.

Die Antwort auf diesen so behutsam abgefaßten Brief war knapp, verwirrend und beinahe grob, wie Kate sich eingestehen mußte. Nellie Foxx – mit dem Namen hatte sie unterzeichnet, offenbar hatte sie ihn nach ihrer Heirat beibehalten – wisse Kates ehrbare Absichten zu schätzen und zweifle auch keinen Moment an ihrer Qualifikation, eine Biographie zu schreiben. Sie selbst sei jedoch schon seit langem zu der Überzeugung gekommen, daß die Toten ein Recht auf Diskretion hätten. Gabrielles Beziehung zu Emmanuel durch die Preisgabe ihrer persönlichen Papiere öffentlich zu machen, verstoße gegen diese Grundüberzeugung. Sie habe daher alle Briefe Gabrielles an sie selbst und auch alle anderen Briefe Gabrielles, derer sie habhaft werden konnte, verbrannt. Sie sehe sich also außerstande, Kate oder auch sonst jemandem mit irgendwelchen Briefen zu dienen, was sich, wie sie hoffe, bald herumsprechen würde. Sollte Kate jedoch zufällig in Genf sein, wäre Nellie gern bereit, sich mit ihr zu treffen, und sei es nur, um damit deutlich zu machen, daß ihre Haltung in dieser Frage nicht gegen sie persönlich gerichtet sei. Ihren Entschluß, die Briefe zu verbrennen, dürfe Kate in keiner Weise als Affront gegen sich auffassen, es handele sich dabei lediglich um eine Frage des Prinzips.

Außerdem seien die Briefe ohnehin schon vor Jahren verbrannt worden. Ansonsten würde sie sich freuen, Kate auf jede ihr mögliche Weise zu helfen und verbleibe mit freundlichen Grüßen, Ihre Nellie Foxx.

Entsetzt rief Kate Simon Pearlstine an, um ihn zu fragen – ihn zur Rede zu stellen, damit wäre ihr Ton genauer beschrieben –, ob er gewußt habe, daß Nellie alle Briefe Gabrielles verbrannt hatte.

»Das Gerücht ging um – ja«, antwortete Simon. »Aber wir alle hofften, es würde nicht stimmen. Es war bekannt, daß Nellie in diesem Punkt sehr bestimmte Ansichten hat. Aber niemand wußte, ob sie die Briefe wirklich verbrannt hat. Ich finde, Sie sollten es als gutes Omen nehmen, daß sie Ihnen so offen geschrieben hat und bereit ist, mit Ihnen zu sprechen. Für mich klingt das nach einem großen Kompliment.«

»Wenn Sie's genau wissen wollen, mir wäre lieber, sie hätte die Briefe behalten und sich geweigert, mit mir zu sprechen«, schoß Kate zurück.

»Aber das hätte Ihnen nicht unbedingt weitergeholfen. Sie hätte sich immer noch weigern können, Ihnen die Briefe zu zeigen oder sie veröffentlichen zu lassen. Ich glaube, ein Gespräch mit ihr könnte sehr produktiv sein.«

»Offen gesagt, ich fühle mich hintergangen«, sagte Kate. »Ich weiß nicht, ob ich mich auf die Sache eingelassen hätte, wenn mir klar gewesen wäre, daß die meisten, wahrscheinlich alle, Briefe Gabrielles vernichtet worden sind.«

»Zumindest haben Sie jetzt die Gewißheit«, war Simons

widersinnige Antwort. »Bisher war es nur ein Gerücht. Warum fahren Sie nicht nach Genf und sparen sich die Vorwürfe bis zu Ihrer Rückkehr auf? Geben Sie wenigstens etwas von dem Vorschuß aus, ehe Sie sich entschließen, ihn zurückzugeben und ein so faszinierendes Projekt fallenzulassen.«

»Ich habe mich in Ihnen getäuscht«, sagte Kate. »Sie sind keinen Deut besser als andere Verlagsleute: Geld, Geld, Geld.«

»Wenn Sie zurück sind, führe ich Sie zu einem formidablen Lunch aus, mit Wein und allem drum und dran«, sagte Simon. Kate knallte nicht direkt den Hörer auf, aber sie sagte auch nicht direkt auf Wiedersehen. Sie ließ den Hörer nur langsam auf die Gabel sinken und dachte über Genf nach.

6

Am Abend fragte sie Reed, ob er zufällig einen Stadtplan von Genf habe. Sie hätte natürlich auch in die nächste Buchhandlung gehen und sich den neuesten Reiseführer besorgen können, aber Großmut und ihre insgeheime Bewunderung für Reeds strikte Weigerung, sich ihren Vorstellungen darüber zu fügen, wie die Dinge des Lebens am praktischsten zu handhaben seien, bewogen sie, Reed zu fragen. Kate war fest davon überzeugt, daß es in beständigen Ehen immer einen gab, der alles hortete – Stadtpläne, Reiseführer, Theaterprogramme, denkwürdige Zeitungen, unzählige Fotos und alle möglichen Reiseandenken. In ihrer Ehe war Reed der Sammler. Da sie genug Platz hatten, beschränkte sich Kates Nörgeln auf nicht mehr funktionstüchtige Küchenutensilien und zerbrochene Geräte. In einer vorbildlichen Gesellschaft würde man die Geräte reparieren und nicht wegwerfen, um die riesigen Müllberge nicht noch zu vergrößern. Aber da es sich in den Vereinigten Staaten niemand leisten konnte, Geräte zu reparieren oder jemand anderen dafür zu bezahlen, sah Kate wenig Sinn darin, sie aufzubewahren. Reed und sie waren jedoch zu der stillschweigenden Übereinkunft gekommen, daß sie sich jeden Kommentars enthielt, wenn er alle möglichen Dinge hortete, sie jedoch das Recht hatte, alles Zeug, das nicht mehr funktionierte, fortzuwerfen – eine Regelung, die das gemeinsame Leben erleichterte.

Und die auch der Grund dafür war, daß Reed nach einigem Herumstöbern mit einem in Französisch abgefaßten Stadtführer für Genf aufwarten konnte. Reed besaß ihn seit der Zeit kurz nach dem Zweiten Weltkrieg, als er mit seinen Eltern diese Stadt besucht hatte. ›Les Guides Bleus Illustrés: Genève et ses environs‹ lautete der Titel des 1937 erschienenen Führers. Die Schweizer, deren Land durch den Krieg nicht zerstückelt wurde, hatten auch keine neuen Landkarten gebraucht, als er zu Ende war. In der Schweiz ändere sich nie etwas, bemerkte Reed, während er den Führer durchblätterte. Zwar müsse man wohl davon ausgehen, daß das in dem Führer zitierte »Palais de la Société des Nations« nicht mehr den Völkerbund beheimate, sondern dieser irgendeiner anderen internationalen Organisation Platz gemacht habe. Ansonsten könne man sich aber darauf verlassen, daß wenig, wenn überhaupt etwas, anders sei. Stillstand, schloß er, sei das Wesen der Schweiz.

»Haben die Frauen inzwischen das Wahlrecht?« fragte Kate.

»Wahrscheinlich, obwohl es hier und dort vielleicht noch einen Kanton gibt, der stur geblieben ist. Ich hoffe, du fährst nicht in die Schweiz, um eine Revolution anzuzetteln. Dafür gibt es geeignetere Orte.«

»Ich fahre in die Schweiz, um mit einer Frau zu sprechen, die es für richtig hält, Briefe von Leuten, die mit berühmten Schriftstellern in Verbindung standen, zu verbrennen. Ich hoffe nur, daß sie mit mir redet, nicht zuletzt deshalb, weil ich ihr in einem Teil meines Selbst, das sich nicht um die

Wissenschaft schert, recht gebe. Aber nur zum Teil, wie gesagt: denn Gabrielle ist tot, geschützter könnte ihre Privatsphäre gar nicht sein. Wir dagegen müssen in einer düsteren Welt weiterkämpfen, die sie mit ihren privaten Äußerungen vielleicht hätte erleuchten können.«

»Merk dir das für die Frau in Genf«, sagte Reed. »Es klingt sehr gut.«

Auch Kate war in ihrer Jugend in Genf gewesen, erinnerte sich aber an wenig, nur den See, die Brücke darüber und die Insel, die nach Rousseau benannt war und sich mit seiner Statue schmückte. Vage erinnerte sie sich an eine Gedenkstätte für die Reformation mit einer Statue von Calvin, gegen den sie seit jeher eine tiefe Abneigung verspürte. Rousseau hatte sie in ihrer frühen Jugend bewundert und ihm erst ihre Bewunderung entzogen, als sie erkannte, welches Schicksal er Sophie zudachte, während er all seine Phantasie und Energie der Erziehung Emiles widmete.

Kate war im Grunde eine widerwillige Reisende; sie fuhr zwar klaglos überallhin, wenn es einen Grund dafür gab, begann sich aber blitzschnell zu langweilen, wenn's an Besichtigungen ging, ein Unterfangen, dem sich ihre Mutter mit der ganzen Verzweiflung jener Menschen verschrieben hatte, die sich alles vermeintlich Bedeutungsvolle auf der Welt aneignen wollen, aber nicht bereit sind, den eigentlichen Preis dafür zu zahlen, den des Risikos. Irgendwann einmal, dachte Kate, wird es etwas geben, das meiner Mutter gefallen hat und das auch ich schätzen lerne. Was das sein könnte, kann ich mir aber beim besten Willen nicht vorstellen.

Genf wurde Kate durch die Erinnerung an ihre Mutter nicht angenehmer. Deshalb ging sie gleich an die Arbeit. Nachdem sie sich in dem bewundernswerten Schweizer Hotelzimmer eingerichtet und auch die wahrhaft schweizerische Toilettenspülung ausprobiert hatte, die, weil völlig geräuschlos, auf eigenartige Weise irritierend war, rief sie Nellie an. Nellie war freundlich, wenn auch förmlich, und lud Kate in ein Restaurant zum Abendessen ein. Kate war einverstanden, notierte sich Name und Adresse und setzte sich dann hin, um ihre Gedanken zu sammeln. Wenn man so viele Fragen hatte, war es ratsam, sie zu ordnen.

Als sie jedoch in dem Restaurant Platz genommen – Nellie schien sich hier ganz zu Hause zu fühlen – und bestellt hatten und Kate eine größere Portion serviert wurde, als sie normalerweise in einer Woche aß, stellte sich heraus, daß Nellie es eher vorzog, Fragen zu stellen als zu beantworten. Wie Dorinda und Anne war Nellie über sechzig, aber Kate konnte nur schwer den Eindruck abschütteln, sie sei die jüngste der drei. Sie hatte die englischen Farben und die Haut der Großmutter geerbt und hätte jeden Alters sein können – eine Minute dieses, die nächste ein anderes. Dorinda dagegen hatte trotz ihrer unveränderten Gesichtszüge den Eindruck vermittelt, es sei ihr nur recht, daß man ihr das Alter ansah – als empfände sie es als Erleichterung, nicht mehr jung zu sein.

Zu Kates Erleichterung wollte Nellie gern reden – aber, wie sich bald herausstellte, nicht über Gabrielle.

»Ich habe mit Dorinda über Sie gesprochen«, sagte Nellie. »Ich rief sie vor ein paar Tagen an, und sie war erschrokken, daß ich am Telefon war. Dorinda und ich gehören zu der Generation, die Überseegespräche immer noch in Hochspannung versetzen. Für mich hat sich das durch meine Arbeit natürlich inzwischen geändert. Ich rief sie übrigens Ihretwegen an. Ich wollte mehr über Sie wissen. Ich hoffe nur, Sie haben jetzt nicht das Gefühl, unter falschen Voraussetzungen hergekommen zu sein.«

»Nicht, wenn wir auch über Gabrielle sprechen können«, sagte Kate. »Später, wenn es Ihnen lieber ist.«

»Natürlich. Dorinda sagte, Sie seien Detektivin, Privatdetektivin.«

»Völlig falsch«, sagte Kate heftiger als angemessen. »Tut mir leid, wenn ich schroff klinge, aber ich bin wirklich keine Detektivin und schon gar keine Privatdetektivin. Die werden schließlich bezahlt.«

»Ich bin bereit zu zahlen«, sagte Nellie zu Kates Entsetzen. War es nicht an ihr, Fragen zu stellen? War sie nicht diejenige, die die Strapaze auf sich genommen hatte, den Ozean zu überqueren – schließlich waren Flugreisen heutzutage nirgends mehr auf der Welt ein Vergnügen. Und schließlich war sie es, die Rousseau, Calvin und geräuschlose Toilettenspülungen über sich ergehen lassen mußte. »Nellie«, sagte Kate, wobei sie all ihre Geduld zusammennahm, »ich will kein Geld. Ich nehme nie Geld, außer meinem Gehalt, das ich von der Universität für die Erfüllung klar definierter akademischer Pflichten bekomme. Ich hatte gehofft«, fügte sie mit der Absicht hinzu, das Gespräch auf Gabrielle zu lenken, »etwas Geld, eine bescheidene Summe, zu verdienen, wenn ich die Biographie Ihrer Großmutter schreibe, aber ansonsten bin und bleibe ich eine Amateurin.«

»Aber Sie haben Verbrechen aufgeklärt, sogar Morde, nicht wahr?«

Kate fiel auf, daß Nellie, die so viele Sprachen beherrschte, hin und wieder in einen ausländischen Akzent verfiel. »Nicht unbedingt«, sagte Kate. »Das heißt, ja doch, aber unter Vorbehalt.«

»Vorbehalt?« Nellie war verwirrt.

»Ein Witz«, sagte Kate. »Von Woody Allen. Seine Antwort auf die Frage, ob er Jude sei.«

»Ich verstehe«, sagte Nellie, der die Pointe offenkundig entgangen war. »Sie spielen Detektivin, wenn Sie Lust dazu haben.«

»Mehr oder weniger. Aber warum sprechen wir nicht über Sie? Sie können doch kaum annehmen, daß ich von New York nach Genf geflogen bin, um über mich selbst zu sprechen.«

»Ich biete Ihnen einen Handel an«, sagte Nellie.

»Einen Handel?« Kate stellte fest, daß sie, was zwar selten geschah, an dem Punkt angelangt war, wo sie nur noch die Worte ihres Gegenübers wiederholte. Und wenn das geschah, war es immer ein untrügliches Zeichen dafür, daß sie sich unglücklich fühlte.

»Lassen Sie uns einfach plaudern«, sagte Nellie. »Ich bin eine schlechte Gastgeberin, Ihnen so zuzusetzen. Waren Sie früher schon einmal in Genf?«

»Ja, einmal«, sagte Kate. »Vielleicht können wir nach dem Essen zu dem See mit Rousseau in der Mitte laufen, an den ich mich noch erinnere. Sind die Straßen in Genf um diese Zeit noch sicher?«

»Die Schweiz ist nirgendwo mehr so sicher, wie sie einmal war«, sagte Nellie, »aber immer noch sicherer als die meisten anderen Orte dieser Welt.«

»Wie lange arbeiten Sie schon in Genf?« fragte Kate, und in stillschweigendem Einverständnis sprachen sie von anderen Dingen.

Nellie bezahlte die Rechnung, und sie wanderten durch die Straßen, wie Kate annahm, in Richtung Rousseau-See. Das Laufen schien eine befreiende Wirkung auf Nellie zu haben, denn plötzlich war sie bereit, zur Sache zu kommen. »Sie werden sich bestimmt fragen, welchen Handel ich mit Ihnen abschließen möchte – was ich anzubieten habe.«

»Ja, allerdings«, sagte Kate.

»Daß ich die Briefe verbrannt habe, tut mir leid. Das heißt, Ihretwegen tut es mir leid. Denn ich bin immer noch davon überzeugt, daß ich das Richtige getan habe. Meine Großmutter war ein sehr zurückgezogener Mensch. Sie hätte die Vorstellung gehaßt, daß ihre Briefe Jahre später von völlig fremden Menschen gelesen werden, die doch nur Interesse an ihrem Mann haben. Das müssen Sie mir wirklich glauben, es hätte ihr sehr widerstrebt.«

»Das glaube ich Ihnen. Aber darum geht es ja nicht. Ich kann Menschen, die Briefe verbrennen, in gewisser Weise besser verstehen als Menschen, die sie aufbewahren. Ich kenne einen Dichter, seine Gedichte gefallen mir übrigens überhaupt nicht, der von all seinen Briefen Durchschläge aufbewahrt, weil er davon überzeugt ist, daß man einmal eine Biographie über ihn schreiben wird. Tatsache ist, daß genau der Impuls, der ihn die Durchschläge seiner Briefe aufheben läßt, auch verantwortlich für sein Scheitern als Dichter ist.«

»Großmutter war keine Dichterin, und sie bewahrte auch keine Durchschläge auf.«

»Verzeihen Sie, wenn ich abgeschweift bin«, sagte Kate. »Ich wollte damit nur sagen, daß die Neigung, Briefe zu verbrennen der Bedeutung dieser Briefe diametral entgegengesetzt sein kann.«

»Ja«, sagte Nellie. »Ich verstehe, was Sie meinen. Sie sind eine sehr kluge Frau.«

Entgegen ihrer sonstigen Art ließ Kate sich das Kompliment gefallen. »Ich habe das sichere Gefühl, daß Ihre Großmutter eine viel interessantere Person war als alle glaubten. Wahrscheinlich sogar interessanter als ihr berühmter Mann. Aber in der Vergangenheit hatten Frauen oft die bedauerliche Tendenz, in Anonymität und Schweigen zu versinken, weshalb man manchmal einfach nicht widerstehen kann, ihre Stimmen und Geschichten wieder aus der Versenkung zu holen.«

»Aber manchmal enthalten ihre Geschichten auch die Geschichten anderer Menschen – Geschichten, die zu erzählen niemand das Recht hat, finden Sie nicht?«

»Warum? Hat nicht jeder Mensch das Recht auf seine Geschichte?« fragte Kate. »Emmanuel Foxx hat seine Geschichte erzählt – und obendrein noch so, als sei es die seiner Frau. Ich finde, es ist an der Zeit, daß wir ihre eigene Version hören, meinen Sie nicht?«

»Ich dachte nicht an meinen Großvater«, sagte Nellie. »Was man über ihn erzählt, ist mir egal. Ich dachte an Emile.«

»Emile?« fragte Kate und starrte hinaus zu der Statue Rousseaus oder vielmehr dorthin, wo sie deren Standort auf der Insel vermutete, und fragte sich, was in aller Welt Nellie mit Rousseaus berühmtem Buch zu schaffen habe. Aber im nächsten Moment fiel bei Kate der Groschen. »Natürlich! Emile. Der Sohn. Ihr Vater!« hörte sie sich wie eine Schauspielerin in einem schlechten Stück sagen. »Verzeihen Sie mir«, fügte sie hinzu. »Einen Moment lang hatte ich ganz vergessen, wer Emile war.«

»Alle haben ihn vergessen«, sagte Nellie. »Und genau das ist der Punkt, verstehen Sie?«

»Eigentlich nicht«, sage Kate. Aber es stimmte. Es war wirklich erstaunlich, welch geringe Rolle Emile – trotz Foxx' großer Freude über seine Geburt – in allen Biographien spielte. Als Anne damals ihren Schlafanzug kaufte, mußte sogar sie einen Moment überlegen, wer er war. Es gab wohl kaum etwas Schlimmeres, als der Sohn eines berühmten Vaters zu sein.

»Ich begleite Sie zu Ihrem Hotel«, sagte Nellie, drehte sich um und ging mit Kate in die entgegengesetzte Richtung. »Sie sind bestimmt müde. Die Zeitverschiebung und alles – das bringt den Körper aus seinem natürlichen Rhythmus. Wollen wir uns morgen weiter unterhalten?«

»Ich habe hier ja sonst wenig zu tun«, sagte Kate. »Eigentlich gar nichts. Ich bin froh, wenn ich so lange wie möglich mit Ihnen sprechen kann. Es stimmt also – Sie haben die Briefe wirklich verbrannt?«

»Ja«, sagte Nellie. »Ich habe sie verbrannt. Alle, an die ich herankommen konnte.«

Kate wollte sie fragen, ob sie Annes Memoir gelesen habe. Ob Gabrielle mit Nellie je über ihre Papiere gesprochen habe. Ob Nellie an dem Geld interessiert sei, das möglicherweise damit zu verdienen sei. Aber all diese Fragen mußten bis morgen warten.

»Arbeiten Sie den ganzen Tag?« fragte Kate.

»Ich werde mir den Nachmittag freinehmen. Wir besichtigen die Stadt, und dabei unterhalten wir uns. Das Reden fällt einem leichter, wenn man sich etwas ansieht, finden Sie nicht?«

Kate konnte schlecht einschlafen – fremdes Bett, fremdes Land, befremdliche Situation. Aber Smiley hatte schließlich auch selten genug geschlafen. Psst, psst, psst, sagte sie zu sich selbst. Ganz still! Le Carré wußte natürlich, daß Christopher Robins England längst untergegangen war – so wie Kates WASP-Amerika –, gottlob, konnte man nur sagen. Aber welcher Mensch beschwor nicht zuweilen, wenn auch ironisch, die gute alte Zeit! Beim Geheimdienst, dachte Kate, steht Rußland gegen Amerika – und bei mir die Männer gegen die Frauen. Wer weiß, welche Parteien sich als erste versöhnen?

Und über dieser Frage schlummerte sie friedlich ein.

Nellie und Kate begannen ihren Nachmittag mit einem Lunch in einem Terrassencafé und betrachteten die vorüberziehende Szenerie. Zumindest taten sie so, aber nach dem Essen hätte Kate nicht sagen können, ob eine Herde Elefanten vorübergezogen war. Ihr Blick war so auf Nellie fixiert, als könne ihr Gegenüber von einem Moment zum anderen eine völlig andere Gestalt annehmen. In gewisser Weise geschah das auch.

»Emile ist nicht im Krieg gestorben«, sagte Nellie.

Kate starrte sie an. Diese Frau ist über sechzig, mußte sie sich ständig mahnen. Annes Memoir hatte Kate so beeindruckt, daß für sie die drei Frauen irgendwie immer noch junge Mädchen waren. Und selbst während sie Nellie, die beim besten Willen kein Teenager war, jetzt anstarrte, kam dieses Gefühl nicht ins Wanken. Vielleicht kommt das daher, sagte sich Kate, daß Dorinda und in gewisser Weise auch Nellie mir nicht vorkommen, als blickten sie ihrem Lebensabend entgegen, sondern als begännen sie ihr Leben noch einmal von vorn, nun, nicht gerade von vorn, aber als gäben sie ihm eine neue Richtung. Dorinda hatte es ja selbst mehr oder weniger so ausgedrückt. Aber Emile, dachte Kate und rechnete schnell nach, mußte mindestens dreiundachtzig sein, vorausgesetzt, er lebte noch. Eine gewagte Annahme.

»Hat ihn in letzter Zeit jemand gesehen?« fragte Kate.

»Nein, in letzter Zeit nicht«, sagte Nellie. »Emile starb vor einigen Jahren. Aber ich habe ihn ungefähr zehn Jahre nach seinem Verschwinden getroffen. Als ich in London war, um Gabrielle zu besuchen – nach Dorindas Hochzeit.«

»Wußten Sie vorher schon, daß er noch lebte?«

»Keine von uns wußte etwas Genaues. Er war fortgegangen, um sich der Résistance anzuschließen. Das war um die Zeit, als ich nach Amerika ging. Zumindest nahmen das alle an. Vielleicht sollten wir das ja auch. Kurz danach bekam Gabrielle noch ein oder zwei Briefe von ihm – ja, auch die habe ich verbrannt –, und 1942 starb mein Großvater. 1944 bekam Gabrielle einen Brief von einem Mann, der behauptete, Emile sei bei einem Überfall auf den Bauernhof, wo er sich versteckt hielt, ums Leben gekommen. Der Briefschreiber fügte noch hinzu, er habe einige von Emiles persönlichen Dingen und würde sie Gabrielle schicken. Falls er nicht überleben sollte, sei dafür gesorgt, daß sie ihr nach dem Krieg zukämen. Er überlebte, und nach dem Krieg erhielt Gabrielle ein Päckchen mit Emiles Uhr, einem Babyfoto von mir, das er immer bei sich trug, und ein paar anderen Dingen. Ich glaube, Emile wollte alles loswerden, was ihn an seine Vergangenheit erinnerte.«

Kate versank in Gedanken. »Gibt es irgendeinen Beweis, daß Emile das Päckchen nicht selbst aufgegeben hat?« fragte sie nach einer Weile.

»Meinem Gefühl nach hat er wirklich jemanden damit beauftragt, wahrscheinlich den Mann, der den ersten Brief geschrieben hat. Warum er mich sehen wollte, werde ich nie verstehen. Daß er mit Gabrielle sprechen wollte, konnte ich nachempfinden – sie hatte ihn vergöttert –, aber warum mich?«

»Sie sehen Gabrielle ähnlich«, sagte Kate. »Zumindest auf den Fotos, die ich von ihr kenne. Vielleicht hatte er wirklich Sehnsucht nach Ihnen, sah in Ihnen aber gleichzeitig das Ebenbild Gabrielles. Eine romantische Vorstellung.«

»Sehr romantisch«, sagte Nellie und drehte den Stiel ihres Weinglases zwischen den Fingern. »Und wie die meisten romantischen Vorstellungen unwiderstehlich. Sie werden nicht glauben, wie viele Leute mir erzählt haben, ich sei die zweite Gabrielle – Emile sei mit seiner Tochter die Mutter wiedergeboren worden. Selbst ich war immer stolz darauf, daß ich ihr so ähnelte. Nur eins haben die Leute immer übersehen: daß auch Emmanuel Foxx sehr englisch aussah.«

Kate starrte Nellie an, ihr Hirn weigerte sich einen Moment, zu begreifen, was ihr da mitgeteilt wurde. Schweigen breitete sich zwischen ihnen aus.

Nellie brach es.

»Ich bin überhaupt nicht mit Gabrielle verwandt«, sagte sie. »Jedenfalls nicht blutsverwandt – nimmt man dagegen Liebe als Kriterium, bin ich ihr sehr verwandt.«

»Gabrielle wußte natürlich Bescheid. Hilda hätte alles getan, um einem Genie ein Kind zu gebären. Ich nehme an, sie verführte kurz darauf Emile, um ihre Affäre zu kaschieren. Aber um ihr Gerechtigkeit widerfahren zu lassen: *Sie* hätte es wahrscheinlich vor Emile und allen anderen verheimlicht – nach einer Weile bestimmt sogar vor sich selbst. Aber mein Großvater konnte seine Häme nicht unterdrücken – sich das stolze Grinsen über seine Tochter nicht vom Gesicht wischen. Oh, gewiß, er sprach stets von mir als seiner Enkelin, aber es war nicht meines Großvaters Art, sein Licht unter den Scheffel zu stellen. Außerdem hatte er sich immer mehr Kinder gewünscht, aber es kam nie dazu. Warum, weiß ich nicht. Vielleicht sorgte Gabrielle dafür, daß sie nicht mehr schwanger wurde. Emmanuel war bekannt dafür, daß er Verhütungsmittel haßte. Aber vielleicht hat sie es ihm nicht erzählt. Ich bin sicher, sie hat ihm immer nur soviel erzählt, wie sie ihm erzählen wollte.«

»Seit wann wissen Sie es?«

»Wahrscheinlich schon immer. Aber Verleugnung und Verdrängung sind nur zu bequem. Wirklich zur Kenntnis nehmen mußte ich es erst, als Emile 1951, kurz nach Dorindas Hochzeit, mit mir darüber redete. Er hatte das Gefühl, sein Leben lang betrogen worden zu sein, und so war es ja wohl auch. Er konnte es einfach nicht ertragen, ständig an seinen großen, interessanten, berühmten Vater erinnert zu werden. Und als der Krieg kam und so viele Dokumente verlorengingen oder verwechselt wurden – von Menschen oder Ländern ganz zu schweigen –, sah Emile seine Chance gekommen: Er beschloß, zu sterben und ein neues Leben anzufangen.«

»Aber warum hatte er den Wunsch, es Ihnen zu erzählen?«

»Tja, da haben Sie's. Das ist die Frage, nicht wahr? Er wollte, daß jemand Bescheid wußte. Nun, Gabrielle kannte die Wahrheit ohnehin. Emile bat mich, dafür zu sorgen, daß niemand sonst davon erführe. Er fürchtete, Gabrielle könnte es in einem Brief erwähnt haben. Deshalb wollte er, daß ich alle Briefe, derer ich habhaft werden konnte, verbrannte. Ich bin sicher, daß Gabrielle darüber weder schrieb noch sprach – heute verstehe ich natürlich, daß sie Hilda wegen dieser Affäre so verachtet hat –, aber Emile war wie besessen, alle Spuren seiner Vergangenheit zu vernichten. Ich kann verstehen, warum. Sie nicht auch?«

Kate wußte nicht, ob dies wirklich als Frage gemeint war, und wenn ja, was sie antworten sollte. Aber Nellie, die immer noch den Stiel ihres Weinglases zwischen den Fingern drehte, wartete offensichtlich auf eine Antwort.

»Trotzdem hat Gabrielle Sie sehr geliebt«, sagte Kate schließlich.

»Ich weiß. Heute denke ich oft, wie sehr es sie verletzt haben muß, daß ich unbedingt nach Amerika gehen wollte. Aber das Leben zu Hause war entsetzlich. Wäre ich älter gewesen und nicht so egoistisch, wie die Jugend eben ist, ich wäre geblieben, um Gabrielle das Leben ein wenig zu erleichtern. Sie muß geahnt haben, wie krank Großvater in Wirklichkeit war. Gabrielle wußte immer alles. Ja, das wußte sie. Aber sosehr ich sie auch liebte, ich konnte es nicht abwarten, fortzukommen. Verstehen Sie, daß ich jetzt das tun muß, was sie von mir wollte? Tief in meinem Herzen weiß ich, daß Gabrielle Emile geschützt hätte. Sie hätte es nicht gewollt, daß sein fingierter Tod an den Tag kommt und er noch mehr verletzt würde als ohnehin.«

Zum ersten Mal, seit sie ihr Essen bestellt hatten, richtete Kate den Blick auf entferntere Dinge – die Straße, die Leute, den Verkehr. Auf dem gegenüberliegenden Bürgersteig ging eine Frau mit einem Kind spazieren – so wie überall in der Welt. Genauso mußte Gabrielle mit Emile spazierengegangen sein, und später mit Nellie. Und nun saß diese Nellie ihr gegenüber und wartete darauf, daß sie etwas sagte. Aber Kate fiel nichts, oder genauer: nichts Passendes ein.

Wenn Reed das hört, dachte Kate, wird er darauf brennen, zu erfahren, was auf Gottes Erdboden es vermochte, mir die Sprache zu verschlagen. Auf einen plötzlichen Schicksalsschlag hätte sie reagieren können, auch auf alle möglichen verwickelten und unlösbaren Probleme. Aber bei dieser Geschichte aus der Vergangenheit, die so voll Kummer war von Menschen, die nicht mehr lebten (und zweifellos hatte Emile diesen Schmerz bis zum Schluß empfunden), versagten Kate die Worte.

»Haben Sie je versucht, Emile wiederzusehen?« fragte sie schließlich.

»Nein«, sagte Nellie. »Er heiratete eine einfache Französin, eine Bäuerin im Grunde, und sie lebten irgendwo auf dem Lande. Zum Schluß fand er also doch noch so etwas wie

Frieden in seinem Leben. Ich glaube, dort, wo er lebte, war Emmanuel Foxx niemandem ein Begriff. Natürlich gab es auch Touristen in der Gegend, darunter gebildete Engländer, aber sie kamen ihm nicht zu nahe. Außerdem hatte Emile mir erzählt, er tue so, als könne er kein Englisch und fände das Französisch der Engländer schwer zu verstehen.«

»Also spielte er bis zum Schluß ein Spiel.«

»Das war nichts Neues für ihn. Für Emile und mich waren Sprachen immer ein Spiel. Wir konnten ja so viele. Großpapa sagte immer, er wolle kein Englisch in seiner Umgebung hören, das habe er für sein Schreiben reserviert. Nur die englische Sprache seiner Charaktere solle an sein Ohr dringen. Zu Hause unterhielten wir uns also immer in anderen Sprachen. Gabrielle sprach Englisch mit mir, aber nur, wenn Großpapa nicht in der Nähe war. Es war unsere Geheimsprache.«

»Ist es verwunderlich, daß sie Sie so liebte, oder empfinde nur ich mit meinem beschränkten konventionellen Verstand das so?«

»Das habe ich mich oft gefragt«, sagte Nellie. »Für mich war sie der Inbegriff von Liebe. Großpapa fand ich spaßig und irgendwie aufregender als Gabrielle, sogar Pa – so nannte ich Emile –, wenn er bei uns war. Es liegt in unserer Natur, daß wir von Männern fasziniert sind, die nur selten auftauchen und herrlich nach Abenteuer riechen. Aber Gabrielle war diejenige, die ich liebte. Als ich nach Amerika kam und Anne kennenlernte, tat sie mir leid, weil es in ihrem Leben keine liebende Mutter gab. Ihre eigene Mutter war streng, überhaupt nicht warmherzig, warnte sie nur ständig vor allen möglichen Gefahren, und Eleanor war eher zurückhaltend; ihre ganze, ziemlich verblendete Liebe sparte sie sich für Dorinda auf, war aber freundlich und gut zu uns dreien. Mich dagegen liebte diese großartige Frau. Als ich dann erfuhr, daß sie nicht meine wirkliche Großmutter ist, spielte es irgendwie keine Rolle mehr für mich. Ob es für sie eine spielte, weiß ich nicht. Ich glaube nicht. Aber ich will nicht so tun, als verstünde ich es.«

»Haben Sie Ihre leibliche Mutter, Hilda, oft gesehen?« fragte Kate, weil diese Frage die unwichtigste und am wenigsten mit Emotionen befrachtete war. Beide brauchten Zeit, um zum Kernpunkt ihres Gesprächs zurückzukehren.

»Nein, nicht allzuoft. Sie machte großes Aufhebens um mich, als ich ein Baby war, aber seit ich mich erinnern kann, spürte ich, daß sie lieber einen Jungen gehabt hätte. Großpapa machte großes Theater darum, daß ich und seine große Romanfigur das gleiche Geschlecht hatten. Ich nehme an, Hilda ließ sich von seiner Schwärmerei anstecken und befaßte sich wohl deshalb eine Weile mit mir. Aber dann übergab sie mich den Kinderschwestern, vor denen mich Gabrielle rettete. Wissen Sie, ich kann es nicht ertragen, wenn sie nun analysiert, angestarrt und belächelt wird – von Leuten, die keine Ahnung haben, welch ein Juwel sie war, was für eine wunderbare Frau. Nicht weichlich, wie es sich vielleicht anhört, sondern kraftvoll und, o Gott, so warmherzig.«

»Ich muß Ihnen eine Frage stellen, Nellie: Wissen Sie von Annes Memoir?«

»Ja, gewiß. Sie hat mir eine Kopie geschickt und dazu einen Brief, in dem sie mir alles über die Papiere erklärte und sagte, sollte sie sie verkaufen, und vielleicht müßte sie das, dann bekäme ich die Hälfte des Geldes. Sie schrieb noch, eigentlich stünde mir ja alles zu, aber sie brauche das Geld dringend. Sie lebt jetzt in New York, und dort ist es schrecklich teuer. Sie hat zwar einen guten Job, aber der Mann, mit dem sie zusammenlebt, kann nicht arbeiten. Er hatte einen Zusammenbruch.

Ich fürchte, als ich Ihnen von Dorindas Schreck über meinen Anruf erzählte, haben Sie angenommen, Dorinda, Anne und ich hätten kaum noch Kontakt. Tatsache ist, daß wir ständig miteinander zu tun haben, wir alle drei, durch Briefe, gelegentliche Anrufe und Besuche, die allerdings selten sind. Dorinda war nur deshalb über meinen Anruf erschrocken, weil sie fürchtete, irgend etwas sei schiefgegangen. Aber wir drei haben uns nie aus den Augen verloren. Tut mir leid, ich fürchte, ich bin im Stadium der Schwatzhaftigkeit angelangt.«

Sie setzte ihr Glas ab, und Kate nahm ihre Hand. »Haben Sie befürchtet«, fragte Kate, »ich könnte Gabrielle Schaden zufügen oder Emiles Geheimnis lüften? Ist es das, was Ihnen Sorgen macht?«

»Wenn ich sagte, wir drei sind in Kontakt«, Nellie fuhr fort, als hätte sie Kates Frage nicht gehört, beantwortete sie aber gleichzeitig, »meinte ich, daß wir drei über Sie gesprochen haben, über Ihren Plan, die Biographie zu schreiben. Wir mußten entscheiden, was wir tun wollten. Nun, ich möchte weder, daß Gabrielles noch Emiles Lebensgeschichte an die Öffentlichkeit kommt. Beide hatten ein trauriges Leben, und ich sehe keinen Sinn darin, darüber zu schreiben. Ihnen entgeht doch nicht viel, wenn Sie die Biographie sein lassen.«

Viel nicht, dachte Kate, nur die ganze Basis, auf der ich mein Leben für die nächsten fünf Jahre geplant habe. Aber spielte das wirklich eine Rolle? Verdammt – es ging um Gabrielle! Sie war und blieb das große Rätsel im Zentrum der klassischen Moderne. Sie hatte einfach das Recht, gehört zu werden. Woher wollte Nellie so genau wissen, daß Gabrielle ihre Geschichte nicht erzählt wissen wollte? Schließlich hatte sie doch alles daran gesetzt, daß ihre Papiere, egal, was sie enthielten, aufbewahrt wurden.

Nellie hatte gewartet, bis Kate diesen Kommentar verdaut hatte. Sie wußte natürlich, wie folgenreich er war.

»Wäre es nicht möglich«, sagte Kate, »Gabrielles Biographie zu schreiben und Emile herauszulassen – ihn 1944 einfach verschwinden zu lassen und fertig?«

»Möglich wäre es natürlich«, sagte Nellie. »Aber glauben Sie wirklich, das könnten Sie tun?«

Kate dachte darüber nach. »Nein«, sagte sie. »Sie haben recht. Das könnte ich nicht. Was man weiß, kann man nicht verschweigen. Heute nicht mehr. In der schlechten alten Zeit wurden Biographien so geschrieben, aber heute geht das nicht mehr. Ehrlichkeit und Faktentreue mögen nicht viel wert sein, aber das ist das einzige, woran wir uns heute noch halten können. Ich werde das Projekt wohl fallenlassen.«

»Einiges haben Sie allerdings nicht bedacht. Sie hatten ja auch noch nicht die Zeit dazu.«

»Ich habe vieles noch nicht bedacht«, sagte Kate. »Tausend Dinge. Aber welche Bedeutung hat das jetzt noch?«

»Sie haben nicht bedacht«, beharrte Nellie, so als hätte Kate nichts gesagt, »wie sehr wir Ihnen vertraut haben.«

»Haben Sie das? Stimmt. Das war mir noch gar nicht aufgefallen.«

»Kate, ich fürchte, Sie stehen unter Schock. Denken Sie nach. Ich meine, was ich gesagt habe: Ich biete Ihnen einen Handel an – weil ich Ihnen vertraue. Nichts kann Sie davon abhalten, zu veröffentlichen, was ich Ihnen erzählt habe. – ›Tut mir leid! Ihr Problem, wenn Sie so viel ausplaudern‹ – so machen es doch die meisten Journalisten.«

»Ich bin keine Journalistin.«

»Sie sind Detektivin, auch wenn Sie es gern bestreiten. Wahrscheinlich hätten Sie auch allein alles herausgefunden. Auf der Basis können wir doch einen Handel machen?«

»Gehen wir ein Stück«, sagte Kate, die sich noch nicht gewappnet fühlte für das, was ihrer Befürchtung nach gleich auf sie zukam. »Ich muß meinen Kreislauf in Schwung bringen.«

Wieder gingen sie in Richtung See; beide schwiegen. Kate kam sich vor, als hätte sie die Zeilen für ein Stück gelernt und befände sich plötzlich in einem ganz anderen, aber gleichzeitig würde von ihr erwartet, daß sie ihre Rolle kenne. Sie brauchte Zeit, um zu verdauen, was sie gehört hatte, und darüber nachzudenken.

»Hören Sie sich doch einfach unsere Seite des Handels an«, sagte Nellie. »Da Gabrielle auf keinen Fall gewollt hätte, daß die Wahrheit über ihr Leben – oder auch nur eine Version davon – entdeckt und veröffentlicht wird, bin ich mir ziemlich sicher, daß die Papiere, die Gabrielle unbedingt gerettet wissen wollte, nicht biographischer Natur sind – zumindest werden sie nicht die Wahrheit über Emile und mich und Großpapa enthalten, sind aber wahrscheinlich sehr interessant. Deshalb hatte ich die Idee, Ihnen die Papiere zu geben – und Anne ist einverstanden. Wenn Sie interessiert sind, dann veröffentlichen Sie sie und vergessen die Biographie! Antworten Sie jetzt nicht. Denken Sie einfach darüber nach. Ich rufe Sie morgen an.«

Kate nickte und machte sich auf den Weg zu ihrem Hotel. Sie meinte zu spüren, daß Nellie stehenblieb und ihr nachsah. Außerstande, die neu entstandene Situation ernsthaft zu überdenken, begann Kate, sich ihr Gespräch mit Simon Pearlstine auszumalen. – Hören Sie, an einer Biographie über Gabrielle bin ich nicht mehr interessiert, aber ich möchte ihre Schriften herausgeben. – Er würde den Vorschuß zurückfordern. Gut, sie würde ihn zurückgeben. Und dann?

Als Kate im Hotel ankam, fand sie eine Nachricht von Simon vor. Würde sie ihn anrufen und ihm erzählen, wie sie vorankam? Kate war nicht in der Verfassung, auszurechnen, welche Uhrzeit jetzt in New York war. Also machte sie sich auf die Suche nach dem Telefax des Hotels und schickte zum erstenmal in ihrem Leben ein Fax. Es lautete: »Mir geht es wunderbar, wünschte nur, Sie wären hier.« Gar nicht mal so weit von der Wahrheit entfernt, dachte sie, als sie schließlich in ihrem Zimmer aufs Bett sank. Reed wäre ihr natürlich lieber gewesen, aber auch ein Gespräch mit Simon hätte ihr gutgetan. Nur – außer Reed durfte sie ja niemandem erzählen, was sie erfahren hatte. Wie ihre Entscheidung auch ausfallen mochte, ob für oder gegen den Handel, wie Nellie sich ausdrückte – Kate war klar, daß sie sich mit keinem Außenstehenden beraten durfte. Was als Biographie begonnen hatte, verwandelte sich unter ihren Augen in etwas völlig anderes – etwas Vages und Beunruhigendes. Und bei diesem Verwandlungsprozeß war die Literaturwissenschaftlerin Kate zur Detektivin Kate geworden – nicht umgekehrt, wie früher immer.

7

Auf dem Rückflug nach New York veranstalteten die Gedanken in Kates Kopf eine Hetzjagd. Daß daraus ein klares Bild entstehen würde, war sehr unwahrscheinlich. Kate wurde nur noch verwirrter, konnte nicht einschlafen und fühlte sich von Dämonen verfolgt. Wenn sie einen Moment eindöste, dann erschienen die Mitspieler des Foxx-Dramas, um sie mit grotesken Taten und Anliegen zu belästigen. Mehreren Martinis, die in kleinen Flaschen gereicht wurden, gelang es weder, den Schlaf herbeizuführen, noch, die Geister zu vertreiben. Aber als Kate dann endlich landete, hungrig (wer kann schon das Bordessen hinunterbekommen?) und erschöpft, hatte sie immerhin einen Entschluß gefaßt: nämlich so schnell wie möglich ein Treffen mit Anne Gringold zu arrangieren.

Und noch etwas war ihr klargeworden: Dorinda und Nellie hatten sie vielleicht nicht direkt angelogen, aber die Wahrheit mit Bedacht umgangen. Immer wieder waren ihnen Dinge entschlüpft, die zuvor gegebenen Schilderungen widersprachen. Bei Anne war die Lage ein wenig anders, denn Kate kannte Annes Memoir und hatte so einen besseren Ausgangspunkt, eigene Hypothesen zu entwickeln. Denn genau das brauchte sie, eigene Hypothesen, egal wie unpräzise. Zum Beispiel die: Warum sollte die Enthüllung des Geheimnisses, wer wirklich Nellies Vater war, so entsetzlich sein? Alle aktiv daran Beteiligten waren tot, und heutzutage erregten solche Enthüllungen kaum noch Aufsehen – höchstens eine kurzlebige Verwunderung. Die Welt würde Nellie wahrscheinlich ein wenig interessanter finden, aber ein solches Schicksal schreckte die meisten nicht besonders. Emile und Gabrielle waren tot und damit unverletzlich. Das Ansehen von Emmanuel Foxx würde vielleicht bei manchen steigen, bei anderen dagegen sinken, aber die Einschätzung seines großen Romans oder seiner anderen Werke würde davon kaum tangiert.

Eins war allerdings nicht zu verleugnen: Für Menschen, denen Diskretion und unversehrte Privatsphäre das Wichtigste im Leben waren, mußte das Publikwerden von Familienskandalen unerträglich sein. Vielleicht hatte Nellie es längst satt, immer nur als Foxx' Enkelin gesehen zu werden, und absolut keine Lust, nun von Leuten belästigt zu werden, die sich daran ergötzten, daß sie dem großen Mann noch eine Generation näher stand.

Es lag auf der Hand: Anne war für Kate der nächste Schritt, weniger aus Interesse an Annes Lebensgeschichte oder deren Geheimnissen, die eher von nebensächlicher Bedeutung waren, als aus Interesse an den Papieren, die Gabrielle ihr anvertraut hatte. Und nach dieser Feststellung (auf die Kate schon bald mit so viel Ironie und Galgenhumor zurückblicken sollte, wie ihr möglich war) schlief sie zehn Stunden durch und wurde beim Aufwachen mit einem üppigen Frühstück und einem Gespräch mit Reed belohnt, während dem sie ihm nichts erzählte, ihn aber wissen ließ, sie erzähle ihm deshalb nichts, weil sie noch nicht soweit sei, überhaupt jemand etwas zu erzählen.

Schließlich erreichte sie Anne telefonisch. Ja, Anne würde sich mit ihr treffen, in zwei Tagen und wo sie, Kate, wolle. Kate schlug ihre Wohnung vor, und Anne war einverstanden. Kate fiel ein, daß sie noch keine aus dem Trio in deren eigener Umgebung erlebt hatte. Nur Eleanor hatte sie zu Hause empfangen. Kate wußte nichts über das Zuhause der drei. Sie konnten genausogut in Raumschiffen um die Erde kreisen. Kate hielt bei ihnen allmählich alles für möglich.

Als Anne eintrat, war Kates erster Gedanke, wie sehr sich das Trio äußerlich unterschied. Anne war eindeutig zu dick geworden – sehr unfreundlich ausgedrückt, mahnte sich Kate. In diesen Tagen, wo alle Welt von der bestmöglichen Präsentation des eigenen Gesichts und Körpers besessen war, schien es Anne völlig gleichgültig zu sein, wie sie aussah. Sie hatte eine offenere Art als Dorinda und auch als Nellie, nicht verwunderlich, dachte Kate, denn Anne hatte ja auch das Memoir geschrieben und so als erste zu Kate gesprochen.

Kate bot ihr einen Drink an, und zu ihrer Freude entschied sich Anne für ein Bier. Kate schloß sich ihr an, und als sie sich mit den Gläsern niederließen, bemerkte Anne, wie herrlich es sei, an einem ganz normalen Arbeitstag in diesem einladenden Zimmer zu sitzen und Bier zu trinken. »Ich komme mir vor, als schwänzte ich die Schule«, sagte sie. »Vielleicht finde ich ja bald sogar den Mut, mir einen Nachmittag freizunehmen, um mir ein Baseballspiel anzugucken. Aber gibt es überhaupt während der Woche Baseballspiele?«

»Wir könnten ja zusammen gehen«, sagte Kate. »Ich hab mir seit Jahren kein Spiel mehr angesehen.« Wir reden um den heißen Brei herum, dachte Kate, aber trotzdem ist es kein leeres Geplänkel. Ich würde wirklich gern mit Anne zu einem Baseballspiel gehen. »Zu den Mets natürlich«, fügte Kate hinzu. »Alle meine Brüder waren Yankee-Fans, also gab es für mich keine Frage. Meine Brüder und ich haben absolut nichts gemeinsam, was ich recht tröstlich finde. Auf diese Weise droht mir nie die Gefahr, irgendwo ihrer Meinung zu sein.«

»Es gefällt mir, daß Sie von sich erzählen«, sagte Anne, »wo Sie doch von mir bestimmt sehr viele persönliche Enthüllungen erwarten. Nicht, daß ich etwas dagegen hätte«, fügte sie hastig hinzu. »Ich kann mir gar nicht vorstellen, wie es wäre, Brüder zu haben. Wie Sie wahrscheinlich wissen, haben weder Nellie noch ich Kinder. Dafür hat Dorinda vier Söhne, was, jedenfalls für meinen und Nellies Geschmack, ein bißchen zuviel des Guten ist.«

»Vor ein paar Tagen habe ich Nellie in Genf getroffen«, sagte Kate. »Aber von ihrem gegenwärtigen Leben war nicht die Rede, nur von der Vergangenheit. Ich hatte so viele Fragen über die Vergangenheit, daß ich mich nicht traute, sie auch noch über die Gegenwart zu befragen. Ich jedenfalls hasse Leute, die unaufhörlich Fragen stellen.«

»Nellie ist seit vielen Jahren mit einem Mann verheiratet,

der philosophische und andere hochwissenschaftliche Bücher schreibt, alle in Französisch, alle sehr bedeutungsvoll und alle so gut wie unverständlich – selbst wenn man perfekt Französisch kann. Ich glaube, sie sind sehr glücklich miteinander. Er kann überall auf der Welt arbeiten, was sehr günstig ist, da Nellie oft versetzt wird. Gutes Bier.« Anne lehnte sich in ihrem Sessel zurück und genoß unverkennbar diese Mußestunden an einem normalen Arbeitstag.

»Arbeiten Sie immer noch im Verlagswesen?« fragte Kate. »Ich weiß, Ihr Memoir endet vor ungefähr dreißig Jahren, und meine Frage ist vielleicht dumm.«

»Immer noch bei demselben Verlag«, sagte Anne. »Mehr Verantwortung, mehr Geld, aber der Job ist der gleiche. Im Grunde ist er recht interessant. Man darf sich nur nicht einbilden, etwas anderes als ein normales Produkt zu verkaufen. Ich meine, man darf in Büchern nichts Heiliges sehen, sondern einfach das Produkt. Man erforscht den Markt, entwickelt Verkaufs- und Vertriebsstrategien, setzt den Computer ein und wünschte bloß, die Leute, die für die Bestellungen verantwortlich sind, die Grossisten und Vertriebe, würden nicht so viele himmelschreiende Fehler machen. Ich mache meine Arbeit gut, und die Tatsache, daß sie weder wahnsinnig glamourös ist noch jeden Tag irgendwelche Neuerungen eingeführt werden, bedeutet, daß ich auch jetzt, wo ich in die Jahre komme, keine Probleme habe. Ich bin übrigens auch für die Mets, obwohl ich wünschte, sie hätten auf die Ballmädchen verzichtet. Wenn Frauen es je im Baseball zu etwas bringen, dann sollte es deshalb sein, weil sie so gut sind, daß man es sich einfach nicht leisten kann, sie nicht anzuheuern. Bis dahin fände ich es besser, keine Mädchen in lächerlichen Uniformen wie die Playboy-Häschen die Beine schwingen zu sehen. Nehmen Sie nicht so ernst, was ich sage. Ich habe so selten Gelegenheit, einfach draufloszuplappern, denn meistens bin ich zu beschäftigt oder zu müde. Worüber wollten Sie mit mir sprechen? Doch bestimmt nicht über die Mets.«

»Wie Sie wahrscheinlich wissen«, sagte Kate, »habe ich viel mit Literatur zu tun. Deshalb fiel mir einfach auf, daß Sie Ihr wundervolles Memoir enden lassen wie Jane Austen ihre Romane – ziemlich abrupt, so als hätten Sie den interessanten Teil abgehandelt und plötzlich große Eile, das Ganze hinter sich zu bringen, wobei man den Eindruck hat, daß Ihnen etwas unbehaglich war bei dem Ende.«

»Wie taktvoll Sie das ausdrücken. Es stimmt, der Schluß handelte von Gabrielles Papieren, aber vorher ging es um mich. Ich glaubte wohl, die Leser, falls es welche gab, wollten schnell zum Ende kommen. Kein Grund also, es hinauszuzögern.«

»Ihr Zusammenleben mit Dorinda und später dann mit Nellie ist eine wirklich erstaunliche Geschichte. Sie geht einem zu Herzen. Übrigens war ich ziemlich erleichtert«, fügte Kate hinzu und erwartete Annes Reaktion mit einiger Besorgnis, »als ich feststellte, daß Dorinda ein so angenehmer Mensch ist. Nach dem, was Sie und ihre Mutter geäußert haben, wurde das früher wilde Kind und junge

Mädchen ja eine, nun, ziemliche Spießerin. Aber diese Phase hat sie offenbar überstanden.«

»Ja. Dorinda hat sich gut gemacht. Wir alle im Grunde. Eins möchte ich Ihnen nicht verschweigen: Uns dreien war klar, daß eines Tages jemand Gabrielles Biographie würde schreiben wollen. Das war unausweichlich. Als wir erfuhren, daß Sie diejenige sind, waren wir sehr erleichtert. Ich meine, es hätte ja auch jemand sein können, der nicht so intelligent ist, nicht so viel von Literatur versteht und keine Ahnung hat, was es bedeutete, jung zu sein, als die klassische Moderne ihren Höhepunkt hatte.«

»Soll ich aus dieser Lobrede schließen, daß Sie das Memoir erst Simon Pearlstine gegeben haben, nachdem Sie mich schon insgeheim als Biographieschreiberin auserkoren hatten – sozusagen als zusätzlichen Anreiz?«

»Nellie und Dorinda haben beide gesagt: Sie sind intelligent und klug – Detektivin und Literatin. Die beiden hatten recht.«

»Simon Pearlstine hat sich alle Mühe gegeben, um mir einen völlig anderen Eindruck zu vermitteln. Aber bestimmt wollte er bloß seinen Arsch aus dem Schußfeld bringen, wie man in der großen, rohen Welt sagt. Sie haben das Memoir also speziell für mich gedacht?«

»Ausschließlich! Es sollte Sie – Sie ganz speziell – ermutigen, Gabrielles Biographie zu schreiben. Dorinda hat es erst dann an Pearlstine geschickt, als sie dank der wundervollen Beziehungen, über die sie immer noch verfügt, wußte, daß er sich an Sie wenden würde. Im Verlagswesen gibt es keine

Geheimnisse, und meine Quellen bestätigten Dorindas Informationen. Sie fragen sich vielleicht, warum ich das Memoir nicht einfach selbst geschickt habe. Nun, zum Teil, weil Dorinda schon immer diejenige von uns dreien war, die derlei Dinge in die Hand nimmt. Aber vor allem wollte ich, daß Pearlstine den Text nicht aus erster Hand bekam, sondern als ein rätselhaftes Dokument. Außerdem hatte ich immer noch das dringende Bedürfnis nach Distanz zu dem Ganzen, wie damals, als ich Gabrielles Papiere zu der Londoner Bank brachte. Jedenfalls erkundigten wir uns nach Ihnen und Ihrer Arbeit. Wir betreiben unsere Nachforschungen mit großer Sorgfalt und ließen uns viel Zeit dabei. Nun, das meiste übernahm Dorinda; ich half ihr nur ein wenig. Wir beschlossen, daß Sie genau die Richtige sind. Und als Pearlstine sich an Sie wandte, traten wir sozusagen in Aktion. Sie waren auserwählt.« Anne lächelte.

»Im Klartext heißt das doch«, sagte Kate mit unüberhörbarer Schroffheit, um Anne klarzumachen, daß sie sich nicht von Komplimenten einlullen ließ, »wenn ich Nellie richtig verstanden habe, und sie war schwer mißzuverstehen, sandten Sie mir das Memoir, um mich zu ermutigen, Gabrielles Biographie *nicht* zu schreiben.«

Anne lächelte und setzte ihr leeres Glas ab. »Nun, keine der üblichen Biographien, aber ein elegantes Porträt Gabrielles – als Einführung zu den von Ihnen edierten Schriften.«

»Die Sie auf Gabrielles Wunsch fortgeschafft haben?«

»Genau. Wir sind der Meinung, daß das Leben von Randfiguren wie uns dreien und Emile nicht wichtig ist. Wichtig ist, was Gabrielle geschrieben hat, ihr wahres Leben liegt in ihren Schriften.«

»Noch ein Bier?«

»Gleich«, sagte Anne.

»Sie setzen also voraus, daß Gabrielle ihr Leben zum Thema gemacht hat. Warum ist nichts davon je zum Vorschein gekommen? Warum wußte niemand davon bis zu dem Moment, als sie Ihnen die Papiere in Kensington übergab?«

»Sie können doch nicht allen Ernstes glauben, Emmanuel Foxx, das große Genie, hätte es ertragen oder zugelassen, daß die Frau an seiner Seite selbst schrieb. Er war der Schriftsteller – sie bestenfalls seine Muse, in Wirklichkeit aber eher seine Handlangerin, um nicht zu sagen Dienerin. Sie hielt ihr Schreiben geheim, versteckte es. Ich weiß nicht, wann sie zu schreiben begann. Niemand weiß das. Möglich, daß sie den größten Teil nach Foxx' Tod schrieb, als sie allein in Paris lebte. Und als sie fertig war damit, hat sie vielleicht beschlossen, nach England zurückzukehren. Möglicherweise wollte sie es aber auch in England beenden. Niemand kann das wissen.«

»Können denn die Papiere keinen Aufschluß darüber geben? Das Alter des Papiers, die Tinte, Wasserzeichen und dergleichen? Ist Ihnen nichts aufgefallen?«

»Nein«, sagte Anne. »Lassen Sie uns doch noch ein Bier trinken. Es ist so schön, bei einem Drink zu plaudern. Damals in London kam ich mir vor, als hätte ich irgendeinen göttlichen Befehl auszuführen, und schaffte die Papiere derart hastig zur Bank, daß ich kaum einen Blick darauf geworfen habe.« Anne kämpfte sich aus dem Sessel, in dem sie so gemütlich gesessen hatte, und folgte Kate in die Küche. »Mein Gedanke war«, sagte sie zu Kates Rücken, während Kate die Bierflaschen öffnete, »daß wir sie uns gemeinsam ansehen, wenn wir sie von der Bank holen.«

»Wo ist die Bank?« frage Kate, als sie es sich wieder bequem gemacht hatten. Am Ende des Korridors hörte sie das Telefon klingeln. »Herrliche Erfindung, diese Anrufbeantworter«, sagte Kate. »Ich war sehr dagegen, so wie ich gegen alle entmenschlichten Neuerungen bin, aber am Ende streckt man doch die Waffen und gibt zu, daß sie ihre Vorteile haben. Ich habe schon ganze Konferenzen organisiert, ohne je direkt mit den anderen Beteiligten zu sprechen. Bedeutet das nun Fortschritt für die Menschheit oder Untergang, oder geht es einfach nur um die Bequemlichkeit?«

»Die Bank ist in England«, sagte Anne und lächelte Kate an, um ihr zu signalisieren, daß sie in puncto Anrufbeantworter ganz ihrer Meinung sei, jedoch standhaft jeder Versuchung widerstehen würde, das anstehende Thema aufzuschieben. »In London. Die nächstbeste, die ich damals finden konnte. Ich habe all die Jahre die Gebühren für den Safe bezahlt, was eine ganz schöne Bürde war, aber Eleanor, Gott segne sie, steuerte etwas bei, seit sie die Geschichte der Papiere kennt. Sie hat mir sogar eine Summe als Rückzahlung gegeben. Eleanor ist großartig. Wirklich großartig.«

»Ich mochte sie sehr«, sagte Kate. »Bin ich eingeladen, Sie nach London zu begleiten? Sind wir beide die ersten, die sich Gabrielles Schriften ansehen?«

»So ist es. Ich habe erwogen, Eleanor zu fragen, aber sie ist ein wenig zu alt, um in der Welt herumzukutschieren, sosehr ich es auch als ihr Recht empfinde. Natürlich war es Sigs Geld, aber Eleanor hatte das Gespür für Gabrielle und Nellie. Eleanor hat immer das richtige Gespür gehabt, außer bei der Wahl ihres Ehemanns. Andererseits, hätte sie Sig nicht geheiratet, wäre sie nie in der Lage gewesen, den Foxx' zu helfen.«

Kate hatte inzwischen begriffen, daß Anne sich zwar den Anschein gab, blind draufloszuplappern, in Wirklichkeit aber Themen, Beobachtungen und Tonfall so sorgfältig orchestriert waren wie die Partitur einer Sinfonie. Kate stellte ihr Glas ab und beugte sich nach vorn, um Anne sowohl mit Körpersprache wie mit Worten zu konfrontieren.

»Hören Sie zu, Anne: Ich bin von Ihnen allen dreien geleimt worden – von Ihnen, von Dorinda und von Nellie, und zwar äußerst raffiniert. Ich will nicht sagen, daß ich mich betrogen fühle, das wäre ein bißchen zu schroff und nicht ganz akkurat ausgedrückt, aber ich habe das untrügliche Gefühl, daß mir noch eine sehr verblüffende Offenbarung bevorsteht. Finden Sie nicht, wir sollten es hinter uns bringen? Das heißt natürlich, falls Sie und Dorinda und Nellie beschlossen haben, daß ich es von Ihnen erfahren soll und heute der richtige Tag ist.«

»Sie sind wirklich schwer zu täuschen«, sagte Anne lachend. »Eigentlich hätten Sie mich jetzt nach Sig fragen müssen. Das wäre Ihr nächstes Stichwort gewesen: eine Frage nach Eleanor und Sig. Ich erledige die Dinge immer gern schön der Reihe nach.«

»Das«, sagte Kate, »ist nicht zu übersehen. Gut also, gehen Sie davon aus, daß Ihnen die richtige Frage zu Eleanor und Sig gestellt wurde. Wie zum Beispiel: Alles Interessante haben Sie in Ihrem Memoir abgehandelt – was sollte Sie die Beziehung der beiden also jetzt noch scheren?«

»Ich habe Eleanor das Memoir gezeigt oder vielmehr vorgelesen. Zu der Zeit war sie erst neunzig, das heißt, noch nicht ganz neunzig, aber sie wollte lieber zuhören. Eleanor war immer eine gute Zuhörerin. Ich glaube fast, Zuhören war ihre Hauptbeschäftigung, natürlich neben ihrer Aufgabe, allen um sie herum das Leben so angenehm wie möglich zu gestalten.« Anne nahm einen Schluck Bier. »Eleanor mochte meine Geschichte. Ich entschuldigte mich für das, was ich über die Großherzigkeit der Goddards gesagt hatte; als ich es ihr vorlas, empfand ich es plötzlich als engherzig und undankbar, aber Eleanor wollte nichts von meiner Entschuldigung wissen. ›Du hast es genau richtig empfunden, Anne‹ sagte sie. ›Und Gabrielle ebenso. Ohne es zu wissen, habt ihr alle die Wahrheit geahnt. Bist du nie auf den Gedanken gekommen?‹ fragte Eleanor mich. ›Auf welchen Gedanken?‹ wollte ich natürlich wissen.«

»Noch ein Vater, von dem keiner weiß?« fragte Kate.

»Sie sind wirklich klug«, sagte Anne. »Ich hatte natürlich Nellies Beispiel nicht vor Augen – so wie Sie. Deshalb kam ich nicht darauf. Ich hatte überhaupt keine Ahnung, worauf Eleanor hinauswollte, und die arme Eleanor dachte wohl, sie hätte am besten gar nicht davon angefangen. Schließlich erzählte sie es mir dann doch. Ich glaube, das wollte sie schon lange. Im Alter hat sie den Mut zur Ehrlichkeit gefunden – mit sich und den anderen –, den Mut, mit allen Lebenslügen Schluß zu machen. Nun, Sie haben es jedenfalls schnell erraten.«

»Ich war ja nicht beteiligt«, sagte Kate. »Es ist leicht, Dinge zu durchschauen, wenn man selbst emotional nicht verstrickt ist.«

»Sig war mein Vater. Deshalb nahmen mich die Goddards so bereitwillig bei sich auf, obwohl meine Mutter große Vorbehalte hatte. Aber wenigstens war es keine Wohltätigkeit. Was ich nämlich nicht verstehen konnte, war, warum meine Mutter bereit war, Almosen zu nehmen. Sie war so stolz, so auf ihre Unabhängigkeit bedacht, wollte ihren Kopf hoch tragen können, wie sie immer sagte. Aber wenn er mein Vater war, schuldete er mir etwas. Nur mir – ihr niemals. Sie nahm nie auch nur das Geringste von ihm an und hielt große Distanz zu ihm, wenn sie sich von Zeit zu Zeit über den Weg liefen.«

»Er hat nicht auf Dorindas Hochzeit mit ihr getanzt?« fragte Kate.

»Nein, das war jemand anderes. Ich glaube, an diesem Abend hat sie sich einen Moment von Selbstvergessenheit gegönnt und die Affäre mit Sig ganz verdrängt. Sie war als meine Mutter eingeladen, weil ich so eng zur Goddard-

Familie gehörte, und damit hatte es sich. Merkwürdig, daß Sie ausgerechnet danach fragen.«

»Das Tanzen Ihrer Mutter hat mich sehr beeindruckt«, sagte Kate. »Weiß Dorinda Bescheid?«

»Dorinda und Nellie wissen es beide. Wir erzählen uns alles, was wert ist, erzählt zu werden.«

»War Sig noch am Leben, als Sie Eleanor Ihr Memoir vorgelesen haben?«

»Da war er schon lange tot. Ich denke noch oft darüber nach – über diese eigenartige Geschichte, aber sie belustigt mich auch: Sig wollte immer einen Sohn, und er bekam zwei Töchter – fast gleichzeitig. Hilda wollte einen Sohn und bekam ebenfalls eine Tochter. Wir waren uns alle drei nahe, als wir jung waren, und heute sind wir uns wieder nahe. Es ist, als hätte Dorinda eine Zeitlang unter einem bösen Zauber gestanden, der auf uns alle übergriff. Ich bin froh, daß es vorüber ist. Aber eins ist noch wichtiger«, Kate hatte das Gefühl, daß Anne plötzlich Dinge sagte, die sie sich nicht schon vorher zurechtgelegt hatte und vielleicht erst viel später hatte sagen wollen, »wir haben alle eine zweite Chance, die Chance, unsere Freundschaft zu leben und uns dem zu widmen, was wirklich wichtig ist. Am wichtigsten ist jedoch, daß auch Gabrielle ihre zweite Chance bekommt. Glauben Sie, alle Frauen haben eine zweite Chance, selbst wenn ihnen das Leben nicht mal eine eindeutige erste gegeben hat?«

»Die Geschichte des englischen Romans spricht dafür«, sagte Kate, die spürte, daß eine Pause, in der es nicht um

Persönliches ging, beiden guttäte. »Von seinen ersten Anfängen an, von ›Tom Jones‹ und ›Moll Flanders‹ bis hin zu Hardy, ging es immer um zweite Chancen. Jane Austens ›Überredung‹ ist ein schönes Beispiel. Mit Hardy verloren die zweiten Chancen dann allmählich an Bedeutung. Denken Sie an ›Der Bürgermeister von Casterbridge‹, das wohl offenkundigste Beispiel, aber vielleicht gibt es noch mehr. Ich habe den Eindruck, daß heute die zweiten Chancen ein Comeback haben, zumindest für Frauen.« Kate trank ihr Bier und lächelte Anne zu.

»Was sagte Dorinda dazu, daß Sig Ihrer beider Vater ist?« fragte sie.

»Sie sagte, das beweise wieder einmal die Kraft der weiblichen Gene, zumindest bei Töchtern, denn Dorinda und ich sehen uns nicht ähnlich, ähneln dagegen beide unseren Müttern. Nellie sieht Sig am ähnlichsten, aber sie ist schließlich die Tochter seiner Schwester. Dorinda sagte sehr nett: Auch wenn wir gewußt hätten, daß wir Halbschwestern sind – wir hätten uns nicht näher sein können. Das stimmt, und jetzt, wo wir es wissen, ist es noch wahrer.«

»Daß Nellie mit den Goddards verwandt ist, sieht jeder«, sagte Kate. »Aber Sie sind genauso Nellies Kusine wie Dorinda. Das scheint wirklich zu beweisen, wie unwichtig der Vater ist.«

»Außer für die Väter selbst. Was Nellie Ihnen über sich erzählt hat, spielte für Emile eine enorme Rolle, das kann ich Ihnen versichern. Und wäre Eleanor eine andere gewesen, hätte die Tatsache, daß ihr Mann mein Vater war, für sie ebenso eine enorme Rolle gespielt.«

»War Ihre Mutter wirklich verheiratet?«

»O ja. Ich glaube, sie verachtete meinen Vater. Aber niemand sprach je über ihn. Wenn ich sie nach ihm fragte, sagte sie, er sei nicht wichtig für mich und ich solle mich nicht verrückt machen seinetwegen, was wahrer war, als ich mir damals hatte träumen lassen. Er verschwand, als meine Mutter schwanger wurde. Er wollte keine Verantwortung tragen. Nicht, daß er gewußt hätte, daß ich nicht von ihm war. Ich habe Eleanor danach gefragt, und sie sagte, er habe es nie erfahren, und meine Mutter habe es dabei belassen. Er starb wenige Jahre nach meiner Geburt. Ich glaube nicht, daß die Schwestern meiner Mutter die Wahrheit kannten, ganz bestimmt nicht. Sie dachten wahrscheinlich einfach, meine Mutter habe es schlau eingefädelt, daß die Goddards mich aufnahmen.«

»Meinen Sie, daß Eleanor von Anfang an Bescheid wußte?«

»O ja. Sie hat meiner Mutter zu Jobs verholfen, die ihr lagen und wo sie gut verdiente. Meine Mutter ist erst vor ein paar Jahren gestorben, und sie hat mir einen hübschen Batzen vererbt. Ich wünschte nur, sie hätte auf ihre alten Tage etwas verschwenderischer gelebt, aber Sparsamkeit war eben ihre Leidenschaft. Als Dorinda wollte, daß ich bei ihnen lebte, ergriff Eleanor die Gelegenheit sozusagen beim Schopfe – obwohl sie es so darstellte, als habe Dorinda nur wieder einmal ihren Kopf durchgesetzt. Ich habe kein einziges Wort an dem Memoir verändert, als ich die Wahrheit erfuhr. Und hätte ich sie schon vorher gewußt – meine Schilderung wäre keinen Deut anders ausgefallen. Ich glaube, das ist eine gute Lektion für das Schreiben von Biographien. Letzten Endes sind Tatsachen gar nicht so wichtig.«

»Ich fürchte, meine Rolle besteht darin, aufdringliche Fragen zu stellen«, sagte Kate. »Aber Sie sagen, Ihre Mutter habe Ihnen einen *hübschen Batzen* hinterlassen; Nellie hat mir erzählt, Sie seien ziemlich knapp bei Kasse. *Hübsche Batzen* sind natürlich relativ, aber sagte Nellie die Wahrheit?«

»Sie übertreibt ein wenig. Ich lebe mit Len zusammen – dem aus dem Memoir. Er war mit jemand anderem verheiratet, aber es ging auf Dauer nicht gut. Er hat nur eine kleine Rente, und wir machen gern teure Urlaubsreisen. Außerdem kommt er gern mit, wenn ich auf Geschäftsreisen gehe. Ich glaube, Nellie wollte Sie mit ihrer Bemerkung nur anspornen, Gabrielles Papiere zu veröffentlichen. Nun, wenn Sie sich dazu entschließen, wird mir das zusätzliche Geld tatsächlich sehr willkommen sein. Auch Nellie kann es gut gebrauchen, nicht, daß sie es dringend nötig hätte, aber ihr Gehalt ist nicht allzu hoch, und ihr Mann verdient sehr wenig mit seinen Büchern. Wir alle hoffen, daß Sie Lust haben, die Papiere zu veröffentlichen.«

»Macht es Ihnen etwas aus, wenn ich noch einmal mit Dorinda spreche, ehe ich mich entschließe, mit Ihnen nach London zu fahren?«

»Treffen Sie sich mit Dorinda, so oft Sie wollen. Im

Grunde müssen Sie auch gar nicht mit nach London. Ich könnte hinfliegen und die Papiere schicken. Aber mir wäre es lieber, Sie kämen mit.«

»Wenn ich bei diesem ziemlich verrückten Plan mitspiele, komme ich auch mit«, sagte Kate. »Schließlich habe ich mir das ganze Jahr freigenommen, und wofür, frage ich Sie, wenn nicht, um ein wenig von der Welt zu sehen? Außerdem bin ich wirklich wild auf diese Papiere – ich verzehre mich förmlich danach, könnte man sagen. Also fahre ich mit.«

Anne erhob sich, um zu gehen. »Es war ein wunderschöner Nachmittag. Und wunderschön, Sie kennenzulernen, wie die Gouvernante im Lied zu den Kindern des Königs von Siam sagt. Wir drei haben das als Kinder zusammen gesehen.« Anne begann zu kichern. »Mir fällt gerade ein, was Dorinda sagte, als ich ihr erzählte, daß Sig mein Vater sei. *Aha*, sagte sie. *Ich hätte es erkennen sollen – an dem verwünschten Zug in deinem Auge und dem albernen Hängen deiner Unterlippe.* Wir hatten ›Heinrich IV‹, Teil I in der Schule gelesen. Natürlich haben Dorinda und ich uns ausgemalt, wie er meine Mutter verführte, die ihm in seinem Haus oder bei Freunden über den Weg gelaufen sein muß. Aber man braucht nicht viel Phantasie, um es sich vorzustellen. Er war ein Schwerenöter, und noch dazu ein sehr charmanter, und meine Mutter muß einige tiefe Sehnsüchte gehabt haben, die sie nur zum Teil unterdrücken konnte. Das fiel mir ja auch auf, als sie tanzte. Ich habe sie nie gemocht – und ich glaube, auch sie mochte mich nicht besonders, aber ich bewunderte sie. Ich bin froh, daß ich sie tanzen sah.«

Kate begleitete Anne zur Tür und versagte sich die vielen Fragen, die sie noch hatte. Eigentlich war es sehr erstaunlich, wieviel Vertrauen die drei zu ihr hatten. Und da die Freundinnen so fest entschlossen waren, sich und Gabrielle eine zweite Chance zu geben und Kate als ihr Mittel zum Zweck auserkoren hatten, gab es keinen Weg zurück. Sie würde Dorinda noch einmal treffen und vielleicht – aus reinem Vergnügen und weil sie womöglich nicht mehr lange die Gelegenheit dazu hatte – auch Eleanor. Danach würde sie mit Anne nach London reisen. Und dann? Nun, ihr Entschluß stand fest: Entweder würde sie tun, was die drei ihr vorgeschlagen hatten, oder überhaupt nichts. Die Geschichten, die sie von ihnen gehört hatte, blieben ihr Geheimnis.

Daß die drei ihr vertrauten, bewies ihr gutes Gespür, und deshalb war Kate ihnen natürlich zugetan. Daß Stück für Stück noch ganz andere Geheimnisse ans Tageslicht kommen könnten, war nicht auszuschließen. Aber wenn man sich einmal entschlossen hat, jemandem zu vertrauen, muß man auch dabei bleiben. Und solange dieses Vertrauen nicht eindeutig verraten wird, gibt es keinen Weg zurück.

8

Wie Anne wollte auch Dorinda zu Kate in die Wohnung kommen. Ihre Gespräche waren an einem Punkt angelangt, wo Restaurants nicht mehr die ideale Umgebung boten. Kate hatte keine Lust, die Wohnungen des Trios zu betreten. Sie wollte sich ihre Vision von den dreien, wie sie wie die Sterne durchs All kreisten, nicht zerstören lassen. Dorinda wählte denselben Sessel, in dem Anne gesessen hatte, wollte aber kein Bier. Vielleicht später ein Sherry, sagte sie.

»Inzwischen kennen Sie uns ja durch und durch«, sagte Dorinda und musterte unverhohlen den Raum. »Schöne Wohnung. Laut Anne kennen Sie jetzt all unsere finstern Geheimnisse. Wir hatten's nun mal mit heimlichen Vätern, aber ich wüßte nicht, welch besondere Bedeutung das haben sollte, außer daß Anne jetzt genauso Halbjüdin ist, so wie Nellie und ich. Ich sage Anne immer wieder, daß daher ihr Geschäftssinn kommt, aber sie behauptet: Ich wäre erstens unlogisch, denn mit demselben Vater hätte ich überhaupt keinen Geschäftssinn, und zweitens sei mein Standpunkt rassistisch. Natürlich hat sie recht. Ihre Mutter hatte einen sehr ausgeprägten Geschäftssinn. Anne gewinnt immer alle Diskussionen, aber zum Schluß habe ich trotzdem das Gefühl, ein bißchen recht zu haben. Ohne den Schuß Sig wäre Anne wahrscheinlich wie die Schwestern ihrer Mutter, ohne ein Fünkchen Verstand. Die Gene der Goddards sind zwar meist nicht besonders durchsetzungsfähig, bedeuten aber ein gewisses *je ne sais quoi*. Egal, vielleicht ist Ihnen aufgefallen, daß keine von uns dreien besonders den Goddards nachschlägt.«

»Anne hat schon erwähnt, daß Sie das finden.«

»Ach ja? Nun, außerdem sagt sie, daß Sie sich wahrscheinlich Gabrielles Papieren annehmen. Stimmt das? Wir halten Sie einfach für *die* geeignete Person. Wir haben nämlich nach Art der drei Musketiere einen Pakt geschlossen: Wir wollen Gabrielle wieder zum Leben erwecken, aber nicht als Mutter oder Ehefrau – sondern als ihr ureigenes Selbst, könnte man sagen.«

»Ich denke noch darüber nach«, sagte Kate. »Denn offengestanden habe ich ein Problem: Ich komme mir bei dem Ganzen vor, als sei ich in eine Spionage-Intrige verstrickt, als hätte ich von Ihnen allen dreien eine Deckgeschichte zu hören bekommen; und wenn eine Tarnung fällt, kommt darunter die nächste Geschichte zum Vorschein. Le Carré läßt seine Helden behaupten, wenn ein Spion dem Geheimdienst erst einmal ins Netz gegangen ist, ist er gegen die heutigen Methoden der Wahrheitsfindung machtlos. Aber ich bin nun mal in keinem Geheimdienst. Woher soll ich also wissen, wann ich zur Wahrheit vorgestoßen bin?«

»Fragen Sie sich zu ihr durch! Wir haben Ihnen alles erzählt und reichen Ihnen gern alle Puzzleteilchen nach, die Ihnen noch fehlen. Sie müssen nur fragen. Da ich behaupte, das größte Rätsel von uns dreien zu sein – zumindest ist das die Meinung der beiden anderen –, sollte ich vielleicht ein paar kleine Lücken füllen, die Ihnen womöglich, bewußt oder unbewußt, Ängste bereiten.«

Kate, die eher klaffende Abgründe vor sich sah als kleine Lücken, nickte ermutigend.

»Gut. Erstens: Ich gebe zu, ich habe viele Rollen in meinem Leben gespielt, so wie Shakespeares Jacques, nur daß ich jetzt, wo ich in die Jahre komme, völlig aus der Rolle falle – zumindest gemessen an den konventionellen Vorstellungen von Frauen in meinem Alter –, und natürlich war ich auch nie ein Schuljunge mit roten Wangen, aber Sie verstehen schon, was ich meine. Durch Annes Memoir wissen Sie von meiner wilden Jugend. Eigentlich hätte man meinen sollen, da hätte ich gelernt, daß Männer nicht die einzige Antwort auf die Bedürfnisse von Frauen sind, aber das war nicht der Fall, wenigstens für lange, lange Zeit nicht. Meine liebe Tante Hilda hat es ihr ganzes Leben nicht begriffen, und als ihre alberne und oberflächliche Welt in die Brüche ging, erlitt auch sie Schiffbruch. Ich meine, meine Tante ging buchstäblich in die Brüche, und Daddy mußte sie nach Hause holen – mit dem letzten Flugzeug aus der Katastrophe retten, wie Auden sagt, nur daß es bei ihr ein Schiff war. Im Gegensatz zu Hilda habe ich mir keinen berühmten Mann ausgesucht, sondern einen beständigen, langweiligen – was kein geringerer Irrtum war, mir aber immerhin einige Jahre Zeit und Raum ließ, mich zu verpuppen und von einer Raupe zum Schmetterling zu werden. Damit will ich natürlich nicht behaupten, ein Schmetterling zu sein, aber verglichen mit dem, was ich vorher war, ist das Bild gar nicht so falsch. Wollen Sie mehr über Mark Hansford hören?«

»Gewiß doch«, sagte Kate, die sich fühlte, als würde sie mit verbundenen Augen beim Blindekuh-Spiel herumgewirbelt.

»Er tauchte genau in dem Moment auf, wo ich mich sozusagen entpuppte – am Beginn meiner Verwandlung stand. Er heilte mich von meiner Vergangenheit. Er wollte meine Fotos für sein Buch, und er begriff sofort, daß er am leichtesten an sie heranköme, wenn er mich becircte. Und er hatte Erfolg. Ich ließ mich becircen. Aber nicht nur das: Ich war noch ganz den Klischees meiner Arthur-Periode treu, wie ich sie heute nenne, und käute all die Platitüden wieder, wie zum Beispiel: Anne ist zu feministisch; es gibt eine natürliche Art zu lieben und eine unnatürliche undsoweiterundsofort – alles, weil es so bequem war und mich nicht zum Nachdenken zwang. Neulich habe ich einen guten Satz von einem Mann namens Wilson Mizener gelesen: *Ich habe Respekt vor dem Glauben, aber was uns vorantreibt, ist der Zweifel.* Die wahrsten Worte, die je gesprochen wurden. Ich will damit nicht sagen, ich hätte je einen Glauben gehabt, eher einen Schutzpanzer von Konventionen. Und als diese idiotische Affäre mit Mark Hansford zu Ende ging – nachdem er die Fotos hatte, beschloß er plötzlich, es noch einmal mit seiner Frau zu versuchen, wirklich, wie in einer Seifenoper –, erwachte ich wie Rip Van Winkle, und plötzlich war alles anders, aber in meinem Falle: zum Glück. Die Sache mit den Fotos macht mir im Grunde nichts aus. Aber ich finde, das von Gabrielle am Fenster sollten Sie in Ihr Buch aufnehmen. Ich habe die Rechte daran, das geht also in Ordnung.«

»Ihre Mutter meinte, Arthur sei ein bißchen langweilig gewesen.«

»Arthur war und ist langweilig, und mehr als nur ein bißchen. Wir lassen uns gerade scheiden. Er hat eine willige Krankenschwester aufgetan. Ich bin sicher, er tut schon seit Jahren welche auf, aber diese hier will heiraten, was sehr gescheit von ihr ist. Ich strenge mich an, die verlassene, alternde Ehefrau zu spielen, zum Teil aus Spaß und zum Teil auf Anraten meines Anwalts, aber es ist Schwerstarbeit, das kann ich Ihnen versichern. Ich bin auf Geld aus – für all die Jahre, die ich für Arthur die treusorgende Ehefrau gespielt habe.«

»Und werden Sie es bekommen?«

»O ja. Arthur will seine Krankenschwester unbedingt in den heiligen Ehestand befördern, und wer die Scheidung einreicht, muß zahlen. Ich habe ihn also in der Zange – ein herrliches Gefühl.«

»Vielleicht wollen Sie ja auch noch einmal heiraten?«

»Vielleicht, aber darauf würde ich nicht rechnen. Wissen Sie, wir alle drei haben uns am Ende um Männer gekümmert, und ich finde, ich habe meinen Anteil mehr als erfüllt. Nellie und Anne sind ihren Burschen immerhin zugetan, die ja auch wenigstens intelligent und liebenswert sind. Jetzt ist mir nach einem Sherry.«

Wie Anne folgte Dorinda Kate in die Küche, als sie den

Sherry und für sich selbst ein Bier holte. Bier stellte für Kate sozusagen einen Faden von Kontinuität in dem Labyrinth dar, in das sie sich, allerdings mit viel weniger Grund als Theseus, hineinbegeben hatte. Als sie wieder im Wohnzimmer saßen, erzählte Kate Dorinda von ihrem Gefühl, sich ohne Faden in einem Labyrinth verlaufen zu haben.

»Aber Sie haben doch einen Faden! Wir haben Ihnen einen gegeben, und auch Gabrielle wird Ihnen einen geben, wenn Sie ihre Papiere lesen«, sagte Dorinda. »Eine Frage hat noch niemand, schon gar nicht der gute alte Emmanuel Foxx, beantwortet – die nämlich, was aus Ariadne wurde, nachdem sie Theseus aus dem Labyrinth hinausgeführt hatte. Stellt sich diese Frage nicht für alle Frauen, jedenfalls für die, die ihren Männern bei allen Hindernissen zur Seite stehen und dann auf Naxos vergessen werden? Ich frage mich oft – wer hat wen vergessen?«

»Es gibt die Theorie, daß Ariadne Theseus nicht gefolgt ist, weil sie ihren Herrschaftsanspruch auf Knossos nicht verlieren wollte.«

»Richtig. Sie sagte Theseus, er solle ohne sie weiterziehen. Mag sein, daß sie ein Auge auf Dionysos geworfen hatte, aber das spielt kaum eine Rolle. Als sie sah, wie Theseus auf das Schiff stürmte und fortwollte, war ihr klar, daß sie diesem Mann nicht folgen wollte. Warum auch? Und Sie wissen, Theseus vergaß, das weiße Segel zu hissen, als er sich seiner Heimat näherte, woraufhin sein Vater, der glaubte, sein Sohn sei tot, sich umbrachte. Meiner Meinung nach«, schloß Dorinda und nahm einen Schluck Sherry, »hatte

Theseus den unbewußten Wunsch, seinen Vater zu töten: In allen unbewußten Männerwünschen geht es ums Töten und Triumphieren. Ariadne dagegen entdeckte ihren unbewußten Wunsch, in Sichtweite der Heimat zu bleiben und sie selbst zu sein. Das Problem für uns alle ist bloß, daß wir keine Heimat mehr haben, in deren Sichtweite wir bleiben könnten – Heimat natürlich im übertragenen Sinne gemeint.«

»Eine kluge Analyse«, sagte Kate. »Glauben Sie, daß das auch Gabrielles Auffassung war?«

»Das können wir nicht wissen, solange wir ihre Schriften nicht gelesen haben – solange Sie sie nicht gelesen haben, was wir uns alle fieberhaft wünschen.« Dorinda trank ihren Sherry aus und hielt Kate ihr Glas hin wie ein Kind, das noch einen Nachschlag möchte. Kate holte den Sherry, froh, etwas Zeit gewonnen zu haben, das alles zu verdauen. Dorinda schien ganz in ihrem Element: schnelle Gedankensprünge, amüsante Anekdoten. Aber, so hatte Kate den Verdacht, man machte einen Fehler, wenn man Dorinda unterschätzte – einen Fehler, den sie, Kate, vermeiden wollte.

»Glauben Sie, Gabrielle ist aus dem gleichen Grund nach England zurückgegangen, wie Ariadne in Sichtweite von Knossos blieb?«

»Das habe ich mich auch schon oft gefragt. Wir drei haben da eine Theorie.« Kates gespannter Gesichtsausdruck signalisierte, daß sie es kaum erwarten könne, diese Theorie zu hören.

»Mark Hansford hat mir erzählt, daß Gabrielles Bruder,

der damals schon stark aufs Greisenalter zutatterte, sie in London und dann später noch einmal im Pflegeheim besucht hat. Mark ging zu ihm, aber offensichtlich war er alles andere als mitteilsam. Natürlich waren damals weder Anne noch Nellie noch sonst jemand bereit, Hansford viel zu sagen, aber das Schweigen, in das sich der Bruder hüllte, war undurchdringlich. Natürlich ist er inzwischen gestorben, wir haben also nur unsere Theorie. Vielleicht geben Gabrielles Papiere uns recht, oder auch nicht. Aber wenn unsere Theorie stimmt, enthalten ihre Papiere nichts Persönliches über sie oder ihre Familie, weder die eigene noch die angeheiratete. *Unsere* Theorie ist, daß Gabrielle – ob nun in Nachahmung Ariadnes oder nicht – an den Ort zurückkehrte, wo sie geboren wurde. Sie schrieb ihrem Bruder – wohlgemerkt, das alles ist reine Spekulation –, und er, die Menschen werden ja im Alter angeblich, vielleicht sogar wirklich, versöhnlich, ließ sein Männerherz erweichen und besuchte sie.«

»In ihrer Wohnung in Kensington?«

»Davon gehe ich aus. Vielleicht haben sie sich auch im Regents Park oder in den Kensington Gardens getroffen – oder sich den Wachwechsel vor dem Buckingham Palast angeguckt.

Jedenfalls müssen sie so lange miteinander gesprochen haben, daß Gabrielle klar wurde: Egal, wo ihre Heimat sein mochte, bei diesem verstaubten Bruder jedenfalls nicht. Wahrscheinlich wollte er sie bewegen, auf den Familiensitz zurückzukehren und die brave Schwester, Tante oder eine andere gesittete weibliche Rolle zu spielen. Eines war ihr also klar: Wo immer ihr Zuhause war, auf dem alten Herrensitz bestimmt nicht. Ich stelle mir gern vor, und Nellie ergeht es ebenso, daß sie beschloß, ihre Heimat sei in dem, was sie geschrieben hatte. Daß sie deshalb so sehr fürchtete, ihre Schriften könnten verlorengehen. Nach den Akten des Pflegeheims, die Mark einsah, besuchte der Bruder sie dort noch einmal – wie ich stark hoffe, um sein entsetzlich schlechtes Gewissen zu beruhigen –, aber da war Gabrielle schon nicht mehr erreichbar. Ende meiner Geschichte. Die beiden anderen halten sie für gar nicht so unwahrscheinlich.«

»Aber Beweise haben Sie keine?«

»Keinen einzigen. Meine Theorie erfindet nur die fehlenden Teile zum Puzzle, aber das Gesamtbild, das sich ergibt, wirkt doch recht stimmig, finden Sie nicht?«

»Ich habe keine Ahnung«, sagte Kate. »Nicht den kleinsten Faden, dem ich folgen könnte. Aber Ihre Geschichte gefällt mir. Sie paßt mit den Fakten zusammen und ist außerdem phantasievoll. Und das macht eigentlich eine gute Biographie aus.«

»Sie werden also über Gabrielle schreiben? Keine übliche Biographie, sondern in einer neuen Form, die auf Gabrielles Schriften basiert.«

»Alles noch ein reines Traumgebilde – wie das, was wir uns von Gabrielles Schriften erhoffen.«

»Aber *die* sind kein Traumgebilde«, Dorinda hob vor Aufregung ihre Stimme. »Das müssen Sie doch einsehen.

Fragwürdig ist *die* Gabrielle, wie sie in all den Biographien über den großen Emmanuel Foxx dargestellt wird. Und noch fragwürdiger ist das Bild, das Foxx in seinem berühmten Roman von ihr gibt. Wer Gabrielle wirklich war – werden ihre Schriften enthüllen.«

»Immer vorausgesetzt, es handelt sich um Schriften und nicht um bloßes Gekritzel, Wäschereizettel oder Briefe, deren Veröffentlichung Nellie niemals zustimmen würde.« Kate klang so skeptisch, wie sie sich fühlte.

»Alles hängt von dem ab, was Sie vorfinden. Warum sausen Sie nicht einfach mit Anne ab nach England und machen den Spekulationen ein Ende? Werden Sie es tun? Oder habe ich Sie mit meinem Gerede entmutigt? Hilda war auch so eine Quasseltante; das weiß ich noch genau, und außerdem behauptete es die ganze Familie. Das liegt in den Genen der Goddards. Auch mein Vater redete endlos, aber immer amüsant – Ehre, wem Ehre gebührt.«

»Sie selbst sind auch sehr amüsant«, sagte Kate. »Ich lerne gerade, den Genen der Goddards eine Menge Anerkennung zu zollen.«

»Danke für Ihre freundlichen Worte, aber übertreiben Sie es nicht. Ich meine Ihr Lob für unsere Gene. Heutzutage sind sie ziemlich dünn. Außer dem jüngsten hat keiner meiner Söhne den berühmten Charme der Goddards. Der jüngste ist mir ziemlich ähnlich, das wußte ich in dem Moment, als man ihn mir in die Arme legte. Er hatte dasselbe skeptische Lächeln. Jedenfalls kam es mir so vor – vielleicht hatte er aber auch bloß Blähungen.« Dorinda erhob sich.

»Darf ich Ihnen noch eine Frage stellen?« fragte Kate.

»Gewiß doch.« Dorinda nahm erwartungsvoll wieder Platz. »Fragen Sie, was Sie wollen. Als ich jung war, ging mir Direktheit über alles, und heute bin ich wieder dazu zurückgekehrt.«

»Warum haben Sie damals bei unserem Lunch Sally Seton erwähnt?«

»Oh, aus keinem besonderen Grund. Nicht, weil ich jemand wie Clarissa geküßt hätte, auch wenn Anne behauptet, ich wäre nackt durchs Haus gerannt. Sally Seton fiel mir wohl deshalb ein, weil ich auch so viele Söhne habe und einen Mann, der irgendwie das Ebenbild des Fabrikanten aus dem Norden Englands ist. Außerdem war meine Jugend interessanter als mein Erwachsenenleben – noch eine Parallele zwischen mir und Sally, der späteren Lady Rosseter.«

»Ich verstehe«, sagte Kate – enttäuscht, wußte aber nicht recht, warum.

»Nein«, sagte Dorinda, »es gab noch einen anderen Grund: Meine mit Anne und Nellie verbrachten Mädchenjahre waren die beste Zeit meines Lebens. Ehe Frauen meinen, Männer beeindrucken zu müssen, gibt es eine Zeit, in der sie intensiv miteinander leben können, in Freundschaft, Kameradschaft, oder wie Sie es nennen wollen. Einige Frauen erleben das, andere nicht. Ich hatte dieses Glück, was zweifellos einen Teil meiner Sally-Seton-Persönlichkeit ausmacht. Kann ich jetzt gehen?«

»Ich spiele mit dem Gedanken, Ihre Mutter noch einmal zu besuchen – wenn sie mich sehen will«, sagte Kate, während sie Dorinda zur Tür begleitete. »Halten Sie das für eine gute Idee?«

»Eine glänzende Idee. Mami mochte Sie sehr, das war mir schon vorher klar. Wir alle mögen Sie. Sie würden meiner Mutter mit Ihrem Besuch eine Riesenfreude machen.« Und während Dorinda auf den Aufzug wartete, winkte sie Kate zu, als ginge sie auf eine lange Reise. Von Schiffen aus winken die Leute so, dachte Kate, als sie die Tür schloß.

Wieder wurde Kate von der Frau in weißer Tracht in Eleanors Salon geführt. *Ein* Zuhause habe ich immerhin kennengelernt, dachte Kate, und darüber bin ich froh. Nach allem, was sie von Annes und Dorindas Kindheit wußte, hatte sie sich zum Teil in ebendiesen Räumen abgespielt, und vor allem Eleanors Salon erschien Kate wie ein Symbol für die Wiederkehr der Vergangenheit. Alles um diese drei und um Gabrielle ist voller Metaphorik und Symbole, sinnierte Kate.

»Ich freue mich so, Sie wiederzusehen, meine Liebe«, begrüßte sie Eleanor. »Sie müssen entschuldigen, daß ich beim letzten Mal eingenickt bin. Es ist der Tod, wissen Sie, der auf diese Weise höflich anklopft und uns daran erinnert, daß der ewige Schlaf nicht mehr fern ist.« Sie hielt einen Moment inne und sah Kate gespannt an. »Nun, ich bin froh«, fuhr sie fort, »daß Sie nicht zu den Leuten gehören, die meinen, lauthals protestieren zu müssen, wenn man vom Tod spricht – selbst bei einer Frau meines Alters fühlen sich die meisten dazu bemüßigt. Dorinda hat mir gesagt, daß Sie eine vernünftige Person sind. Und Dorinda weiß, daß das die größte Empfehlung bei mir ist – kein Wunder, nach einem Leben mit den Goddards. Dorinda hatte recht, Sie sind vernünftig. Zu meiner Freude hat Dorinda in letzter Zeit immer häufiger recht. Nun, ich werde versuchen, mich auf Gabrielle zu konzentrieren, über die Sie doch bestimmt mehr hören wollen, ehe ich wieder einnicke.«

»Eigentlich habe ich nicht viele Fragen – im Grunde gar keine«, sagte Kate. »Ich wollte Sie einfach gern wiedersehen. Mein letzter Besuch hier war eine große Freude für mich.«

»Danke, meine Liebe. Ich habe das Gefühl, Sie meinen es ehrlich. Ich hatte gehofft, Sie würden wiederkommen und habe versucht, mich an einige Dinge zu erinnern, die Gabrielle während unserer kurzen Plauderstündchen sagte, ehe Emmanuel sie wieder mit seinen Forderungen überfiel. Ich weiß, ich muß der Versuchung widerstehen, ihr Worte in den Mund zu legen, die sie in Wirklichkeit nie gesagt hat. Das würde Ihnen ja nichts nützen. Über Foxx' großen Roman, den ›Ariadne‹-Roman, redete sie nicht viel, ließ aber durchblicken, daß sie nicht verstehe, was das ganze Theater darum solle. Einmal sagte sie, Männer glaubten immer, die Frauen zu verstehen – und Emmanuel hielt sich für besonders schlau, weil er so tue, als stehe eine Frau im Zentrum seines Romans.«

»So tue? Sagte sie *so tue*?«

»Ja, ganz bestimmt. Denn Ariadne stehe gar nicht im Zentrum, sagte Gabrielle, sie sei nur der Vorwand, den

Männer brauchten, um sich aufzuspielen. Aber jetzt fällt mir noch etwas ein. Ist es nicht eigenartig: Fängt man erst einmal an, sich zu erinnern, kommen einem immer mehr Dinge wieder in den Kopf. Bei irgendeiner Gelegenheit erzählte sie mir, sie habe versucht, James Joyces ›Ulysses‹ zu lesen, der mit dem ›Ariadne‹-Roman um den Ruf des größten Romans des Jahrhunderts konkurriert. Obwohl sie das meiste nicht verstand, sei sie von Leopold Bloom sehr angetan gewesen; Joyce habe zwar keine Frau in den Mittelpunkt gestellt, aber immerhin einen Mann, der sich nicht für Gott hielt. Ich war ganz ihrer Meinung.«

»Das hört sich ein wenig so an, als habe ihr Foxx' Ruhm nicht gepaßt.«

»O nein. Dann habe ich Ihnen ein falsches Bild vermittelt. Wissen Sie, Gabrielle spürte sehr schnell, daß mein Platz in der Familie, in die ich eingeheiratet hatte, ihrem Platz vergleichbar war. Deshalb sprach sie mir gegenüber wohl Dinge aus, über die sie sonst mit keinem Menschen geredet hätte.«

»Außerdem«, unterbrach Kate sie, »gehören Sie zu der Sorte Menschen, denen man Dinge anvertraut, die sonst niemand wissen darf.«

»Nun, ein stiller Mensch in einer stürmischen Familie hat den Vorteil, daß alle Welt ihn für vernünftig und den ruhenden Pol hält. Dabei war ich die meiste Zeit einfach nur verwirrt. Aber Sie dürfen nicht glauben, daß Gabrielle sich über Emmanuel beschwert hätte. Nur ganz selten ließ sie so etwas wie Kritik durchblicken. Als sie mit ihm durchbrannte, muß sie gewußt haben, daß er ein Mensch ist, der die Aufmerksamkeit aller auf sich zieht. Er hielt sich für ein Genie. Und er war ein Genie. Gabrielle hat in keiner Weise versucht, seine Größe zu schmälern. Aber hin und wieder muß sie den Wunsch gehabt haben, ganz sie selbst zu sein, und das war nur selten möglich.«

»Haben Sie je den Wunsch gehabt, ganz Sie selbst zu sein?« fragte Kate recht wagemutig.

»Ich hatte überhaupt keine Zeit, mir darüber Gedanken zu machen. In meinen ersten Ehejahren brauchte ich all meine Kraft, um überhaupt über die Runden zu kommen. Und als ich dann schließlich selbstbewußter wurde, war unser Leben so hektisch, daß ich kaum dazu kam, über mich selbst nachzudenken – höchstens, was ich anziehen sollte und was organisiert werden mußte. Mit Sig und Dorinda umzugehen, war von vornherein eine Vollzeitbeschäftigung. Ich selbst zu sein – die bloße Idee und erst recht deren Umsetzung – war erst nach Sigs Tod möglich. Doch selbst dann dauerte es eine Weile. Aber ich hatte wirklich die Chance, zu mir zu finden. Ob das bei Gabrielle auch so war – nach Emmanuels Tod, meine ich? Nun, ich möchte es gern glauben. Die Erfahrung, ich selbst zu sein, und dazu noch Dorinda näherzukommen, war jedenfalls berauschend.«

Das war eine lange Rede, und Kate sah, daß Eleanor müde wurde. Daß sie plötzlich wieder von Dorinda sprach, war an sich schon ein Zeichen ihrer Ermüdung. Kate erhob sich. Sie spürte, daß Eleanor dieses Mal noch wach sein wollte, wenn sie ging. Sie wollte noch Herrin ihrer selbst sein und nicht, wenn auch nur vorübergehend, in den Händen des Todes oder sonst jemandes.

Kate sagte Eleanor auf Wiedersehen – mit mehr Gefühl, als sie sich erinnerte, je bei einem Abschied empfunden zu haben. Es war nicht Trauer, denn wer wollte wegen des gnädigen Todes einer Frau in diesem Alter traurig sein? Eleanor war bei klarem Verstand, und blieb ihr das Glück hold, würde sie schnell und sanft einschlafen. Kate wünschte, sie wären sich früher begegnet. Eleanor kennengelernt zu haben, empfand sie als Segen – vielleicht den größten, den ihr die Beschäftigung mit Gabrielle eingebracht hatte.

9

Kate hatte gerade recht unentschlossen ein Verzeichnis Londoner Hotels durchgesehen, als Anne anrief und sagte, sie habe ein Haus in Highgate zur Verfügung. Sie selbst wolle drei Wochen dort wohnen, und Kate könne so lange bleiben, wie sie wolle. Zu dem Haus gehörten Katze und Garten, um beide würde Anne sich kümmern. Sie hoffe nur, Kate habe keine Abneigung gegen Katzen.

Die hatte Kate nicht, im Gegenteil, sie mochte Katzen sogar, solange sie nicht auf Dauer mit ihnen leben mußte. Aber kannte Anne Besitzer und Haus?

O ja. Anne hatte schon früher dort gewohnt. Es sei wirklich hübsch, mit zwei Stockwerken und zwei Bädern, allerdings einer *sehr* unmodernen Küche. Aber sie konnten ja auswärts essen. Einen Nachteil gebe es, und der sei eher grotesk. Die Versicherung bestehe darauf, daß, wenn die Bewohner das Haus verließen, jeder einzelne Raum abgeschlossen würde. Das war fürchterlich lästig, aber Anne habe sich bei all ihren Besuchen dareingefügt. Sie persönlich bezweifle zwar, ob irgendein anderer Bewohner sich um die Anordnung schere, aber ihre Freundin sei eben sehr heikel in diesem Punkt.

Was, fragte Kate, tue denn die Freundin sonst noch, außer daß sie ein hübsches Haus in Highgate bewohne?

Sie sei Sängerin – trete in Opern, Konzerten und Liederabenden auf und spiele außerdem Waldhorn. Kate würde sie ganz bestimmt mögen, sie aber kaum zu Gesicht bekommen, praktisch nur, um guten Tag und auf Wiedersehen zu sagen.

Und wußte die Freundin von Gabrielle?

Nein. Anne hatte sie ihr gegenüber nie erwähnt.

Blieb also nur noch, Datum und Uhrzeit des Flugs festzulegen. Ihre Ankunft mußte auf die Abreise von Annes Freundin abgestimmt werden. Sie mußten früh genug ankommen, daß die Freundin die Schlüssel übergeben, und, wie Anne sie kannte, noch einmal alle Anweisungen für Garten, Katze, Müllabfuhr und das Abschließen der Innenräume wiederholen konnte. Sie war eine wundervolle Person, Annes Freundin, nur eben, wie schon erwähnt, etwas heikel. Sie würden es dort bequem haben und genügend Platz, um sich mit Gabrielles Papieren auszubreiten. Es gab einen Bus ins Stadtzentrum, verschiedene Läden in der Nähe und ein schönes Pub im angrenzenden Hampstead, sehr praktisch, falls Kate englisches Bier, die englische Version von Bauernfrühstück und Käse mit Pickles und Weißbrot so gern mochte wie Anne. Kate sagte, das sei ganz nach ihrem Geschmack, schließlich sei sie ja bekannt dafür, daß sie sogar hin und wieder ein »Ei im Schlafrock« nicht verachte.

Nachdem sie nach einem nicht allzu schrecklichen Nachtflug in Heathrow gelandet waren, die Flughafenarbeiter ausnahmsweise nicht streikten und sogar der Pendelverkehr funktionierte, stiegen Kate und Anne in den Bus zur Victoria Station und nahmen von dort ein Taxi nach Highgate. Kate war schon immer eine glühende Verehrerin der Londoner Taxis gewesen. Wenn sie sich je in ihrem Leben beinahe wie eine Königin fühlte, so erzählte sie Anne, dann in diesen schwarzen hohen Vehikeln.

Annes Freundin erwartete sie schon und riß die Tür mit lautem Begrüßungsjubel auf. Sie war, wie Anne, Mitte Sechzig, und strahlte ebenfalls jene Energie und Überschwenglichkeit aus, die wir, dachte Kate, so gern ausschließlich der Jugend zuschreiben. Tatsächlich hatte Kate eine jüngere Frau erwartet – wohl wegen des Waldhorns. Sie mochte Annes Freundin auf Anhieb. Sie führte sie jetzt schnell durchs Haus, gab ihre Instruktionen und wies auf die Annehmlichkeiten und Attraktionen der näheren Umgebung hin, darunter die Gräber von Marx und George Eliot. Nachdem sie alles losgeworden war und verkündet hatte, ihr Gepäck sei schon im Auto verstaut, setzte sie rückwärts aus der winzigen Garage und brauste davon.

»Als ich das letzte Mal hier war«, sagte Anne, während sie im Eßzimmer standen, den Garten bewunderten und von allem noch völlig überwältigt waren, »gab es im Viertel eine Geburtstagsfeier für die Königinmutter. Der Strom kam von diesem Haus, und es war wirklich herrlich, wie sie gefeiert haben, so übergeschnappt wie bei uns in Amerika, mit bunten Lichterketten und allem. Ich glaube, sie spielten sogar Rock 'n' Roll, jedenfalls eine sehr laute Musik, denn Lavinia, meine Freundin, steckte sich Watte in die Ohren. Mit der heutigen Popmusik kenne ich mich nicht gut aus. Ich nehme an, Sie auch nicht.«

»Allerdings nicht«, sagte Kate. »Wenn man ohne Kinder alt wird, geht die ganze Popmusik leicht an einem vorbei, und erst recht der Wechsel von einer Mode zur anderen. Wenn ich etwas vor mich hinsumme, dann die Beatles oder Simon and Garfunkel aus jener Zeit, als ich die Popmusik noch wahrnahm. Wollen wir gleich losgehen und die Papiere holen? Statt mich so versessen aufzuführen, sollte ich wohl lieber eine Miene ruhiger Gelassenheit zur Schau stellen, aber das übersteigt meine Kräfte. Ich kann es kaum erwarten.«

»Ich rufe die Bank gleich an«, sagte Anne. »Unseren Besuch habe ich ja schon schriftlich angekündigt. Wir müssen aber ein paar Tragetüten besorgen, um die Papiere zu transportieren. Sie wissen ja, daß ich Gabrielles Taschen aufgehoben und mit nach Amerika genommen habe, aber sie wieder über den Ozean zurückzuschleppen, erschien mir doch etwas pervers. Außerdem sind sie Jahrzehnte alt, fast schon ein halbes Jahrhundert, und hätten leicht im ungünstigsten Moment zerreißen können. Möchten Sie lieber im oberen Stockwerk schlafen oder unten?«

Kate entschied sich für oben, weil ihr das erst so richtig das Gefühl gab, ein ganzes Haus zu bewohnen, wozu sie nicht oft Gelegenheit hatte. Sie erwähnte es Anne gegenüber.

»Ich träume oft von einem eigenen Häuschen«, sagte Anne. »Keins wie dieses hier, sondern mit mehr Land drumherum und irgendwo sehr abgelegen. Aber ich weiß ganz genau, wenn der Spaß des Einrichtens vorüber wäre, würde ich schon nach einem Monat umkommen vor Einsamkeit. Vielleicht hat auch Gabrielle von einem Haus auf dem Lande geträumt, als sie nach England zurückkehrte, aber wohl bald eingesehen, wie falsch eine solche Entscheidung wäre und sich statt dessen Zimmer in Kensington genommen. Gehören Sie etwa zu den höchst seltenen Menschen, die nicht davon träumen, sich aufs Land zurückzuziehen?«

»Ja, ich bin ein Stadtmensch. Aber dieses Haus scheint die Vorteile beider Welten zu bieten, besonders wenn man Gartenarbeit mag. Ich fürchte, ich kann nur eine Rose von einem Stiefmütterchen unterscheiden. Werden wir viel im Garten zu tun haben?«

»Nein, zu dieser Jahreszeit nicht. Und was zu tun ist, mache ich. Sie dürfen sich darauf konzentrieren, Restaurants ausfindig zu machen, in denen wir schlemmen können.«

»Haben Sie immer in Restaurants gegessen, als Sie das letzte Mal hier waren?«

»Nein, aber damals war Lavinia hier, die erstens Vegetarierin ist und zweitens sehr bescheidene Essensgewohnheiten hat. Ich bin hin und wieder in die unglaubliche Lebensmittelabteilung von Selfridges gegangen und habe Käse und andere Leckereien besorgt, die aßen wir dann zusammen mit Brot und Crackern hier aus der Gegend. Lavinia macht sogar ihren eigenen Wein, der ganz köstlich ist.«

»Nun, dann lassen Sie es uns doch auch so machen. Keine aufwendigen Restaurantessen, sondern nur Snacks in

Pubs«, sagte Kate. »Pubs zum Mittagessen und Käse zum Abendessen, damit sind wir doch gut versorgt. Aber jetzt rufen Sie bitte die Bank an, ehe sie schließt. Ich packe derweil aus.« Kate schnappte ihren Koffer und stapfte glücklich die Treppe hinauf in ihr Zimmer. Anne setzte sich ans Telefon und hörte sie herumlaufen und Entzückensschreie von sich geben.

Als sie den zuständigen Menschen in der Bank erreicht hatte, einen sehr würdevoll klingenden Herrn, informierte der sie, daß sie morgen kommen könne, um ihre Habe aus dem Safe zu holen. Identitätsdokumente mit Foto seien bitte mitzubringen, und man möge sich am besten an ihn persönlich wenden. Begrüßenswert sei es auch, wenn sie einige alte Quittungen für die Safegebühren vorlegen könnte, sozusagen als zusätzlichen Nachweis ihrer Identität.

»Man könnte fast glauben, ich hätte die Kronjuwelen dort deponiert«, sagte Anne. »Gabrielles Papiere sind mir, und vielleicht sogar der Welt, zwar viel wert, aber dieser Mann gibt einem das Gefühl, man rücke am besten mit einem bewaffneten Leibwächter an. Nun, *Sie* kommen ja mit.«

Am nächsten Morgen spazierten sie zur Archway Road und nahmen den Bus nach London. Auf Kates Wunsch kletterten sie aufs Oberdeck (Rauchen erlaubt) und betrachteten die vorüberziehenden Häuser und Straßen, zuerst die von Kentish Town, dann von Camden Town. In der Nähe der Charing Cross Road stiegen sie aus und gingen zur Oxford Street, wo sie bei Marks and Spencer zwei Tragetüten erstanden, die Annes Meinung nach ausreichten, alle Papiere zu verstauen.

»Vielleicht sollten wir lieber noch eine dritte kaufen – für alle Fälle«, sagte Kate, die sich plötzlich Sorgen machte, daß sie womöglich nicht alle Papiere auf einmal mitnehmen konnten oder sie so eng zusammenpressen mußten, daß sie zerknitterten oder sonstwie zu Schaden kamen.

Kate konnte einfach nicht das Gefühl abschütteln, in irgendeinen Geheimplan verwickelt zu sein, ein Tarnmanöver, das den Feind täuschen sollte, egal, wer dieser Feind auch sein mochte. Wirklich, dachte Kate, während sie die Tüten bezahlte und mit Anne das Kaufhaus verließ, zwei weniger verdächtige Individuen fand man wohl auf der ganzen Welt nicht, und wenn man mit Volldampf vierzehn Tage lang suchte.

Kate hatte das Gefühl, die Bankleute guckten recht mißtrauisch, als sie mit den großen, leeren Taschen bewaffnet den Schalterraum betraten. Aber Anne, die jetzt ganz die Geschäftsfrau hervorkehrte, fragte nach dem Herrn, mit dem sie gestern gesprochen hatte und setzte sich in einen Sessel, um auf ihn zu warten. Kate überlegte, ob ihr die Aufregung auch so ins Gesicht geschrieben stand wie Anne. Wahrscheinlich. Und das war nur natürlich. Wie sollte man nicht aufgeregt sein, wenn man etwas, das vor so vielen Jahren unter dramatischen Umständen in der Versenkung verschwunden war, wieder ans Tageslicht beförderte? In ihrem Memoir hatte Anne geschrieben, sie habe sich damals gefühlt, als säße ihr die Gestapo im Nacken. Vielleicht, dachte Kate, ist unsere Welt eben so eingerichtet, daß man sich bei der kleinsten, nicht ganz alltäglichen Aktion gleich wie ein Spion fühlt. Aber Spionieren implizierte Verrat, und hier ging es nicht um Verrat. Oder vielleicht doch? War das des Pudels Kern: Der Verrat an Gabrielle, die jetzt rehabilitiert werden mußte – nicht als Name, sondern als sie selbst, als eigenständige Person, nicht nur die Frau eines berühmten Schriftstellers?

Sie mußten nicht lange warten. Der Geschäftsführer, vielleicht war es auch nur der für die Safes verantwortliche Angestellte, führte sie in sein Büro, überprüfte penibel Annes Dokumente und Identitätsnachweise und schickte sich dann an, sie hinunter in den Safebereich zu führen, aber erst, nachdem er Anne gründlich in Augenschein genommen und offenkundig für glaubwürdig befunden hatte. Eine etwa sechzigjährige Frau mußte die sein, die sie vorgab zu sein. Zwar konnte sich natürlich eine Sechzigjährige die Identität einer anderen Sechzigjährigen zulegen, aber das erforderte eine solche Sammlung falscher Dokumente, die dieser Mann Anne nicht zuzutrauen schien. Warum denke ich dauernd an Betrug, fragte sich Kate. Das Ganze ist doch eine völlig klare Angelegenheit. Entweder sind die Papiere wunderbar oder die totale Enttäuschung – das eine oder das andere, und damit fertig.

Der Safe war groß, so, wie Anne ihn beschrieben hatte. Es mußte eine Menge gekostet haben, ihn all die Jahre zu mieten, und Kate fragte sich, ob Gabrielle daran einen Gedanken verschwendet hatte. Vielleicht hatte sie nicht erwartet, daß ihre Papiere so lange ein so teures Quartier beziehen würden.

»Eigentlich wundere ich mich, daß Sie sich nicht schon viel früher entschlossen haben, sie herauszuholen«, sagte Kate zu Anne, während sie abwarteten, daß der Mann die endlose Prozedur mit Schlüsseln und Formularen hinter sich brachte.

»Ich wollte mit all dem einfach nichts mehr zu tun haben und ein neues Leben beginnen, ein Leben, in dem weder Dorinda noch ihre Verwandten, berühmte oder nicht, eine Rolle spielten. Nachdem ich die Bank verlassen und erfahren hatte, daß Gabrielle ins Krankenhaus gebracht worden war, schickte ich Eleanor ein Telegramm und sackte plötzlich in mich zusammen. Ich hatte einen regelrechten Zusammenbruch, fiel in ein tiefes Loch – wirklich, ich weiß nicht, wie ich es beschreiben soll, aber auf einmal wurde mir klar, daß ich anfangen mußte, als Anne Gringold zu leben und nicht als Geist, der die Goddards, die Foxx' und die Jersey-Küste verfolgt.

Ich hatte große Lebensangst, warum, weiß ich nicht, aber es war so. Und ich konnte mit niemandem darüber sprechen. Also entschied ich mich für die einzige Therapie, die mir einfiel – den absolut klaren Bruch. Ich habe Gabrielle zwar noch besucht, aber sie war innerlich schon weit weg, und ich in gewisser Weise ja auch. Ich zahlte die Safegebühren, dachte aber nicht mehr an meine Kindheit. Erst als ich mein Memoir schrieb, konnte ich von den Papieren sprechen und wieder über die Vergangenheit nachdenken. Das war natürlich lange, nachdem ich Eleanor zufällig getroffen hatte. Jetzt bin ich froh, daß ich das Ganze zu Papier gebracht und diese so entscheidende Zeit meines Lebens nicht einfach weggeschoben habe. Aber zwischendurch brauchte ich eine Zeit, in der ich ein völlig anderes Leben lebte und ganz ich selbst war.«

Endlich waren der Mann und sein Assistent soweit: Der Safe wurde geöffnet, und dort lagen die Papiere aufeinandergestapelt, an den Rändern schon gelb, aber, wie Kate erfreut feststellte, noch nicht zerfallen. Sie hielt eins der Blätter gegen das Licht und suchte das Wasserzeichen: Gabrielle hatte hundertprozentiges Hadernpapier benutzt. Entweder weil man es ihr zufällig verkauft hatte, oder weil sie irgendwie geahnt hatte, daß es viele Jahre würde überdauern müssen. Vielleicht hatte Foxx diese Papiersorte benutzt und ihr war klar gewesen, daß ihr Manuskript, weil unveröffentlicht, mindestens so lange überleben mußte wie seins. Alle Papiere aus dem Safe zu holen, sie vorsichtig zuerst auf dem Tisch abzulegen und dann so zu verstauen, daß sie nicht knitterten oder einrissen, dauerte einige Zeit. Anne meinte, Gabrielle habe ihr damals die Papiere nicht erkennbar geordnet übergeben, und womöglich würde es Tage, wenn nicht Wochen dauern, sie in irgendeine vernünftige Reihenfolge zu bringen. Trotzdem kam Kate sich plötzlich vor wie Donald Johanson, als er die versteinerten Knochen des ersten Menschen fand, dem er später den Namen Lucy gab. Nur wenigen Menschen ist es in ihrem Leben vergönnt,

Entdeckungen zu machen, die alle bisher dagewesenen Überzeugungen über den Haufen werfen und der menschlichen Erkenntnis eine neue Richtung geben. Kate hatte das Gefühl, an einem solchen berauschenden Moment teilzuhaben, fragte sich aber trotzdem, womit sie verdient habe, daß so etwas ausgerechnet ihr widerfahre.

Als sie alle Unterlagen in den Tüten verstaut hatten, waren diese verblüffend schwer: Papier ist kein Leichtgewicht. Mehrere Bankangestellte halfen ihnen, die Ladung auf die Straße zu tragen und ein Taxi herbeizurufen – ein echtes Londoner Taxi, wie Kate erleichtert feststellte.

Eine Frau saß am Steuer, was, wie alles an diesem schicksalsreichen Tag, bedeutungsvoll schien, so als befänden sie sich bei den Dreharbeiten zu einem Film, und nach vielen ausführlichen Beratungen sei der Regisseur zu dem Schluß gekommen, die einzig logische Lösung sei eine Frau in dieser Rolle. Die Fahrerin war nicht nur freundlich, sondern auch zupackend und half ihnen in Highgate, die Taschen ins Haus zu schleppen. Kate bot ihr eine Erfrischung an, während Anne über die Tüten wachte, als könnten sie fortlaufen, wenn sie sie einen Moment aus den Augen ließe. Ja, danke, ein Glas Wasser sei ihr lieb, sagte die Fahrerin (zum Glück, denn Annes Freundin hielt nichts von gekauften Säften oder Sprudeln). Auch das große Trinkgeld war der Fahrerin lieb. So weit, so gut.

Anne schloß die Tür zum Wohnzimmer auf, und sie zerrten die Taschen hinein. Das Eßzimmer hatte zwar den großen Tisch zum Ausbreiten, aber die großen Flügeltüren zum Garten hinaus erschienen beiden plötzlich nicht geheuer. Außerdem mußten sie ja auch irgendwo essen. Sie schoben alle Möbel an die Wände, knieten sich auf den Boden, packten die Taschen aus und verteilten die Papiere in willkürlichen Stapeln über den Boden, riskierten aber doch hin und wieder einen Blick, um zu sehen, ob irgendeine Ordnung erkennbar war. Anne sagte, genauso sei es damals gewesen, als sie mit Dorinda auf Nellies Ankunft gewartet habe. Kate konnte sich nicht erinnern, je so ein Gefühl gehabt zu haben. Ähnliche Momente von Freude und Eifer, das Gefühl, es geschafft zu haben, kannte sie – ähnliche, aber längst nicht so intensive. Außerdem, dachte Kate, bin ich schon lange nicht mehr wie ein Fliesenleger auf dem Boden herumgekrochen.

»Es ist ein Roman«, sagte Anne, die sich einige Blätter genauer angesehen hatte. »Es sind Dialoge darin, die Leute haben Namen, und verschiedene Orte werden beschrieben. Sehen Sie sich das an.«

Kate kroch zu Anne hinüber. Sie las eine Seite, nahm dann Seiten von anderen Stapeln und rutschte aufgeregt von einem Stapel zum anderen und las aus jedem einige Seiten. Plötzlich wünschte sie sich, Reed wäre hier, würde in einem der gegen die Wand geschobenen Sessel sitzen, seine langen Beine von sich strecken und ihre Aufregung und Freude teilen. Aber nur Anne war da.

Kate kauerte sich auf die Fersen. »Allerdings«, sagte sie. »Es ist ein zweiter ›Ariadne‹-Roman. Die Gestalten haben die gleichen Namen, und er spielt an denselben Orten, zumindest soweit ich sehen kann, aber es ist ein völlig anderer Roman. Sehen Sie her, auch der erste Satz ist der gleiche: Seite eins, Kapitel eins. ›Heute abend kommt er, dachte sie. Noch ein Tag des Wartens.‹«

»Seit meiner Kindheit habe ich Foxx' Roman nicht mehr gelesen«, sagte Anne. »Vielleicht sollte ich loslaufen und ein Exemplar besorgen.«

»Lassen Sie uns zuerst probieren, ob die Seitenzahlen eine Reihenfolge ergeben.«

Sie krochen eine Weile zwischen den Stapeln herum und kamen bald zu dem gleichen traurigen Schluß. »Sie hat jedes Kapitel neu numeriert«, sagte Anne. »Eben wußten wir, daß es der Anfang war, weil Kapitel 1, Seite 1 darauf stand, aber hier, bei dieser Seite 6 zum Beispiel, haben wir keine Ahnung, zu welchem Kapitel sie gehört. Warum hat sie nicht vor jede Seitenzahl die Kapitelnummer geschrieben oder alle Seiten einfach fortlaufend durchnumeriert?«

Es war eine rhetorische Frage, aber Kate beantwortete sie trotzdem. »Ich glaube, sie hat die einzelnen Kapitel in großen Abständen geschrieben, wenn sie sich heimlich fortstehlen konnte. Wahrscheinlich hatte sie das bis dahin Geschriebene irgendwo versteckt und wußte nicht, wie viele Seiten sie bis dahin hatte. Aber wir sollten uns ein Exemplar von Foxx' ›Ariadne‹ besorgen, denn offenbar hat sie seinen Roman als Gerüst genommen, auf dem sie ihren aufbaute. Vielleicht gibt uns seine ›Ariadne‹ einen Leitfaden, welche Seiten zu welchem Kapitel gehören. Jedenfalls ist das besser als überhaupt kein Leitfaden.«

»Irgendwie habe ich das Gefühl, sie fände es entsetzlich, wenn sie wüßte, daß wir Foxx' Roman ihrem Werk zugrunde legen.«

»Dann hätte sie die Seiten besser ordnen sollen«, sagte Kate knapp. »Außerdem bin ich mir ziemlich sicher, daß ihr Roman eine Antwort auf Foxx' ›Ariadne‹ ist. Vielleicht war das ihr Hauptmotiv. Vielleicht hat sie den Roman so geschrieben, wie er ihrer Meinung nach hätte sein sollen.«

»Wahrscheinlich haben Sie recht. Aber glauben Sie, daß alle Kapitel an seinen orientiert sind und überall seine Reihenfolge gilt? Könnte es nicht sein, daß sie Szenen oder die Abfolge der Ereignisse verändern wollte?«

»Ja«, sagte Kate, »könnte sein. Aber trotzdem halte ich es für das beste, wir beginnen mit Foxx' Roman. Ich wüßte nicht, wo sonst. Oder?«

»Nein«, sagte Anne. »Gehen wir nach Hampstead in einen Buchladen und kaufen ›Ariadne‹, dort gibt es sicher eine Taschenbuchausgabe. Wir könnten sogar in ein Pub gehen und feiern, obwohl der Gedanke, ihr ganzes Werk einfach hier herumliegen zu lassen, mir Zittern verursacht.«

»Wir schließen wie versprochen die Wohnzimmertür ab. Außerdem sind wir ja nicht lange fort.« In dem Moment kam die Katze in den Raum. Das Tier hatte sie bisher ignoriert, ihnen nur erlaubt, es rein- und rauszulassen. Jetzt dagegen beschnupperte es ausführlich jeden Stapel und ließ sich dann auf einem nieder. »Sie wird die Papiere für uns bewachen«, sagte Kate.

»Dann müßten wir sie mit den Papieren zusammen einschließen.«

»Nun«, sagte Kate, während sie in der Wohnzimmertür standen, »wir geben ihr die Chance zu gehen, wenn sie will. Komm her, Mieze«, sagte Kate, hielt die Tür auf, schloß sie wieder, um ihre Absicht kundzutun, und hielt sie dann weit auf. »Rein oder raus?«

Aber die Katze machte es sich auf ihrem Stapel bequem und schloß die Augen.

Es war einer jener Tage, an denen einfach alles klappte, resümierte Kate. Der Buchladen hatte ›Ariadne‹ vorrätig. Solche Tage gab es eben, eine Erklärung dafür gab es nicht. Sie waren ein Wunder. Genausogut gab es ja auch Tage, an denen alles schiefging. So ist das Leben nun einmal, dachte Kate, auch wenn wir es vorziehen, solchen Dingen nicht zu viel Bedeutung beizumessen, weil wir nicht gern als sonderliche Solipsisten gelten oder gar als Leute, die an Vorherbestimmung glauben.

»Kommen Sie«, sagte Kate. »Wir begießen unseren Erfolg.«

»Ich mache mir Sorgen wegen der Papiere«, sagte Anne Gringold, die offenbar die Irrationalität ihrer Furcht bemerkte.

»Ich weiß. Ich mir auch. Aber wir müssen dagegen ankämpfen. Schließlich können wir sie nicht Tag und Nacht bewachen. Sehen Sie es doch einfach so: Wenn ein Dieb einbricht, so sind die Papiere das letzte, was ihn interessiert.«

»Vielleicht friert er und macht sich damit ein Feuer.«

»Ich glaube«, sagte Kate, »wir brauchen wirklich einen Drink.«

Auch nach dem Imbiß, bestehend aus Käse, Pickles und Weißbrot und hinuntergespült mit bestem englischem Ale, fühlten sie sich von der vor ihnen liegenden Aufgabe wie erschlagen. Hunderte von Seiten hatten sie vor sich, aber keinen einzigen Anhaltspunkt, welche Seitenzahlen zu welchem Kapitel gehörten.

»Es gibt nur einen Weg«, sagte Kate.

»Emmanuel Foxx' barbarischen Roman lesen, nehme ich an«, erwiderte Anne.

»Ja, aber davor kommt noch etwas anderes. Wir müssen alle Seiten mit der gleichen Seitenzahl stapeln, und wenn wir alle Seiten eins und alle Seiten zwei und so weiter zusammen haben, werden wir entscheiden müssen, auf welche Seite eins welche Seite zwei folgt.«

»Und so weiter.«

»Lassen Sie uns hier mit dem Seite-1-Stapel beginnen.«

»Wenn Sie meinen«, brummte Anne. »Eigentlich dachte ich, ich sei diejenige mit dem Organisationstalent und dem Ordnungssinn.«

»Das sind Sie auch«, sagte Kate. »Die Talente, die hier erforderlich sind, passen ja auch eher zu einem Kindergartenspiel. Hören Sie zu, nachdem wir uns geeinigt haben, wo jeder Stapel liegen soll, empfehlenswert wäre natürlich die numerische Anordnung, denn jede Reihenfolge, gleich, wie elementar, kann nur begrüßenswert sein, rufen Sie die Nummern auf, und ich laufe herum und lege die Seite auf den richtigen Stapel. Klingt das sinnvoll?«

»Es klingt anstrengend, ist aber wohl unvermeidlich.« Anne ließ sich auf dem Boden nieder und zog einen Stapel zu sich heran. »Ich bin bereit, wenn Sie es sind«, sagte sie.

»Okay: Ich mache hier drüben Platz für die Stapel«, sagte Kate und schob alle Papiere so nah wie möglich zu Anne hin. »Sie können sich auch auf einen Stuhl setzen und nach vorn beugen, wenn Ihnen das lieber ist.«

»Nein, wenn ich mich die ganze Zeit bücken muß, kann ich mich auch gleich auf den Boden setzen. Schonender fürs Rückgrat, dafür strapaziöser für die Schenkel«, fügte sie hinzu und beugte sich nach vorn, um einen Stapel heranzuziehen. »Auf die Plätze, fertig, los!«

Die folgenden Stunden waren hektisch. Anne und Kate erinnerten fatal an zwei ziemlich übergeschnappte Damen, die irgendeinen mysteriösen Hexenzauber vollziehen. Anne rief eine Zahl auf, »achtzehn« zum Beispiel, und Kate schnappte sich die Seite, stürzte zu dem als »achtzehn« bezeichneten Stapel und legte das Blatt darauf, beschriebene Seite nach oben. Nach einer Weile kamen sie regelrecht in Schwung; ihr Zusammenspiel funktionierte phantastisch, und sie legten ein bemerkenswertes Tempo an den Tag. Aber nach Stunden dieser Prozedur hatte Kate das Gefühl, wenn sie sich noch einmal bückte, würde ihr Rücken sich nie wieder aufrichten. Sie schlug einen Spaziergang vor, einen neuerlichen Besuch im Pub und etwas Gutes zu essen.

»Oder wäre Ihnen Tee lieber? Es ist fast Teezeit«, sagte Anne. »Hörnchen und Marmelade, ganz auf feine englische Upperclass-Art.«

»Ich glaube, mir wäre Steak-and-Kidney-Pie und Bier lieber, ganz auf feine englische Arbeiterklasse-Art, wenn es Ihnen recht ist.«

»Mehr als recht, obwohl ich fürchte, unser Pub in Hampstead ist genausowenig Arbeiterklasse wie wir beide. Trotzdem, viel besser als Tee.« Nachdem sie wieder alle Räume verschlossen, die Katze diesmal aber in den Garten hinausgelassen hatten, zogen sie los. Kate schlug vor, bei der Buchhandlung vorbeizuschauen, weil sie noch verschiedene andere Bücher kaufen wollte.

»Sie wollen allen Ernstes irgendwas lesen, das nicht mit Gabrielle zu tun hat?«

»Natürlich nicht«, sagte Kate. »Dumme Frage.« In der Buchhandlung erstand sie Joseph Campbells ›Die Masken Gottes‹, den Band über abendländische Mythologie, und ein Buch, das sie in dem Regal »Modernes Antiquariat« entdeckt hatte – ein glücklicher Zufall und weiterer Beweis, daß dies einfach ein vom Himmel gesegneter Tag war: ›Sir Arthur Evans und die Entdeckung von Knossos‹, von Sylvia Horwitz. Kate klemmte ihre Schätze unter den Arm, Anne trug Foxx' Roman, von dem sie einen Handlungsabriß anfertigen wollten. So ausgerüstet gingen sie zum Pub.

Als sie gut erfrischt und gestärkt wieder zu Hause waren, widmeten sie sich noch einige Stunden ihrem Seiten-Sortier-Werk; dann skizzierten sie bei einem letzten Drink einen groben Abriß der Kapitel aus Foxx' ›Ariadne‹. Um Mitternacht trennten sie sich, Anne, um endlich ins Bett zu kommen, sie war es gewohnt, mit den Hühnern schlafen zu gehen und mit den Hähnen aufzustehen – und Kate, die selten vor ein Uhr nachts einschlief und selten vor neun Uhr morgens aufstand, wenn es sich vermeiden ließ, um die beiden neuerstandenen Bücher nach Informationen über Kreta, Knossos und die minoische Kultur durchzusehen. Obwohl Gabrielle keines der Bücher gelesen haben konnte, beide waren erst nach ihrem Tod erschienen, war Kate sich sicher, daß sie, während sie Foxx bei *seinen* Nachforschungen half, eine Menge über die Kultur gelernt hatte, der Ariadne entstammte. Evans' Entdeckung von Knossos war jahrelang die große Sensation gewesen, und sein Buch ›Der Palast des Minos‹, so wie auch die archäologischen Funde, auf denen sein Buch beruhte, mußten Foxx, als er Ariadne schrieb, sehr beeinflußt haben.

Bis zum nächsten Morgen hatte Kate zwei Zitate für Anne ausgewählt, ein längeres von Campbell und ein sehr kurzes von Sylvia Horwitz. »Fangen Sie mit Campbell an«, sagte Kate und überreichte Anne das Buch, in dem sie die Sätze angestrichen hatte. »Das erste ist ein Zitat von Martin Nilsson über die minoische Kultur. Die zweite und dritte Passage stammen von Campbell selbst. Alle Thesen gehen jedoch auf Evans zurück. Den Inhalt, wenn nicht sogar den genauen Wortlaut, muß Foxx gekannt haben. Er zog es jedoch vor, sie nicht zur Kenntnis zu nehmen. Auch Gabrielle kannte sie, *nahm sie aber* (und darauf will ich hinaus) *zur Kenntnis.*«

I – Obwohl uns nur eine geringe Zahl von Funden vorliegt, weisen diese doch gewisse charakteristische Merkmale der minoischen Religion auf, die im Kontrast zur griechischen stehen...

Und schließlich muß man hinzufügen, daß jegliche Hinweise auf Sexualität oder phallische Symbole, die in vielen anderen Religionen, die alte griechische eingeschlossen, so zahlreich und dominant sind, in der minoischen Kunst völlig fehlen.

II – Wie schon oft festgestellt, war die Kultur offenbar matriarchalischen Charakters. Die Grazie und Eleganz der Damen in ihren herrlich drapierten Gewändern, freizügigen Dekolletés, kunstvollen Frisuren und fröhlichen Stirnbändern – das Bild, wie sich die Frauen frei unter die Männer mischen, am Hof, bei den Stierkämpfen, lebhaft und munter gestikulierend und plappernd, sich sogar wie die Männer den Athletengürtel anziehen, um wagemutig über den Hörnern und Rücken der Stiere Purzelbäume zu schlagen – all dies stellt eine so hochentwickelte Kulturform dar, wie sie seither selten wieder erreicht wurde.

III – Ehe die Griechen kamen, kannten die kretischen Städte keine Mauern. Es gibt wenig Hinweise auf Waffen. Kampfszenen und königliche Eroberungen spielen keine Rolle in den künstlerischen Darstellungen. Allgemeiner Luxus und Lebensfreude bestimmen das Bild. Nahezu alle Klassen nehmen an dieser einzigartigen Atmosphäre von Wohlergehen und dem Wohlstand teil, der sich auf den einträglichen Handel zur See gründet, den die Kreter mit allen Häfen der archaischen Welt und sogar – in kühnen Seereisen – mit weitentfernten Regionen trieben.

»Mir dämmert allmählich, worauf Sie hinauswollen«, sagte Anne. »Und was hat Sylvia Horwitz dazu zu sagen? Glauben Sie bitte nicht, ich sei ungeduldig mit Ihrer Gelehrtheit, aber sollten wir nicht lieber die Papiere sortieren?«

»Gewiß doch. Nur ein Satz über Evans, ich lese ihn Ihnen vor. ›(Evans) bemerkt, das mythische Labyrinth leite seinen Namen wahrscheinlich von dem Wort *labrys*‹, Doppelaxt, ›ab, der symbolischen Waffe der minoischen Muttergottheit.‹«

»Faszinierend. Haben Sie vor, mit einer Doppelaxt unsere Arbeit zu erledigen? Ich möchte wirklich nicht ungeduldig klingen, Kate, aber selbst wenn die Doppelaxt ein zweischneidiges Schwert wäre, müßten wir die verdammten Seiten immer noch in irgendeine Ordnung bringen.«

»Wie wahr! An die Arbeit also, wie Sie so weise vorschlagen. Mit meinen umständlichen Ausführungen wollte ich ja auch nur darauf hinweisen, daß die Griechen die matriarchalische Kultur Kretas in eine patriarchalische verwandelten, und zwar nicht nur in Wirklichkeit, sondern auch in der Überlieferung. Die Griechen schrieben Kretas Geschichte, das heißt seine Mythen, um. Vielleicht können wir Gabrielles Seiten in die richtige Reihenfolge bringen, wenn wir einen Hinweis, einen Faden, wenn Sie so wollen, haben, der uns durch das Labyrinth ihrer Ideen führt.«

»Das kein Labyrinth ist, sondern eine Doppelaxt.«

»Und wahrscheinlich nie ein Labyrinth im Foxxschen Sinne war, sondern vielmehr ein Hinweis darauf, daß die patriarchalischen Griechen auf Kreta einer Natur und Kultur begegneten, die ihnen Rätsel aufgab. Verstehen Sie mich nicht falsch, vielleicht stimmt kein einziges Wort von all diesen Theorien, aber ich glaube, wir müssen einfach zur Kenntnis nehmen, wie Evans' große Entdeckungen in Knossos interpretiert wurden.«

»Und was war der Minotaurus demnach – eine griechische Interpretation von – ja, von was zum Beispiel?«

»Naheliegend ist, daß die Stier-Götter die Gefährten der Königin von Knossos waren und hinter der ganzen Pasiphae-Geschichte nur wieder einmal die männliche Sicht steckt, nach der Frauen entweder lüsterne Monster oder reine Himmelsköniginnen sind.«

»Wenn Sie meinen«, sagte Anne. »Und wie steht's mit dem Seitensortieren? Ich glaube allmählich, Ihr Akademiker wollt lieber herumsitzen und reden als irgend etwas in Angriff nehmen.«

»Natürlich«, sagte Kate. »Wozu ist das Leben sonst da? Schon gut, schon gut, ich bin gleich dabei. Wenn ich nur noch John Maynard Keynes zitieren darf, dann verspreche ich, still und fleißig vor mich hinzuarbeiten, bis ich den Befehl bekomme aufzuhören.«

»O Gott«, seufzte Anne. »Wenn es denn sein muß.« Sie lehnte sich dramatisch in ihrem Stuhl zurück, lächelte aber, um ihren Worten den Stachel zu nehmen. Sie saßen immer noch am Frühstückstisch und blickten in den Garten hinaus, der, wie Kates Ideen, zu weniger zermürbender Betätigung verlockte.

»Keynes sagte«, zitierte Kate und starrte die Decke an, »›Seien sie (Ideen) nun richtig oder falsch, so haben sie doch mehr Kraft, als ihnen gemeinhin zugestanden wird. Im Grunde wird die Welt von kaum etwas anderem regiert. Pragmatiker, die sich einbilden, von jeglichen intellektuellen Einflüssen unberührt zu sein, sind zumeist die Sklaven irgendeines verstorbenen Ökonomen.‹«

»Ich werde darüber nachdenken«, sagte Anne knapp und stand vom Tisch auf. »Zuerst die Seiten, Ideen und Doppeläxte später – womit ich natürlich nicht bestreiten möchte«, fügte sie hinzu und klopfte Kate ermunternd auf die Schulter, »daß Ihre Ideen oder die von Evans, Campbell oder gar Keynes nicht vielleicht den entscheidenden Hinweis enthalten, den wir am Ende brauchen.«

Sie arbeiteten stundenlang, lasen einander die Seiten vor, versuchten dann, sie Kapiteln zuzuordnen, und orientierten sich immer dort, wo es angemessen und hilfreich schien, am Aufbau von Foxx' Roman. Kate konnte nicht vollständig davon abgehalten werden, Bemerkungen und Beobachtungen zum besten zu geben – wie beispielsweise die, wie ärgerlich es doch sei, daß Gabrielle Foxx' Romanaufbau gefolgt sei, aber eins sei schließlich nicht zu bestreiten: Wenn man etwas umschrieb, mußte man auf dem aufbauen, was vorhanden war, so wie die Griechen auf den kretischen Mythen und Geschichten aufgebaut und sie umgeschrieben hatten – und Anne, hin- und hergerissen zwischen dem Wunsch, Kate zu ignorieren oder abzukanzeln, war schließlich damit einverstanden, ihr einen Kommentar pro Stunde zu gestatten – wenn sie ein Päuschen machten, sich flach auf den Boden legten und ihre schmerzenden Rücken entspannten. Kate fügte sich und sagte, die Disziplin, nur eine Bemerkung pro Stunde von sich geben zu dürfen, empfinde sie als heilsam.

Sie kamen entmutigend langsam voran. Sie waren müde, wurden von stechenden Schmerzen attackiert und von jenen bösen Kobolden heimgesucht, die über alle Menschen herfallen, die sich eine lange und mühsame Aufgabe gestellt und gleichzeitig noch Zweifel haben, ob sich die ganze Anstrengung überhaupt lohnt. Aber nach einer Woche hartnäckiger Arbeit, ignoriertem Mittagessen und abendlichem Imbiß im Pub – inzwischen waren beide außerstande, je wieder ein »Ei im Schlafrock« anzurühren –, hatten sie die erste Etappe überstanden. Vor ihnen auf dem Wohnzimmerboden lagen nun endlich – nach beider bestem Wissen und Gewissen geordnet – Gabrielles verehrungswürdige Schriften. Die einzige Energie, die es jetzt noch zu mobilisieren galt, war die, sie zu lesen.

10

»Lesen Sie das Ganze allein durch«, sagte Anne. »Schließlich sind Sie diejenige, die es herausgeben muß.«

Es war der Morgen, nachdem sie die letzte Seite einem Kapitel zugeordnet und die Kapitel in eine Reihenfolge gebracht hatten, die ihnen plausibel erschien. Nichts war sicher, aber Kate fühlte sich zuversichtlich, daß sie Gabrielles Roman so gut wie möglich rekonstruiert hatten. Denn es war in der Tat ein Roman.

»Ich könnte Ihnen Kapitel für Kapitel vorlesen«, schlug Kate vor, »und dann könnten wir beide entscheiden, ob wir die Geschichte zusammenhängend finden oder nicht. Oder Sie lesen mir vor. Natürlich können wir uns auch abwechselnd vorlesen.«

»Mir wär's lieber, Sie machen das allein«, sagte Anne und starrte in den Garten. »Vorausgesetzt natürlich, daß Sie wirklich entschlossen sind, die Herausgabe zu übernehmen und das biographische Porträt zu schreiben. Es kommt Ihnen bestimmt eigenartig vor, daß ich nach all der Arbeit und Mühe nicht neugieriger bin, aber ich habe das starke Bedürfnis, das Ganze nun Ihnen zu überlassen. Ich freue mich darauf, das Buch zu lesen, wenn es erscheint, aber vorerst möchte ich nichts mehr damit zu tun haben. Wenn ich es wissen wollte, könnte mir ein Psychologe wahrscheinlich ganz genau erklären, warum das so ist.

Aber ich will's nicht wissen. Ich hoffe nur, daß Sie jetzt nicht beleidigt sind.«

»Keine Spur«, sagte Kate. Seltsam, aber sie verstand Annes Gefühle, auch wenn sie sie genausowenig erklären konnte wie Anne selbst. »Aber ehe ich mit dem Manuskript nach Hause fliege und Sie in diesem hübschen Haus Ferien machen lasse, gibt es noch eine Sache, bei der ich Ihre Hilfe brauche.« Die Katze saß vor der Terrassentür und blinzelte in die Sonne, und in der Luft lag das Versprechen herrlicher Zeiten ohne das Hinundherschieben von Papieren.

»Bei welcher Sache?«

»Wir müssen Kopien machen«, sagte Kate und klopfte auf den Stapel neben sich. »Die Vorstellung, das Ganze zu verlieren, oder noch schlimmer, noch einmal von vorn sortieren zu müssen, ist zuviel für mich.«

»Wahrscheinlich haben die Engländer Kopierläden, genau wie wir.«

»Wahrscheinlich. Aber dort können wir nicht hin. Wir müssen die Kopien selbst machen.«

»Haben Sie vor, sich einen Kopierer zu kaufen und ihn Lavinia als Gastgeschenk zu hinterlassen?«

»Wenn wir keine andere Lösung finden, ja. Aber ich dachte eher daran, Reed zu bitten, daß er ein Anwaltsbüro in London ausfindig macht, dessen Kopierer wir Samstag oder Sonntag benutzen können. Ich hatte auch erwogen, Simon Pearlstine zu bitten, daß er einen Verleger oder Agenten bewegt, uns diesen Gefallen zu tun, aber ich habe keine Lust, Simon transatlantisch zu erklären, was ich kopieren will und was von seinem geliebten Plan einer Biographie übriggeblieben ist. Derlei Dinge sind von Angesicht zu Angesicht und mit dem Material vor Augen besser zu verhandeln. Werden Sie mir beim Kopieren helfen?«

»Mir fällt keine Ausrede ein. Hätte ich eine, würde ich ablehnen. Wie viele Kopien wollen Sie machen, und was gedenken Sie damit zu tun?«

»Ich habe mir schon gedacht, daß Sie Gabrielles Papiere im Augenblick lieber nicht auf dem Hals haben, nicht einmal in Fotokopie. Ich weiß nicht warum, habe aber das Gefühl, Ihre Entscheidung ist richtig. Also werde ich eine Kopie an mich nehmen, eine an meine New Yorker Adresse schicken und eine dritte an eine noch zu bestimmende Adresse in New York. Das Original wird entweder hier bei einem Anwaltsbüro oder wiederum einer Bank hinterlegt, je nachdem, was Reed mir rät. Im Augenblick bin ich für Ratschläge sehr empfänglich, wie Sie sehen, und ich verdopple meine Sicherheitsvorkehrungen, um selbst die böswilligsten Absichten eines übelmeinenden Schicksals zu überlisten. Außerdem wird Reed mir gewiß zustimmen, daß das Originalmanuskript hierher gehört, zumindest so lange, bis Sie und Nellie entscheiden, was damit geschehen soll. Sollte die Veröffentlichung von Gabrielles Roman ein Erfolg werden, könnte es auf einer Versteigerung eine hübsche Summe erzielen.«

»Ich verstehe«, sagte Anne. »Sie verstreuen so viele Kopien in alle Winde, weil Sie den Göttern keine Chance geben wollen, uns einen bösen Streich zu spielen. Das hört sich für mich nicht übergeschnappter an als für Sie.«

Anne lächelte, und Kate wußte, alles war in Ordnung. Sie und Anne standen immer noch auf derselben Seite, Anne war immer noch eine Freundin und würde es wahrscheinlich auch bleiben. Also ging Kate zum Telefon, um Reed zu konsultieren und ihn zu bitten, seine Fäden zu ziehen, wie sie es gern ausdrückte, um ihr zu helfen. Reed hatte sie oft darauf hingewiesen, er ziehe an keinen Fäden, sondern lasse sich nur alte Gefälligkeiten wiedergutmachen, aber diese Sicht der Dinge sagte Kate nicht zu. Trotzdem, sie wußte, daß Reed gut zu den Menschen war, großzügig half und viele Leute es als Vergnügen betrachteten, ihm ihrerseits zu helfen, und sei es nur mittelbar über seine nervtötende Frau.

Reeds Fäden waren so effektiv wie immer. Er fand ein Anwaltsbüro, das bereit war, seinen Fotokopierer zur Verfügung zu stellen, und sich glücklich schätzte, nach Fertigstellung der Kopien das Originalmanuskript in Verwahrung zu nehmen. Dann schlug er Kate ein New Yorker Anwaltsbüro vor, an das sie einen Satz Kopien schicken könnte und drängte sie, die dritte Kopie mit an Bord zu nehmen und sich während des Flugs damit zu vergnügen. Er werde sie auf dem JFK abholen, sie müsse ihm nur noch die Ankunftszeit mitteilen. Ansonsten freue er sich darauf, sie sehr bald zu sehen. »Ganz meinerseits«, versicherte ihm Kate, die sich dringend wünschte, nach Hause zu Reed und einem Leben zurückzukehren, das ihr mittlerweile herrlich ruhig und vernünftig erschien – zu einem Leben jedenfalls, bei dem sich die Hauptaktivitäten nicht auf dem Fußboden abspielten.

Vorerst zogen Anne und Kate am nächsten Nachmittag los, jede eine Hälfte des Manuskripts unter dem Arm. Dahinter stand das herrlich verrückte Motiv, daß, würde eine überfahren, zumindest die andere Hälfte von Gabrielles Werk unversehrt und ohne Blutflecken überleben würde. Von älteren Kollegen kannte Kate Geschichten aus den Tagen, als es noch keine Kopierer gab, und das einzige getippte Exemplar einer kostbaren Dissertation, in der oft die Arbeit einer ganzen Dekade steckte, von seinem panischen Verfasser durch die Gegend transportiert wurde. Man hätte natürlich einen Durchschlag machen können, aber das geschah in den meisten Fällen nicht. Diese in der Tat schrecklichen Zeiten lebten nun, zumindest für wenige Stunden, wieder auf. Aber war der Kopierer erst einmal mit Gabrielles Seiten gefüttert, würde Kate es nicht abwarten können, London und Anne ihrer Freude aneinander zu überlassen – und das wäre in wenigen Stunden.

Aber in allerletzter Minute zeigte sich, daß ihr Abschied von London doch nicht so überstürzt vonstatten gehen sollte – zuerst war da der englische Anwalt, der Reed kannte und bewunderte und entzückt war, Kate kennenzulernen, sich geehrt fühlte, hilfreich zu sein. Er hatte noch zu arbeiten und würde im Büro bleiben, bis sie fertig wären. Dann würde er sich um die sichere Verwahrung des Originalmanuskripts kümmern. Aber vorerst sei der Bürogehilfe, Mr. Martin, nennen Sie ihn Phil, da, um ihnen zu helfen, die

Seiten in den hochmodernen Kopierer zu stecken, der nicht nur vier Kopien auf einmal machen könne, sondern obendrein das Ganze auch gleich sortieren und stapeln werde.

Der Ausdruck sowohl auf Kates wie Annes Gesicht wechselte jäh von strahlender Dankbarkeit zu hochalarmierter Besorgtheit. Als sie Reed später davon erzählte, erkannte Kate, wie komisch ihr entsetzter Gesichtsausdruck gewirkt haben mußte, aber in dem Augenblick hatten sie und Anne die gleiche schlimme Befürchtung, nämlich daß Phil Martin die Gelegenheit hatte, Gabrielles Worte zu lesen. Der englische Anwalt, dessen Namen sie vor Aufregung gleich wieder vergessen hatte – ihn sich wiederholen zu lassen, war ihr peinlich –, erahnte den Grund ihres Schreckens. Er geleitete sie in sein Büro, beide hatten immer noch ihre jeweilige Hälfte des Manuskripts an die Brust gedrückt, und schloß die Tür.

»Machen Sie sich keine Sorgen wegen Phil«, sagte er. »Phil interessiert sich für nichts Geschriebenes, es sei denn, es handelt von Fußball oder Rockmusik, aber wahrscheinlich noch nicht einmal dann. Er ist glücklich, wenn er Überstunden machen kann, indem er Ihnen hilft. Aber alles Geld der Welt könnte ihn nicht bewegen, auch nur ein Wort von dem zu lesen, was Sie dort haben, und selbst wenn er es wollte, bin ich mir nicht sicher, ob er es könnte. Phil ist ein Techniknarr, und die geschriebene Sprache gehört für ihn der grauen Vorzeit an. Alles, was nicht mit Elektronik, Mechanik oder Sport zu tun hat, läßt Phil kalt. Sie können sich ja neben ihn stellen, während er kopiert, und ihm jede

Seite des Originals aus den Händen reißen, sowie er sie fertig hat – falls Sie das beruhigen sollte.«

»Sie fragen sich bestimmt, was das ganze Theater soll«, sagte Kate. Schließlich war er ein Kollege, vielleicht sogar ein Freund von Reed, und es war wohl an der Zeit, ihre kindische Nervosität zu unterdrücken und die souveräne Frau und Professorin zu spielen.

»Reed hat mich wissen lassen, was wir hier kopieren und aufbewahren sollen«, sagte der Anwalt. »Aber jetzt gehen Sie hin und bringen die Kopiererei hinter sich, und ich warte hier auf das Original. Vielleicht hätten Sie beide dann Lust, mit mir essen zu gehen?«

»Sehr freundlich von Ihnen«, sagte Kate und blickte zu Anne, die den Kopf schüttelte. »Aber ich fliege morgen sehr früh nach New York zurück, und Anne ist sehr müde, ich übrigens auch. Aber vielen Dank für die Einladung.«

Und sie kehrten zu Phil zurück, der schon ungeduldig wartete, seinen Job zu erledigen, der ihn, wenn auch gut bezahlt, noch Stunden hier festhalten würde. Kate und Anne legten das Manuskript ordentlich aufeinandergestapelt neben ihn – sie hatten inzwischen die Seiten von Anfang an durchnumeriert – und beobachteten ihn, wie er mit einer Geschwindigkeit und Geschicklichkeit arbeitete, die in der Tat atemberaubend war. Vor ihren Augen verwandelten sich Gabrielles kostbare Geheimpapiere in etwas Öffentliches, fanden schon jetzt sozusagen Eingang in den Literaturfundus der letzten Dekade des zwanzigsten Jahrhunderts.

Phil arbeitete sorgfältig, aber als er eine Seite ein bißchen grob anfaßte und sie hörten, wie diese leicht einriß, stockte ihnen der Atem, so als hätte er ihnen selbst etwas zuleide getan. »Kann passieren«, sagte Phil im herrlichsten Cockneydialekt, aber keineswegs unfreundlich. Zweifellos hielt er sie beide für zwei übergeschnappte Tanten, eine alt, die andere kurz davor, die wegen eines Haufen Papiers ein Theater machten, als wären es echte Geldscheine. Phil zuckte die Achseln. Frauen, die weit über Zwanzig waren, beflügelten weder sein Interesse noch seine Phantasie: Man bezahlte ihn, er machte seine Arbeit, und dann ab ins wirkliche Leben!

Mit erstaunlicher Geschwindigkeit beendete er seinen Job. Anne hatte große Umschläge mitgebracht, um die für New York bestimmten Kopien zu versenden, zwei per Post, eine per Kate. Das Original wurde sorgfältig verpackt und dem netten englischen Anwalt übergeben, in dessen Büro sie sich verabschiedeten. Wieder preßte Kate ihr Exemplar an die Brust, aber nun nicht mehr so ängstlich. Sie bedankten sich überschwenglich bei dem Anwalt, wobei die Erleichterung ihre Dankbarkeit schon fast ins Unangemessene steigerte, und tauchten in den Londoner Abend ein.

Die erste Phase der Wiederauferstehung von Gabrielles Papieren war abgeschlossen! Kate fragte sich, ob sie es sich so vorgestellt hatte, natürlich nicht die Kopiererei, sondern die ersten Stationen auf dem Weg zur Veröffentlichung. Danach befragt, sagte Anne, während Phil kopierte, habe sie ständig das Gefühl gehabt, Gabrielle sei zugegen – im Geiste natürlich.

»Natürlich«, sagte Kate, die einem Taxi zuwinkte, das, wie durch ein Wunder, direkt vor ihnen einen Fahrgast absetzte. Nachdem sie die Kopien im Haus verstaut und die Katze in den Garten gelassen hatten, gingen sie zu einem letzten Drink in »ihr« Pub in Hampstead. Kate hatte ein richtiges Restaurant vorgeschlagen, aber Anne wollte ihrer inzwischen eingespielten Routine treu bleiben, und Kate gab ihr recht. Es würde ohnehin eine Weile dauern, bis sie wieder in den Genuß eines zünftigen Steak-and-Kidney-Pies käme, von einem guten englischen Bitter ganz zu schweigen.

Während Kate und Anne ihr letztes gemeinsames Mahl einnahmen, rief der Londoner Anwalt Reed an, der gerade ins Bett wollte, und berichtete ihm, daß alles gut verlaufen sei und er und sein Büro das Manuskript bis zum letzten Blutstropfen verteidigen würden. Kate sei jedoch völlig anders gewesen als erwartet. Sie habe nicht viel geredet, nervös gewirkt und sei ganz und gar nicht die Person gewesen, die er Reeds Schilderungen zufolge erwartet habe. Ihm sei sie völlig verängstigt vorgekommen.

»Sie hatte ja auch noch nie in ihrem Leben die Verantwortung für ein Originalmanuskript«, sagte Reed lachend. »Das nächste Mal, wenn Sie in New York sind, müssen Sie mit uns essen gehen und sie in Hochform erleben. Das ist einen Transatlantikflug wert, glauben Sie mir.«

»Abgemacht«, sagte der englische Anwalt.

Für den Rückflug gönnte sich Kate einen Platz in der ersten Klasse. Angeschnallt wie ein Baby auf seinem Kindersitz in alarmierender Nähe zu irgendeinem übergewichtigen Nachbarn zu sitzen, hatte seinen Reiz für sie verloren. Auch auf den Glücksfall, das Flugzeug könne, wie beim Hinflug, so leer sein, daß sie sich über drei Sitze ausstrecken und schlafen konnte, wagte sie nicht zu hoffen. Trotzdem entspannte sie sich, genoß den freundlichen Service und ließ sich ein Glas Champagner kredenzen, während sie auf den Start wartete.

»Auf Gabrielle«, sagte sie, das Glas in der Hand, und verwirrte damit die Stewardeß, der sie erklärte, dies sei als Trinkspruch zu verstehen und nicht als Bitte oder Kommentar. Die Stewardeß lächelte, aber Kate entging nicht, wie sie dem Steward etwas zuflüsterte, der sie von nun an bediente. Offenbar bin ich für die beiden die typische übergeschnappte Reisende, dachte Kate mit unverhohlenem Vergnügen. Solange man sie in Ruhe ließ, war ihr das egal.

Noch ehe das Flugzeug sich gefüllt hatte, die Gangway eingeholt war und die Maschine auf die ihr zugedachte Startbahn rollte, hatte Kate es sich mit Gabrielles Roman bequem gemacht. In London hatte sie tapfer der Versuchung widerstanden, irgendein Urteil zu fällen oder ihn sich überhaupt näher anzusehen, sondern ihre ganze Aufmerksamkeit auf die vor ihnen liegende körperliche Schwerarbeit konzentriert. Sie würde zu einem Entschluß kommen müssen, ob sie die Herausgabe übernehmen wollte oder nicht; und auch darüber, was sie Simon Pearlstine erzählen sollte, mußte sie sich klarwerden. Begeisterung oder Entsetzen – beide Reaktionen waren vorstellbar, und Kate wollte sich ihres eigenen Standpunkts ganz sicher sein, ehe sie das Thema ihm gegenüber anschnitt.

Kate betrachtete die erste Seite von Gabrielles Manuskript: »Heute abend kommt er, dachte sie. Noch ein Tag des Wartens«, lautete der Eröffnungssatz – der erste Satz sowohl von Emmanuels wie auch Gabrielles Roman. Aber während in Emmanuels erstem Satz Vorfreude, Begierde und unbändige Sehnsucht mitschwangen, ließ Gabrielle ihre Heldin diesen Satz mit Ironie, Furcht und Verzweiflung aussprechen. Die Ankunft des Eindringlings stand bevor. Ariadne, wie Foxx' Artemisia in Gabrielles Roman hieß, hatte von Dädalus den Rat erhalten, Theseus bei seiner Ankunft den Faden für das Labyrinth zu geben. Dann würde er den Minotaurus töten und nicht, so stand zu hoffen, ihre Mutter oder Schwester. Griechische Männer waren grausam: Sie vergewaltigten und triumphierten über Frauen und schwache Männer, wo sie nur konnten. Stieß er auf Widerstand, würde Theseus vielleicht ihre ganze Familie töten, die heilige Doppelaxt ergreifen und außer dem Minotaurus auch alle anderen ermorden. Ihre einzige Chance war, so zu tun, als erwarte sie ihn mit aller Sehnsucht und Freude, der ein junges Mädchen nur fähig war. Dies war die einzige Hoffnung – für sie, ihre Mutter Pasiphae, ihre Schwester Phaedra und die Priesterinnen.

»Ich dachte, das Labyrinth sei eigentlich gar kein Labyrinth, sondern eine Doppelaxt, das Wahrzeichen der Priesterinnen von Kreta«, brummelte Kate vor sich hin und zog damit einen verstohlenen Blick des Stewards auf sich, der sich in seinen schlimmsten Befürchtungen bestätigt sah. Kate lachte innerlich. Ich werde allmählich sonderbar. Das ist Gabrielles Einfluß. Ich muß sehen, daß ich wieder die alte bin, bis ich lande.

Ihre Frage war jedoch bald beantwortet: Das Labyrinth war der ganze Palast von Knossos. Genauso war er gebaut, und auch die berühmte Tanzfläche und die Arena, in der die Akrobaten ihre Kunststücke über den Hörnern von Stieren vollführten, waren Teil des Labyrinths, Teil des Palastes, der die Form einer Doppelaxt hatte. Kate bewunderte die Geschicklichkeit, mit der Gabrielle dies in ihrem Roman herausgearbeitet hatte: Sie schien jedes Detail über Evans' Entdeckungen der antiken kretischen Kultur gelesen zu haben.

Gabrielles Kreta war eine Kultur, die die Gewalt und Brutalität fremdländischer Männer fürchtete. Kreta war ein Matriarchat, in dem es Priesterinnen und eine Königin gab. Aber die kretischen Männer waren keineswegs unterdrückt: Sie waren weder Sklaven noch Beischläfer, weder ausschließlich für die Hausarbeit zuständig noch schiere Objekte von Lust und Begierde. Sie führten auf Kreta ein erfülltes Leben, waren sportlich, künstlerisch, sanft und voller Vitalität. Gabrielle machte deutlich, daß sich Männlichkeit auf Kreta nicht durch Gewalt ausdrückte, schon gar nicht durch Gewalt gegen Frauen oder Schwächere. Die kretische Kultur weiß, daß andere Nationen, besonders Griechenland, männliche Brutalität und Grausamkeit honorieren und ihre Männer ausschicken, um Kriegsbeute zu machen, in Form von Vergewaltigungen, Blutbädern und der Zerstörung anderer Länder.

In früheren Jahren hatte Kreta als Preis dafür, daß es anderen Nationen erlaubte, seine Gewässer zu durchqueren, einen jährlichen Tribut von sieben Jünglingen und sieben Jungfrauen gefordert, die auf Kreta blieben und mit der Bevölkerung lebten. Diese Jugendlichen waren keine Opfer; sie waren herzlich willkommen und bereicherten das genetische Potential. Ohne es benennen zu können, erkannten die Herrscher Kretas die Notwendigkeit, die eigene Bevölkerung mit frischem Blut, oder, wie wir heute sagen würden, mit frischem genetischem Potential, zu versorgen. Jene Jugendlichen, Knaben wie Mädchen, die als Stierspringer ihre akrobatischen Kunststücke auf Stierhörnern vollführten – der Stier war für die Kreter das männliche Fruchtbarkeitssymbol und zugleich der höchste Tiergott und Gemahl der Königin –, lehrten die Kreter neue Fertigkeiten und gaben ihnen Zuversicht. Diese Jugendlichen waren weder zum Untergang bestimmt noch seelenlose Tribute, wie die griechischen Mythen es darstellen.

Aber diese alte kretische Kultur im Palast von Knossos fürchtete nun ihre Zerstörung durch die gewalttätigen Griechen, an deren Spitze Theseus stand. Konnte Ariadne sie überlisten? Während Emmanuels moderne Verarbeitung des Stoffes sich am griechischen Mythos orientierte – ohne sich jedoch je offen auf ihn zu beziehen oder ihn zu interpretieren –, begann Gabrielles Roman in jenem historischen Moment, *ehe* die griechische Mythenbildung einsetzte. Kate hatte inzwischen genug von dem Manuskript gelesen, um zu wissen, daß nach dem ersten Teil, der in jenen frühgeschichtlichen Zeiten spielt, die vor über einem Jahrhundert von Evans wiederentdeckt und rekonstruiert worden waren, der Hauptteil des Romans in die Mitte des zwanzigsten Jahrhunderts verlagert wird, wo Ariadne, nun in Artemisia umbenannt, wiederum auf die Gestalt wartet, die Emmanuel Foxx Theseus nachgebildet hat.

Aber zu Beginn von Gabrielles Roman bittet die kretische Ariadne, die kraft ihrer prophetischen Gabe um die drohende Zerstörung ihrer Heimat und ihrer Kultur weiß, Dädalus um Rat, so wie es ihre Mutter zuvor getan hatte. Dädalus will keine Rolle in der sich nun entfaltenden männerzentrierten griechischen Welt. Sein Sohn Ikarus berauscht sich an der Vorstellung, in einem Patriarchat zu leben und Kriege zu führen, und Dädalus muß zusehen, wie sein Sohn, voll neuerworbenem Männerstolz, der Sonne zu nahe kommt und seine Wachsflügel schmelzen, die er seinem Vater gestohlen hat. Dädalus hatte gewußt, daß sein Sohn sie ihm gestohlen hatte, hatte gewußt, daß Ikarus, bliebe er am Leben, alle verraten würde. Und Ariadne lernt daraus, daß die griechischen Männer und ihresgleichen sich am Ende selbst zerstören, aber vielleicht erst, nachdem sie die ganze Erde zerstört haben.

Dädalus hat nicht genug Zeit, Ariadne alles zu erzählen, was er weiß. Kreta wird erobert werden; es gibt keinen Weg, dem Verhängnis zu entgehen. Die alten Sitten werden untergehen, die Frauen versklavt oder zu machtlosen Objekten männlicher Begierde degradiert. Auch andere Völker, denen die Griechen sich überlegen fühlten, würden versklavt. Während sie ihm zuhört, verzweifelt Ariadne.

Dädalus erklärt, es gebe nur einen Ausweg: Theseus müsse sich in der Gewißheit wähnen, er habe leicht gesiegt, und Ariadnes Liebe habe ihm diesen Sieg ermöglicht. Dann werde er sie und Phaedra fortführen, und dann könne Phaedra ihre Bestimmung erfüllen: Sie muß Theseus veranlassen, seinen Sohn zu töten, der die Verkörperung männlicher Selbstverherrlichung ist, um auf diese Weise großes Leid abzuwenden und seine Mutter Hippolyta zu rächen. Auch Hippolyta ist eine Zukunft bestimmt, im Gegensatz zu den Darstellungen der griechischen Mythologie.

Ariadne muß Theseus Lust vorspielen und ihm erlauben, sie fortzuführen. Ist sie erst einmal auf seinem Schiff, muß sie ihn in solchen Schrecken versetzen, daß er sie auf Dia, einer kretischen Insel, an Land bringt, wo Dionysos ihr zu Hilfe eilt und ihr Überleben und ihre schließliche Rückkehr sichert. Sehr spät werde diese Rückkehr stattfinden, sagt Dädalus, aber sie sei gewiß.

Ariadne folgt Dädalus' Rat. Um Theseus in Schrecken zu versetzen, spielt sie ihm einen Anfall von Wahnsinn vor. Wie Theseus gehört hatte, neigen Frauen zu derlei Ausbrüchen. Ariadne rast und verlangt nach Männerfleisch, um sich ein Festmahl zu bereiten. Ihre Schauspielerei ist überzeugend – so überzeugend, daß sie sich am Schluß selbst fürchtet. Nachts segelt Theseus an Land, setzt sie auf der Insel Dia ab und erzählt seiner Mannschaft, er werde sie am nächsten Tag abholen. Am nächsten Tag tut er jedoch so, als habe er sie vergessen. Seine Männer, die durch das, was sie gesehen oder von anderen gehört haben, vom Entsetzen gepackt sind, erinnern Theseus nicht. Ist Ariadne daran schuld, daß er vergessen hat, seine schwarzen Segel gegen weiße auszutauschen und so seinem Vater zu signalisieren, daß er lebend zurückkehrt? Nein, nicht Ariadne, sondern Theseus selbst ist es, der begierig darauf ist, den Platz seines Vaters einzunehmen und unter der Herrscherfahne zu segeln.

So endete der erste Teil. Kate vertiefte sich sofort in den zweiten, der wiederum so begann wie in Emmanuels Roman, nämlich in dem Moment, als die moderne Heldin auf die Ankunft der Theseus-Figur wartet. Gabrielles moderne Heldin, Artemisia, weiß, daß die Zeit für eine Wiederbelebung der mikenischen Kultur gekommen ist. Wie Joyces Stephen Dedalus betet Artemisia: »Urvater, uralter Artifex, steh hinter mir, jetzt und immerdar.« Sie leiht sich Joyces Worte, um zu sagen: »Willkommen Leben! Als millionster zieh ich aus, um die Wirklichkeit der Erfahrung zu finden und in der Schmiede meiner Seele das ungeschaffne Gewissen meines Volkes zu schmieden.«

Gabrielle hatte auch Joyce gelesen.

Einige Tage nach ihrer Heimkehr, als sie sich allmählich wieder in ihre alten Lebensbahnen einfand, die ihr jedoch immer noch eigenartig unvertraut vorkamen – unzählige Briefe waren zu beantworten, zeitaufwendige Telefonate zu führen, und überhaupt mußte wieder irgendeine Ordnung in ihre Angelegenheiten gebracht werden –, fand Kate die Ruhe, Reed alles über die vor ihr liegende Entscheidung zu erzählen. Mittlerweile hatte sie Gabrielles Roman ein zweites Mal gelesen, und auf eigenartige Weise schien er ihr große Kraft gegeben zu haben. Das versuchte sie Reed zu erklären.

»Wahrscheinlich bin ich meschugge, aber dieses Gefühl kenne ich ja schon allzugut, seit ich Gabrielle und allen, die mit ihr zu tun gehabt haben, begegnet bin. Ich meine, selbst Simon Pearlstine tauchte auf wie eine Gestalt aus dem Nirgendwo, wie ein Besucher von einem anderen Stern.«

»Zuerst dein Entschluß«, sagte Reed. »Erklärungen und Entschuldigungen später.«

»Zu einem Entschluß bin ich ja eben noch nicht gekommen. Und wenn ich Erklärungen und Entschuldigungen fortlassen soll, bleibt mir nur noch eine Frage.«

»Dann stell sie.«

»Soll ich dieses verrückte Buch herausgeben und ein biographisches Porträt schreiben, und was soll ich Simon erzählen?«

»Das sind gleich drei Fragen. Willst du das Buch herausgeben? Nein, laß mich anders fragen: Worum geht es deiner Meinung nach in dem Buch?«

»Ich hasse Leute, die fragen, worum es in einem Roman *geht*«, antwortete Kate leicht gereizt.

»Worum geht es in dem Roman, den du einmal brillant und dann wieder schrecklich und lächerlich findest – je nachdem, in welcher Stimmung und wie nüchtern du bist?«

»Er ist seiner Zeit so unglaublich weit voraus. Und geschrieben wurde er schließlich auf dem Höhepunkt der klassischen Moderne, jedenfalls nicht lange danach. Wann genau er entstand, weiß zwar niemand, mit Sicherheit aber nicht vor den 20er Jahren, als Emmanuel Foxx an seiner ›Ariadne‹ arbeitete, und nicht nach 1955, als Anne Gabrielle besuchte und ihre Papiere in Sicherheit brachte. Meiner Vermutung nach wurde der größte Teil in den dreißigern und vierzigern geschrieben, vielleicht mit Unterbrechungen während des Krieges, vielleicht auch nicht. Und möglicherweise hat Gabrielle das Manuskript Anfang der fünfziger in London überarbeitet. Wie war noch einmal deine Frage?«

»Kate, du redest von Minute zu Minute blumiger und zusammenhangloser. So bist du oft, wenn deine Fälle kurz vor einer Lösung stehen. Aber ich habe noch nie erlebt, daß du so konfus bist, wenn es nur um eine literarische Frage geht. Entschuldige, das *nur* nehme ich zurück. Also: wenn es um eine literarische Frage geht. Meine Frage war, was an dem Roman verstört dich so?«

»Gute Romane sollen einen ja verstören! Na gut, ich halte mich an diesen. Aber verfall jetzt bitte nicht in deine Strafverteidiger-Manier und spring auf und mach Einwände, sowie ich nur den Mund öffne.«

»Das tun nicht nur Strafverteidiger«, sagte Reed milde. »Erzähl weiter.«

»Wie dir vielleicht aufgefallen ist, schützt mich die Tatsache, daß ich Feministin bin – oder zumindest gelegentlich andeute, daß das Patriarchat nicht die herrlichste, gottgegebene und vollkommenste aller Lebensformen ist –, selbst in diesen mehr oder weniger feministischen Zeiten nicht vor Angriffen oder davor, ins Lächerliche gezogen zu werden. Und mir ist auch klar, daß Gabrielle sich keinerlei Illusionen machte: Wenn sie etwas so Radikales, so Revolutionäres wie ihren Roman veröffentlichte, dann würde man sie schlimmstenfalls attackieren und bestenfalls ignorieren. Wäre sie nicht Emmanuel Foxx' Frau gewesen, hätte sie ihn vielleicht veröffentlichen und hoffen können, zu Lebzeiten ignoriert und später neu entdeckt zu werden. Aber so, wie die Dinge lagen, wußte sie, daß man sie zur Kenntnis nehmen würde, und sei es auch nur, weil ihr Roman sich so deutlich auf den von Foxx bezog. Vielleicht war sie nicht der Typ, der sich selbst gern in die Scheiße reitet, um es rüde auszudrücken.«

»Na, wenigstens ist es deutlich«, meinte Reed. »Aber das war damals. Wird man den Roman heute nicht in einem völlig anderen Licht sehen? Liegt seine Bedeutung nicht auf der Hand? Und da du keinerlei persönliche Verbindung zu Gabrielle hast – was könnte man dir anlasten?«

»Ich lehre Literatur. Und dieser Roman versucht, Emmanuel Foxx' Meisterwerk in Frage zu stellen, ja, zum Teufel, es vom Sockel zu schubsen. Noch schlimmer: Er schildert die klassische Moderne als männerzentriert und verlogen.

Und Urheberin des Ganzen ist ausgerechnet Foxx' eigene Frau! Mein Gott, Reed, Gabrielles Roman wird wahrscheinlich überall besprochen, bis hin zum ›People‹-Magazin. Ich hör jetzt schon all die Kritiken. *Verstehst* du denn nicht?«

»Ich finde, du solltest ihn herausgeben. Mach Streichungen, wo nötig, schreib einen rasanten, aber eleganten Abriß ihres Lebens, laß die heiklen Punkte draußen und schick das Ganze los. Wenn Simon Pearlstine es nicht veröffentlichen will, dann findet sich bestimmt ein anderer Verleger. Gib ihm seinen Vorschuß zurück, den Teil, den du schon bekommen hast, und damit hat sich die Sache!«

»Aber will ich wirklich im Mittelpunkt eines entsetzlichen Wirbels stehen, einer akademischen und literarischen Debatte, die über Jahre andauern wird und neben der das endlose Gezeter, ob die Gouvernante in Henry James' ›The Turn of the Screw‹ nun phantasiert hat oder nicht, gar nichts ist?«

»Nun, das ist ein Problem, das ich mein keineswegs ereignisloses Leben lang erfolgreich umschifft habe. Ich gehöre nun mal zu dem Kreis Unbedarfter, die von den Wogen um Gabrielles Roman wahrscheinlich überhaupt nichts mitbekämen – wäre ich nicht zufällig mit dir verheiratet. Schon gut, ich weiß, darum geht es jetzt nicht. Hast du Angst, Kate? Steckt das eigentlich dahinter?«

»Vielleicht ist es dir noch nicht aufgefallen, aber ich gehöre zu den bescheidenen Menschen, bleibe lieber im Hintergrund.«

»Doch, es ist mir aufgefallen. Leute, die lieber im Hintergrund bleiben, ähneln meist Uriah Heep. Wie du siehst, kann auch ich mit literarischen Anspielungen um mich werfen.«

»Angenommen, ich gebe ihn nicht heraus.«

»Dann beweg jemand anderen dazu. Ich bin sicher, für so manchen hoffnungsvollen Jungakademiker wäre damit seine Karriere gemacht.«

»Ich müßte Anne und Dorinda und Nellie überreden.«

»Die brauchst du nicht zu überreden, dich selbst mußt du überreden. Anne, Dorinda und Nellie kannst du es einfach sagen. Na, bin ich dir nicht eine große Hilfe?«

»Schrecklich hilfreich bist du – wie eine spartanische Mutter, die ihrem Sohn sagt, er soll entweder mit dem Schild in der Hand oder darauf aufgebahrt zurückkehren.«

»Ich habe immer geglaubt, du hättest kein Interesse an Männern, die dir nur erzählen, was du hören willst.«

»Hoch erfreut, daß du weißt, was ich hören will. Macht es dir etwas aus, mir das zu erzählen?«

»Du willst hören, daß du es einfach tun mußt, eine moralische Verpflichtung hast, dir keine andere Wahl bleibt.«

»Und was glaubst du?«

»Daß du die Wahl hast. Ich finde, du solltest die Risiken und Vorteile abwägen und dann deine Entscheidung treffen. Wenn du hineingedrängt werden willst, dann laß dich von deinem offenkundigen Wunsch hineindrängen. Aber wenn du aus Angst vor dem Wirbel, der auf dich zukommt, davon abgehalten werden willst, dann suche keinen Trost bei mir.

Es wird wahrscheinlich einen Riesenwirbel geben. Man wird Gabrielle utopische, lächerliche Ideen vorwerfen, mit denen sie das Patriarchat und alle möglichen religiösen Überzeugungen untergraben will. Und dich wird man als unweibliche, männerverschlingende, eierzertretende, geharnischte, schrille lesbische Emanze hinstellen.«

»Solche Ausdrücke gebraucht heute keiner mehr.«

»Dann wird man sie wieder ausgraben oder noch schlimmere erfinden. Wenn dir das alles zu schrecklich klingt, und das tut es ja in der Tat, schieb jemand anderem den Schwarzen Peter zu. Es gibt genug Leute, die ganz wild auf Medienrummel sind und sich Ruhm und Erfolg davon versprechen.«

»Aber Anne und Dorinda und Nellie...«

»Wenn du die Wahrheit wissen willst – im Grunde glaube ich nicht einmal, daß sie existieren.« Reed marschierte in die Küche und kam mit den Ingredienzien für einen Drink zurück. »Whisky?« fragte er, den Eiskübel rüttelnd.

»Sie existieren.«

»Aber darum geht es bei dieser Entscheidung nicht.«

»Sie vertrauen mir.«

»Die Zahl der Leute, die dir allein, seit ich dich kenne, nicht mitgerechnet die Zeit davor, vertraut haben, übersteigt mein Zählvermögen. Aber bisher hat dich das nicht dazu verführt, verschollene Manuskripte herauszugeben und verstümmelte Biographien zu schreiben. Verdammt, Kate, schlaf darüber. Wenn du aufwachst, ist dir klar, was du willst. Wir haben die Sache nun genug gedreht und gewendet und alle unbewußten oder bewußten Bedenken erörtert. Möchtest du von meinem Tag hören? Die Jurastudenten fangen an, den Wert der sokratischen Methode in Frage zu stellen. Die Welt, wie ich sie kannte, geht mit rapiden Schritten unter – und das ist gut so.«

»Meine Gouvernante las mir oft ein Märchen vor, in dem eine Frau ständig sagte: *Der Morgen ist weiser als der Abend*«, verkündete Kate.

»Siehst du, deine Gouvernante ist ganz meiner Meinung«, sagte Reed. »Wir haben dich zwar zu verschiedenen Zeiten deines Lebens erwischt, aber wir beide wußten, das Richtige zu sagen. Mach dir keine Sorgen. Morgen früh siehst du klar. Skol!«

Und er prostete ihr zu.

Reed behielt recht. Am Morgen rief Kate Simon Pearlstine an und sagte ihm, sie müsse ihn sofort sehen. Zum Lunch war er ausgebucht, schlug aber vor, sich um sechs zu einem Drink im Stanhope mit ihr zu treffen. Kate verbrachte den Tag damit, sich auf eine Art für das Gefecht zu rüsten, die hoffentlich Ariadnes und Dädalus' Zustimmung gefunden hätte.

Und Annes und Dorindas und Nellies. Denn alle drei würde sie schon bald zu sich zitieren – sowie es ihr gelungen war, Nellie von Genf nach New York zu locken.

Aber zuerst war Simon an der Reihe.

11

Kate näherte sich dem Stanhope nur zögernd. Es war kein Treffpunkt nach ihrem Geschmack. Nur die »richtigen« Leute waren hier gern gesehen, und man hatte unweigerlich das Gefühl, daß es eine Ehre war, überhaupt hier geduldet zu werden. Kate lag es nicht, irgendwelchen Oberkellnern um den Bart zu gehen, um in den Kreis der erlauchten Gäste aufgenommen zu werden. Simon dagegen beherrschte die Kunst, Maîtres zu beeindrucken, offenbar bis zur Vollendung, denn als sie eintrat, entdeckte sie ihn an einem der bevorzugten Tische. Während er sich erhob und ihr den Stuhl zurechtrückte, sah er sie an, als sei er auf das Schlimmste gefaßt.

»Sie gucken mich an, als wäre ich drauf und dran, ein Kaninchen aus der Tasche zu zaubern«, sagte Kate schließlich.

»Gut beobachtet. Ich war aber eher darauf gefaßt, daß Sie gleich Ihren Vorschuß aus der Tasche ziehen und mir die Scheine wieder hinblättern.«

»Sie sind also auf etwas Dramatik vorbereitet?«

»Sollte ich das nicht?«

»Doch, in gewisser Weise schon. Lassen Sie mich Ihnen zuerst erzählen, was geschehen ist, und dann, wenn's recht ist, komme ich mit Vergnügen auf den Vorschuß zurück, wenngleich nicht in bar. Tut mir leid, wenn ich nicht genug Dramatik in meinen Auftritt lege. Das Ganze ist dramatisch genug. Scotch und Soda«, sagte sie zum Kellner, »kleiner Scotch, großes Soda.«

»Für mich das gleiche«, bestellte Simon. »Das Soda bitte extra. Und könnten wir etwas zum Knabbern haben?«

»Gewiß doch, Sir«, sagte der Mann, als hätte Simon ihm einen grundlosen Vorwurf gemacht. Wehmütig dachte Kate an das Café in Genf zurück, in dem sie und Nellie gesessen hatten und niemand sie beeindrucken, hetzen oder beschämen wollte. Aber war sie wirklich fair? Vielleicht projizierte sie nur ihr eigenes Unbehagen auf die Umgebung. Daß die Leute eher aus Statusgründen hierherkamen und kaum, um sich zu amüsieren, war unverkennbar. Kate hatte nie etwas davon gehalten, auf ein Vergnügen zu verzichten, es sei denn, aus den schwerwiegendsten Gründen, aber gewiß nicht wegen so etwas Nebensächlichem und Überflüssigem wie Status ... Ohne ersichtlichen Grund spürte Kate plötzlich, daß alles gut laufen würde. Warum sollte Simon schließlich seinen Drink nicht im Stanhope einnehmen? Er wohnte um die Ecke, und spätnachmittags hier zu sitzen, war wirklich sehr angenehm.

»Wenn Sie fertig mit Tagträumen sind«, sagte Simon, »seien Sie doch bitte barmherzig und erlösen mich von meiner Qual. Sagen Sie einfach *keine Biographie*, falls das, wie ich fürchte, die schreckliche Nachricht ist. Erklären können Sie mir alles später. Hier ist Ihr Drink. Wenn Sie wirklich so schlechte Nachrichten haben, bestelle ich mir am besten gleich einen zweiten Scotch, einen doppelten, gemixt mit Alka Seltzer. Ist es so – *keine Biographie?*«

»Ganz recht. Keine Biographie. Aber ich hätte, wenn Sie wollen, ein sehr aufregendes Buch für Sie, dem ich eine kurze Biographie, genauer gesagt, ein biographisches Porträt hinzufügen könnte.« Kate griff zu ihrem Drink, fügte das Soda hinzu und nahm dankbar den ersten Schluck. »Es ist eine ziemlich lange Geschichte, fürchte ich.«

»Ich darf also davon ausgehen, daß Nellie wirklich alle Briefe zerstört hat – und damit auch Ihre Lust an einer Biographie über ihre Großmutter.«

Die gar nicht ihre Großmutter ist, wollte Kate schon sagen, hielt sich aber zurück. Sie hatte beschlossen, niemandem (außer Reed) etwas von den Geheimnissen zu erzählen, die sie erfahren hatte. Das war für sie ein unverrückbarer Teil des Abkommens. Die Wahrheit über Nellies und vielleicht sogar über Annes Vater würde womöglich eines Tages ans Licht kommen, aber Kate sah es nicht als ihre Aufgabe an, diese Geschichten in Umlauf zu bringen. Sie hatte einen Handel mit Anne abgeschlossen, und dabei sollte es bleiben: Sie würde Gabrielles Roman herausgeben, dazu eine (wie sie hoffte) gutgeschriebene, prägnante Biographie Gabrielles, und die Foxx- und Goddard-Geheimnisse in Frieden schlummern lassen. Diese zu lüften, blieb dem detektivischen Eifer einer anderen Generation überlassen.

»Erinnern Sie sich an die Papiere, die Gabrielle Anne anvertraute? Sie hat sie in einem Safe deponiert und dann vier Jahrzehnte vergessen.«

»Aber selbstverständlich! Schließlich war ich derjenige,

der Ihnen Annes Memoir geschickt hat, oder sollte Ihnen das entgangen sein?«

»Simon, bitte, seien Sie nicht so empfindlich. Haben Sie etwas Geduld mit mir. Meine Geschichte wird nicht ewig dauern, aber ich muß sie auf meine Art erzählen.«

»Geduld ist mein Losungswort, geradezu mein Lebensmotto.«

»Erfreut zu hören. Ich dachte immer, Geduld...«

»Kate, wenn Sie jetzt einen wissenschaftlichen Disput über Geduld anfangen sollten, und sei er noch so scharfsichtig, werde ich Sie auf der Stelle erwürgen, und dann bekomme ich nie wieder einen Tisch im Stanhope in der Fifth Avenue. Was geschah also mit Gabrielles Papieren, nachdem sie vier Jahrzehnte lang in irgendeiner verdammten Bank vor sich hingeschlummert hatten?«

»Die Bank war vollkommen in Ordnung.«

»*Kate*«, schrie Simon auf, die Gäste an den Nebentischen hoben die Köpfe und sahen ihn mit einer Mischung aus Neugier und Mißbilligung an.

»Wir haben die Papiere aus der Bank geholt und in ein Haus in Highgate gebracht, das Anne mitsamt Katze gemietet hatte. Nachdem wir die Papiere aus der Versenkung geholt hatten, fanden wir eine sehr nette Taxifahrerin ... aber ich glaube, den Teil überspringe ich lieber.« Kate lächelte Simon an, und er lächelte verzagt zurück. »Die Papiere waren wild durcheinander, und wir brauchten fast eine Woche, um sie in irgendeine vernünftige Ordnung zu bringen. Nun, ich will Sie nicht auf die Folter spannen: Bei Gabrielles geheimnisvollen Papieren handelt es sich um einen Roman, sozusagen das Gegenstück zu Emmanuel Foxx' ›Ariadne‹. Daß wir überhaupt in der Lage waren zu entscheiden, wohin die einzelnen Seiten gehörten, war allein der Tatsache zu verdanken, daß Gabrielle ihren Roman, zumindest in groben Zügen, auf Foxx' aufgebaut hatte. Sie hat ihre eigene Version der Ariadne-Geschichte aufgeschrieben, die Emmanuels Version widerspricht. Und wenn Sie jetzt noch wissen wollen, warum ich heute nachmittag hier sitze und diesen herrlichen Scotch trinke – nun, ich möchte Ihnen vorschlagen, daß ich den Roman herausgebe, und, falls Sie mit meinem Vorschlag einverstanden sind und das Buch herausbringen wollen, ein kurzes biographisches Porträt Gabrielles hinzufüge, das ich so elegant wie möglich abfassen werde. Außerdem habe ich meinen Vorschuß mitgebracht, werde Ihnen aber keine Scheine hinblättern, sondern, bar jeder Dramatik, einen Scheck. Falls Sie interessiert sind, werden wir wohl einen neuen Vertrag aufsetzen müssen, falls nicht, zerreißen Sie den alten einfach. Ich hoffe, Sie spielen jetzt nicht den pingeligen Geschäftsmann und fuchteln nicht mit Paragraphen herum, obwohl ich natürlich zugebe, daß ich Sie in eine peinliche Situation gebracht habe.«

»Peinlich. Von allen Worten dieser Welt hätte ich genau das gewählt.«

»Ich glaube wirklich, lieber Simon, daß Sie und Ihr Verlag mit diesem Roman sehr gut dastehen werden. Meiner – unmaßgeblichen – Meinung nach wird er die bisherige Betrachtungsweise der klassischen Moderne auf den Kopf stellen. Er wird die Frage nach männlicher und weiblicher Sicht dieser literarischen Periode aufwerfen und aufzeigen, wie reaktionär und männerzentriert sie war. Er wird einfach Furore machen, das kann ich Ihnen versichern.«

»Ich muß das Ganze erst in unserer Lektoratssitzung vortragen, aber natürlich wollen wir den Roman veröffentlichen. Warum wollen Sie mir den Vorschuß überhaupt zurückgeben?«

»Weil wir eine völlig neue Abmachung treffen müssen. Die Tantiemen aus Gabrielles Roman gehen an Nellie und Anne. Für mein biographisches Porträt können Sie mir ein angemessenes Honorar zahlen, wenn Sie wollen, vielleicht sogar einen kleinen Tantiemenanteil für Einleitung und Herausgabe – ganz, wie Sie es für angemessen halten. Wenn Sie mir darüber hinaus bei den Kosten für Recherchen, Tippen, Kopieren und dergleichen ein wenig unter die Arme greifen, würde ich das selbstverständlich begrüßen. Kommen wir also ins Geschäft – vorausgesetzt natürlich, Ihre Verlagsleitung ist einverstanden?«

»Sie haben mich überwältigt – aber doch nicht so sehr überwältigt, daß ich vollkommen ignorieren könnte, wieviel Informationen über Gabrielle sie haben und offenbar für sich behalten wollen. Es muß ja wohl einen Grund haben, wenn Sie den Plan einer vollständigen Biographie so schnell und so bereitwillig fallenlassen. Wir könnten doch Gabrielles Roman herausbringen *und* eine vollständige Biographie, was spräche dagegen?«

»Wir könnten«, sagte Kate. »Aber so viel möchte ich mir

nicht aufladen. Und da alle Briefe verbrannt sind – auf welches dokumentarische Material sollte ich zurückgreifen? Wer Gabrielle in Wirklichkeit war, was sie dachte und worin – neben ihrer Rolle als Emmanuels Frau – ihr Leben eigentlich bestand, das wird aus ihrem Roman ersichtlich. Wissenschaftler und Biographen werden ihr Leben in Zukunft nach diesem Roman rekonstruieren. Simon, bitte nehmen Sie den Scheck, bestellen Sie uns noch einen Drink, und finden Sie so schnell wie möglich heraus, ob Ihr Verlag Gabrielles Roman machen will.«

»Kate, niemand gibt einen Vorschuß zurück, es sei denn nach langwierigen Gerichtsverhandlungen oder durch höhere Gewalt. Im Gegensatz zu meinem früheren Rat fürchte ich, Sie brauchen wirklich einen Agenten. Behalten Sie den Vorschuß wenigstens so lange, bis wir wissen, woran wir sind. Sie haben Leute befragt, sind gereist, haben viel Zeit aufgewendet. Wir wollen jetzt nicht über Geld sprechen, sondern lieber über den Zeitplan für die Veröffentlichung.«

»Ich will versuchen, die Editionsarbeit in einem Jahr zu schaffen und danach sofort das Porträt zu schreiben, falls Sie es haben wollen. Ich bin übrigens schnell.«

»Was mir nicht entgangen ist. Aber es ist eine Menge Arbeit für ein Jahr.«

»Gut, sagen wir zwei Jahre. Wenn wir uns einig sind, fange ich sofort an und bleibe ohne Unterbrechung dran. Falls Sie den Roman haben wollen...«

»Hören Sie endlich mit Ihrem *falls* auf. Natürlich will ich den Roman! Aber über Geld müssen wir noch einmal ernsthaft reden. Besorgen Sie sich unbedingt einen Agenten! Ich käme mir sonst vor wie ein Schwindler, der eine arme Witwe um ihre letzten Spargroschen bringt.«

»Ich bin nicht naiv«, sagte Kate, »auch wenn ich bei passender Gelegenheit recht bescheiden sein kann. Machen Sie sich keine Sorgen. Ich möchte sichergehen, daß Nellie und Anne die Tantiemen bekommen, und wenn ich recht verstehe, wird ein Vorschuß mit den Tantiemen verrechnet. Sie müßten also den Vorschuß an Anne und Nellie zahlen, was ein bißchen merkwürdig wäre. Mir ist klar, daß die Situation ungewöhnlich ist: Ich habe dafür ein besonderes Talent. Simon, wichtig ist im Augenblick nur, ob Sie dieses Buch wollen oder nicht! Ich finde, allein die Tatsache, daß Anne Ihnen das Memoir geschickt hat, ist doch schon ein Omen dafür, daß Sie der Richtige sind. Und Dorindas Informationen nach steht der Verlag auf sehr gesunden Füßen, und Sie sind in Ordnung.«

»Wann bekomme ich den Roman in seiner jetzigen Form zu lesen?«

»Wenn der Vertrag unterzeichnet und alles geklärt ist. Mit anderen Worten: Bei dem Ärger, den Anwälte machen – einerseits, um selbst auf ihre Kosten zu kommen, andererseits, um ihren Mandanten abzusichern –, wahrscheinlich in ungefähr sechs Monaten. Aber wenn Ihr Entschluß feststeht, fange ich gleich an. Schließlich gebe ich den Roman nicht für einen Verlag, sondern für Gabrielle heraus.«

»Das war die perfekte Abgangszeile«, sagte Simon. »Aber gehen Sie noch nicht! Erzählen Sie mir mehr über

Nellie und Anne und Dorinda. Haben Sie Dorinda kennengelernt?«

»Ich habe sie alle drei kennengelernt«, sagte Kate. »Sie sind wie ein Bund guter Hexen, falls Sie sich darunter etwas vorstellen können. Alle drei in den Sechzigern, und ich ertappe mich ständig dabei, wie ich in ihnen junge Frauen sehe. Nicht wegen ihres Aussehens, sondern ihre ganze Art, ihre Lebendigkeit und Vitalität sind der Grund. Mir kommt es vor, als hätten sie die Freude der Jugend entdeckt, als diese ihnen keine Fesseln mehr anlegte, sondern sie wirklich jung sein ließ.«

»Das war eine herrliche Fansler-Bemerkung, voller Tiefgründigkeit, die entweder überhaupt keinen Sinn ergibt oder sehr viel. Nun, ich verstehe, was Sie meinen. Ist das der Grund, warum die drei, oder vielmehr Anne, plötzlich beschlossen, Gabrielles Roman nach all den Jahren aus der Versenkung zu holen?«

»Sie wollten den richtigen Moment in der Geschichte der Moderne abwarten«, sagte Kate. »Und nachdem ich mich mit mehreren Kollegen darüber beraten habe, glaube ich, sie haben ihn genau getroffen.«

»Ich glaube eher, die drei haben auf Sie gewartet«, sagte Simon.

»Ich tauchte nur zufällig am Horizont auf, als sie einen Herausgeber suchten«, sagte Kate, »und ich war sowieso auf der Suche nach neuen Abenteuern. So, wie Sie gerade nach einem guten neuen Buch Ausschau hielten. Wir beide haben nur zunächst mißverstanden, worauf wir uns einließen.«

Der Kellner erschien, und Simon bestellte noch eine Runde, verzichtete aber auf das Alka Seltzer. Er sieht aus, dachte Kate, wie jemand, der auf der Straße Geld gefunden hat und nicht recht weiß, was er damit anfangen soll. Nein, eher sah er noch wie jemand aus, der ein Geschenk bekommen hat und sich nicht ganz sicher über die Folgen ist, wenn er es annimmt. Im großen und ganzen, fand Kate und lächelte ihn an, sah er aber recht zufrieden aus.

Und das war er auch. Als alle Vereinbarungen getroffen, noch einmal überdacht, abgeändert und schließlich bis ins kleinste geregelt waren und die Verträge vor Kate auf dem Schreibtisch lagen, begriff sie, daß es ernst wurde: Jetzt mußte sie sich an die Arbeit machen, die sie sich und Simon eingebrockt hatte. Aber auch die drei guten Hexen Dorinda, Anne und Nellie hatten ihr das eingebrockt, hatten sie mit äußerster Geschicklichkeit dahin manipuliert.

Aber ehe sie sich in die Arbeit stürzte, hatte Kate vor, ein langes Gespräch mit allen dreien zu führen – ein Gespräch, das für Kate das Ende vom Anfang des ganzen Unternehmens markieren würde.

Sie hatte alle drei in ihre Wohnung zitiert (eingeladen wäre das höflichere, allerdings weniger zutreffende Wort gewesen). Nellie war nicht nur wegen dieses Treffens und eines Wiedersehens mit dem Rest des Triumvirats nach New York gekommen, sondern auch, um mit Simon Pearlstines Verlag und Kate die Verträge für die Veröffentlichung von Gabrielles Roman zu unterzeichnen. Heutzutage schien im Verlagsgeschäft und auch überall sonst rein gar nichts ohne Verträge zu geschehen, durch die jede vorstellbare und unvorstellbare Eventualität abgedeckt war, angefangen vom Tod bis hin zu plötzlicher Unlust. Die von Dorinda rekrutierten Anwälte Annes und Nellies hatten strengste Auflagen zur Werbung für Gabrielles Buch durchgesetzt, und auf den Rat eines weiteren Anwalts hin hatte Kate darauf bestanden, daß Buchumschlag, Klappentext und die Anzeige im Verlagsprospekt ihre Zustimmung brauchten.

Wenn man Kates Studenten zum Maßstab nahm, verspürten kluge junge Leute offenbar immer noch den Wunsch, ins Verlagswesen zu gehen, obwohl die Arbeit dort unterbezahlt war und im Grunde künstlerische oder literarische Interessen weniger wichtig waren als geschäftliche. Nach ihren eigenen jüngsten Erfahrungen hatte Kate beschlossen, ihren Studenten zu raten, doch lieber ein Buch herauszugeben. Dabei lernte man zweifellos mehr über die Tücken und Mechanismen des Verlagsgeschäfts, denn als Assistent in irgendeiner Abteilung für Nebenrechte.

Alle drei – Dorinda, Anne und Nellie – waren damit einverstanden, zu Kate zu kommen und sich in deren Wohnzimmer ihre Lieblingsgetränke kredenzen zu lassen. Was das Zuhause der drei betraf, zog Kate es auch weiterhin vor, in Unkenntnis zu schweben. Außerdem konnte sie in ihrer eigenen Wohnung besser Regie führen und die Dramaturgie des Treffens selbst bestimmen. Daran lag ihr viel, denn sie mußte die drei dazu bringen, noch einmal über die Vergangenheit zu sprechen, und zwar so, daß Kate wirklich alles erfuhr, was es zu erfahren gab. Danach würde sie alles vergessen und sich in die nächste Phase ihres Lebens stürzen, die Herausgabe von Gabrielles Roman.

Die drei kamen gleichzeitig. Kaum daß sie eingetreten war, schwatzte Dorinda drauflos: Die beiden anderen waren stiller – so war es wohl schon in ihrer Jugend gewesen, dachte Kate. Anne und Nellie hatte sie recht gut kennengelernt – bewunderte und mochte sie und freute sich darüber, daß sie ihr, Kate, eine Rolle in ihrem Leben und in ihren Plänen zugedacht hatten. Dorinda kannte sie weniger gut, fühlte sich aber spontan stärker zu ihr hingezogen. Sie verstand Dorindas Leben. Mochte es sich auch in ein oder zwei Aspekten noch so sehr von ihrem eigenen unterscheiden – in Kates Familie hatte niemand etwas auch nur halb so Interessantes getan, wie einen berühmten Schriftsteller zu heiraten (in ihrem Clan tat man gar nichts Interessantes, außer, das mußte Kate zugeben, daß man viel Geld machte, was für die Mitglieder ihrer Familie als einziges zählte und auch für sie selbst nicht ganz uninteressant war, denn sie konnte es schließlich ausgeben, wofür *sie* es wollte) –, außer ein oder zwei Aspekten also, war Dorinda ähnlich aufgewachsen wie Kate – nur eine Generation früher. Und Kate wußte, wie lähmend und entsetzlich das Leben dieser Frauengeneration gewesen war. Aber Dorinda war aufgewacht: Und war dieses Aufwachen auch recht spät geschehen, so hatte die plötzliche Erkenntnis dessen, was wirklich zählte im Leben, bei ihr wie bei Kate zu ungefähr dem gleichen Zeitpunkt im

Laufe des zwanzigsten Jahrhunderts eingesetzt. Wie so viele vitale Frauen hatte Dorinda als junges Mädchen vor Leben gesprüht und war dann viele Jahre lang in einen Dornröschenschlaf gefallen, war in ihrer Rolle als Sexualobjekt, Mutter, Gastgeberin und Hausfrau aufgegangen und hatte ihr Selbst erst jetzt wieder auferstehen lassen. Kate glaubte an die Wiedergeburt von Frauen, und Dorinda war ein seltenes und wundervolles Beispiel.

»Bier für Anne«, sagte Kate, die sich vorerst an die wesentlichen Dinge des Lebens halten wollte. »Sherry für Dorinda. Und Nellie, was möchten Sie? Oder haben alle inzwischen ihre Vorlieben geändert?«

»Wir haben eine Flasche französischen Champagner mitgebracht«, verkündete Dorinda und holte sie aus ihrer riesigen Ledertasche. »Echten französischen«, versicherte sie, so als ob Champagner die Angewohnheit hätte, heimlich in anderen Ländern aufzutauchen. »Wir wollten gern auf Gabrielles Roman anstoßen und auf Sie, Kate.«

»Für Champagner ist es noch zu früh«, sagte Kate und nahm Dorinda die Flasche ab. »Sosehr ich das herrliche Zeremoniell, Erfolge mit Champagner zu begießen, schätze – wir müssen noch einige Dinge klären. Ich stelle die Flasche in den Kühlschrank, damit sie schön kalt ist, wenn der richtige Moment kommt – falls er kommt. Und in der Zwischenzeit – was möchten Sie gern trinken?«

»Aber ich dachte, alles sei geregelt«, sagte Dorinda und ließ sich wie ein aus einem Flugzeug abgeworfenes Paket auf die Couch plumpsen. »Für mich Sherry wie immer. Ich dachte, wir feierten Gabrielles Roman, den Sie zusammen mit dem biographischen Porträt herausgeben. Können wir das denn nicht?«

»Nicht ganz«, sagte Kate. »Jedenfalls jetzt noch nicht. Bier, Anne?«

»Seit der Zeit in unserem Hampstead-Pub bin ich ziemlich von Bier abgekommen«, sagte Anne. »Nach einem gutgezapften englischen Bitter schmeckt einem einfach kein Flaschenbier mehr – jedenfalls eine Weile nicht. Haben Sie Weißwein?«

»Also Weißwein«, sagte Kate. »Und was das frischgezapfte Bitter betrifft, gebe ich Ihnen völlig recht. Genau darauf hätte ich in diesem Augenblick Lust. Und Sie, Nellie? In Genf haben wir immer nur Kaffee getrunken.«

»Für mich bitte auch einen Weißwein«, sagte Nellie, die neben Dorinda auf der Couch saß. Anne folgte Kate in die Küche, um ihr mit den Getränken zu helfen.

»Mir ist gerade etwas Lustiges aufgefallen«, sagte Anne, während sie Flaschen und Gläser auf ein Tablett stellte. »Als wir jung waren, sah Dorinda viel besser aus als ich. Aber jetzt, wo wir beide alte Frauen sind, hat sich der Unterschied verwischt. Das liegt bestimmt daran, daß wir uns keine besondere Mühe gegeben haben, für alle Ewigkeit jung zu erscheinen. Aber Dorinda ist natürlich schlanker, das hat sie mir voraus.«

»Schlankheit ist einem entweder mit den Genen gegeben oder das Ergebnis enormer Anstrengungen«, sagte Kate. »Darüber würde ich mir nicht den Kopf zerbrechen. Sie sehen beide wundervoll aus, wenn ich Ihnen das sagen darf.«

»Danke. So fühlen wir uns auch. Ist das nicht erstaunlich?« Kate und Anne kehrten ins Wohnzimmer zurück und setzten sich in die Sessel rechts und links von der Couch.

»Fehlt nur noch die Katze«, sagte Anne.

»Zwei Seelen, ein Gedanke«, sagte Kate. »Gerade dachte ich, daß eigentlich Lavinias Katze jetzt hier sein müßte. Für mich war sie wie eine Verbündete. Empfinden Hexen ihre Katzen nicht auch so?«

»Sind wir denn Hexen?« fragte Dorinda. »Wie witzig!« Nellie und Anne schauten verblüfft.

»Nur von der allerbesten Sorte«, sagte Kate. »Wie der Sirup der Haselmaus. Diese ganze Geschichte hatte von Anfang an etwas von Alice im Wunderland. Vor dem Frühstück an sechs unmögliche Dinge glauben, durch Spiegel gehen ... Vielleicht verstehen Sie, worauf ich hinauswill.«

»Auf das Verwirrspiel mit unseren Vätern?« sagte Dorinda. Die anderen beiden konzentrierten sich schweigend auf ihre Weingläser. Kate wurde plötzlich klar, daß natürlich Dorinda die Anführerin war, diejenige, die alles eingefädelt hatte, so wie sie schon früher alles eingefädelt hatte. Wer wessen Vater war, hatte keine Rolle gespielt, sondern nur Dorindas Wunsch, daß Anne und später Nellie mit ihr zusammenlebten. Und dieser Wunsch war so viele Jahre später wieder in ihr erwacht – als sie Anfang Fünfzig war, wohl kurz nach ihrer Begegnung mit Mark Hansford.

»Ja, es gab eine Menge Geheimnisse«, sagte Nellie. »Und

verbrannte Briefe. Ich weiß, daß Sie mir das übelnehmen. Aber wahrscheinlich stand gar nichts Wichtiges darin. Gabrielle wollte einfach reinen Tisch machen. Weil nicht ihre Briefe ihr wahres Selbst enthüllten, sondern ihr Roman.«

»Bleibt die Frage«, sagte Kate und sah Nellie an, »warum Sie bei unserer ersten Begegnung davon sprachen, daß ich Detektivin bin. Und ich bin eine, wenn auch nur eine literarisch inspirierte Amateurin. Haben Sie davon gesprochen, weil Sie wollten, daß ich die Detektivin in mir verleugne und mich nur auf Gabrielles Manuskript beschränke?«

Anne sprach: »Nellie meinte, daß es einer detektivischen Spürnase bedürfe, um hinter die Reihenfolge von Gabrielles Papieren zu kommen. Und damit hat sie ja recht behalten. Sind übrigens nicht alle Gelehrten im Grunde Detektive? Irgendwo habe ich das einmal gehört.«

»Was hat Sie drei so viele Jahre nach Gabrielles Tod wieder zusammengeführt?«

»Ich begann, mein Leben zu überdenken«, sagte Dorinda. »Ausgerechnet dieser schreckliche Mark Hansford hat das alles in Gang gesetzt, so sehe ich es zumindest heute. Nachdem Arthurs Bann erst einmal gebrochen war, fühlte ich mich von Tag zu Tag stärker, freier. Ich besann mich wieder auf meine Jugend, auf Anne und Nellie. Wir erneuerten unsere Freundschaft. Kann ich noch einen Sherry haben?«

Kate schenkte ihr ein. »Und als Sie drei wieder öfter miteinander sprachen, war das der Zeitpunkt, als Sie beschlossen, Gabrielles Papiere auszugraben?«

»Nicht gleich«, sagte Nellie. »Wir brauchten eine Weile, bis wir uns wieder so nahe waren, daß wir auch über die Vergangenheit sprechen konnten, über unsere Väter und all das.«

»Also erst, nachdem Emile tot war«, sagte Kate. »Erst dann konnten Sie gefahrlos über Gabrielle, Emile und alles andere sprechen. Erst dann haben Sie, Dorinda, Ihrer Mutter die Wahrheit über Nellies Vater gesagt und Eleanor hat Ihnen anvertraut, wer Annes Vater war. Haben Sie Ihrer Mutter auch den Rest erzählt, Dorinda? Haben Sie darauf vertraut, daß sie es mir verschweigen würde? Oder hofften Sie, sie würde es mir erzählen?«

»Ihnen was erzählen?« fragte Dorinda wenig überzeugend.

»Antworten Sie mir bitte«, sagte Kate. »Wußte Eleanor Bescheid?«

»Ja«, sagte Dorinda mit einem fatalistischen Seufzer. Sie tauschte Blicke mit den anderen beiden. »Meine Mutter wußte es. Sie meinte, wir sollten Ihnen alles erzählen, nur das eine nicht. Sie ist daran gewöhnt, Geheimnisse zu wahren. Aber ich wollte ihr die Chance geben, Sie kennenzulernen und selbst zu entscheiden, wieviel sie Ihnen erzählen wollte. Sie mag Sie sehr, Kate, aber sie meinte, das sei eine Sache, die niemanden etwas angehe. Und wir beschlossen, daß nie jemand davon erfahren sollte.«

»Nähern wir uns dem Champagner?« fragte Nellie. »Ich möchte nicht ungeduldig erscheinen, aber ich würde gern auf Kates Herausgabe von Gabrielles Manuskript anstoßen und mich dann wieder meinen eigenen Angelegenheiten widmen. Und Dorinda und Anne geht es sicher ebenso. Ich habe das Gefühl, Gabrielle hat uns einen kleinen Schubs gegeben, damit wir uns endlich um unsere eigene Zukunft kümmern. Ich versuche gerade, einen Job bei den UN zu bekommen und will nach New York zurück.«

Sie wollten, daß alles unausgesprochen blieb. Aber Kate wußte, daß es ausgesprochen werden mußte. Leichen kann man nicht einfach links liegenlassen: Man muß sie ordentlich verbrennen und die Asche in alle Winde verstreuen. Mit Ideen war es genauso.

»Hat Gabrielle es Ihnen in London gesagt, damals, als Sie die Papiere mitnahmen, oder schon am Tag davor, Anne? Hat sie gesagt, sie hätte Emmanuel getötet? Oder hat sie Ihnen die Wahrheit erzählt: daß Emile seinen Vater ermordet hat? Oder hat sie etwa überhaupt nicht davon gesprochen?«

Anne wußte, daß der Moment der Wahrheit gekommen war. »Sie hat es mir erzählt. Ich sollte es Nellie verschweigen, überhaupt niemandem davon erzählen, sondern nur ihre Papiere in Sicherheit bringen. Und mich habe sie nur eingeweiht, sagte sie, damit ich Emiles Unschuld bezeugen könnte, falls er je verdächtigt würde.«

»Sie wußte also, daß Emile noch lebte?«

Nellie ergriff das Wort. »O ja. Gabrielle hatte schon lange, ehe mein Großvater starb, Angst, Emile könnte irgend etwas Unberechenbares tun. Das war der Grund, warum sie mich drängte, bei den Goddards zu leben und Eleanor bat, mich nach Amerika zu holen. Sie erklärte Eleanor nicht, warum, wußte aber, daß Eleanor alles arrangieren würde. Und wie ich Ihnen schon in Genf erzählte, wollte ich selbst unbedingt fort. Die Atmosphäre zu Hause war Gift, schon ehe Emile sich der Résistance anschloß, schon ehe Großvater starb.«

Kate sagte: »Und Sie haben wirklich niemandem davon erzählt, Anne? Einfach die Papiere in dem Safe deponiert und versucht, das Ganze zu vergessen?«

»Schließlich sprach ich mit Eleanor. Ich mußte einfach mit irgend jemand reden. Eleanor hat nicht mit der Wimper gezuckt, als sie die Geschichte hörte. Und sie übernahm einen Teil der Safegebühren, die wirklich sehr hoch waren. Sie meinte, ich solle mich Nellie und Dorinda anvertrauen, die beiden würden mir eine Stütze sein. Ich zögerte eine Weile, aber dann folgte ich ihrem Rat, der so gut war wie alle ihre Ratschläge.« Anne lächelte die beiden an.

»Wie haben Sie es erraten?« fragte Dorinda. »Ich dachte, wir hätten Ihnen so viele Geheimnisse geboten, daß Sie keine weiteren für möglich halten würden.«

»Als ich mich auf den steinigen Pfad der Detektivarbeit begab, lernte ich eine Lektion sehr schnell: Wenn ein Bursche sagt, achten Sie unbedingt auf den Hut, dann muß man auf den Punkt gucken, von dem er ablenken will. Denn da liegt der Hase, oder wenn Sie so wollen, das Kaninchen im Pfeffer. Es ist nicht im Hut, sondern in der Hand, die der Bursche hinter dem Rücken hält.«

»Es wäre also gescheiter gewesen, wir wären Ihnen mit überhaupt keinem Kaninchen gekommen.«

»Viel gescheiter. Hätten Sie mir von Anfang an klar gesagt, worum es Ihnen geht, nämlich das Ausgraben von Gabrielles Schriften, hätte ich mich aller Wahrscheinlichkeit nach sofort darauf gestürzt. Aber wie Sie sehen, stürze ich mich ja auch jetzt noch darauf. Es hat also keine große Rolle gespielt.«

»Ich weiß genau, was Sie meinen«, sagte Dorinda. »Schon als kleines Mädchen konnte ich es nicht haben, wenn irgendwo ein loser Faden herausguckte. Ich mußte immer so lange daran ziehen, bis ich ihn in der Hand hatte. Wenn nirgends Fäden herausgucken, mache ich mir auch weiter keine Gedanken. Daran hätte ich denken sollen, als wir unsere schlaue Strategie ausheckten.«

Kate sagte: »Es gibt nicht viele Familien, in denen gleich zwei Kinder auf der falschen Seite der Bettdecke geboren werden, wie es in den alten englischen Romanen so schön heißt, und die dazu noch einen Mord zu verbergen haben.«

»Armer Emile«, sagte Nellie. »Ich glaube, als er erfuhr, daß er nicht mein Vater ist – Hilda oder Emmanuel müssen dafür gesorgt haben, daß er es erriet –, brachte das für ihn das Faß zum Überlaufen. Sein Haß auf seinen Vater wurde abgrundtief.«

»Wer wollte da nicht vor Freud den Hut ziehen«, sagte Kate, »was ich normalerweise nicht so leicht tue, wenn es um Familiendramen geht. Aber wenn hier nicht der Ödipus-Komplex grüßen läßt! Glauben Sie, Gabrielle hat Emile geholfen?«

»Nein. Sie hat wahrscheinlich versucht, ihn zurückzuhalten«, sagte Nellie. »Aber sie wußte ja nicht genau, was er im Schilde führte. Er hat ihr nichts gesagt, jedenfalls nicht mit eindeutigen Worten. Ich vermute, Emile hat seinen Vater langsam vergiftet; deshalb glaubten alle, Emmanuel sei krank. Das Essen war damals knapp, alles schmeckte schlecht, irgendwie verdorben, und wir aßen, was wir kriegen konnten, egal, wie es schmeckte. Schließlich war Krieg. Aber Emile wußte, daß Gabrielle ihn decken würde. Und in den Kriegswirren war es leicht für Emile, unterzutauchen und alle Welt glauben zu lassen, er sei in der Résistance den Heldentod gestorben. So viele Menschen starben damals. James Joyce und Virginia Woolf, Tausende junger Männer fielen, und zahllose Menschen kamen bei den Bombenangriffen um. Einfach ein Toter mehr zu beklagen!«

Anne sagte: »Wir beschlossen, Emiles Tod abzuwarten, bevor wir über Gabrielles Papiere sprachen. Wir glaubten zwar nicht, daß darin etwas über Emile stand. Warum hätte sie über ihn schreiben sollen, wo es ihr doch so wichtig gewesen war, alle Briefe und persönlichen Aufzeichnungen zu verbrennen? Aber Nellie wollte es so – sie wollte Emiles Tod abwarten. Und auch Eleanor riet uns dazu.«

Dorinda sagte: »Wir waren sehr beeindruckt, daß Emile sich mit Nellie traf. Wir fanden, das war seine Art, sich zu ihr zu bekennen, auch wenn sie nicht seine Tochter war.«

»Wann beschlossen Sie, Ihr Memoir zu schreiben?« fragte Kate Anne.

»Nachdem wir lange miteinander gesprochen hatten und alle die ganze Wahrheit wußten. Aber ich fand es leichter, die Geschichte so zu erzählen, wie ich sie all die Jahre, bis zu Gabrielles Tod, gesehen hatte. Es war nicht die ganze Wahrheit, aber die Wahrheit, die für mich den größten Teil meines Lebens gegolten hatte, und ich wollte sie festhalten. Dorinda war der Meinung, das würde auch helfen, die Leute für Gabrielle zu interessieren, was natürlich stimmte. Das Ganze niederzuschreiben, war wirklich ein Segen für mich, eine Art Läuterung, wie sie angeblich in einer Psychoanalyse oder Therapie geschieht.«

»Das gleiche behauptete Virginia Woolf über ihre Erfahrung, als sie ›Die Fahrt zum Leuchtturm‹ schrieb«, sagte Dorinda. »Es muß nicht die Wahrheit sein, die man niederschreibt, auf die eigene Vision der Wahrheit kommt es an«, fügte sie hinzu und sah Anne an.

»Wir alle haben eine Vision unserer Zukunft«, sagte Nellie. »Ich habe nie an Freundschaften geglaubt, die von der Kindheit an das ganze Leben hindurch unverändert fortbestehen, so wie ich auch nicht an sehr lange Ehen glaube, in denen sich nichts verändert. Viel wichtiger ist es, einander immer wieder neu zu entdecken. Es fällt mir schwer, mich richtig auszudrücken, aber wir drei wollten nicht bei unserer gemeinsamen Jugend anknüpfen. Wir wollten gemeinsam nach vorn denken. Gibt es eigentlich ein Wort für das Gegenteil von erinnern? Die Kindheit wird weit überschätzt. Ich glaube, wenn man fünfzig ist, hat man die Chance, der Kindheit zu entrinnen und damit all ihren Schrecken. Wir jedenfalls sind ihr entkommen, als wir fünfzig waren.«

»Ich hole den Champagner«, sagte Kate. Sie sah die drei sechzigjährigen Frauen an – reife Frauen, die nicht mehr Gefangene ihrer Vergangenheit waren, ohne ihre Kindheit verloren zu haben. Für sie, wie für Gabrielles Roman, zählte die Zukunft. Und noch mehr als die Zukunft zählte die Gegenwart.

»Nein«, sagte Kate zu Anne, die sich erhoben hatte. »Helfen Sie mir nicht. Jetzt möchte ich Ihnen allen dreien den Champagner kredenzen, und dann trinken wir auf uns vier und auf Gabrielles Roman!«

Sie ging aus dem Raum und überließ es den dreien, sich anzulächeln und auf die Zukunft zu freuen.

Und welche Freuden brachte die Zukunft ihr? Nun, das aufregende Abenteuer, Gabrielle wieder zum Leben zu erwecken, so wie Gabrielle Ariadne wieder zum Leben erweckt hatte. Emmanuel Foxx hatte seinen Triumph gehabt. Niemand würde je erfahren, daß sein Sohn ihn umgebracht hatte, und wahrscheinlich würde auch niemand sein Genie in Zweifel ziehen. Dennoch gab es jetzt auch Gabrielles Vermächtnis, das sein literarisches Testament in Frage stellte, an ihm rüttelte.

Kate hatte das Gefühl, als sei ihr eine seltene Chance vergönnt, einer jener Momente, die all die verpaßten Gelegenheiten, die halbherzig errungenen literarischen Erfolge, die Niederlagen im Kampf mit der Bürokratie und kleingeistigen, der Vergangenheit verhafteten Männern wieder ausgleichen. Der Moment würde nicht andauern, aber solange er währte, wollte sie ihn genießen. Sie hatte Dorinda die ganze englische Literatur als Geschichte der zweiten Chancen dargestellt. Und hier war also *ihre* zweite Chance, und Gabrielles und Ariadnes.

Die Champagnerflasche, der Eiskübel und die vier hohen Gläser machten das Tablett schwer, aber Kate balancierte es leichtfüßig zu den drei wartenden Frauen, wie eine Gabe an die Götter.

Mysteriöses Doppelspiel einer Femme fatale

Fred Breinersdorfer
Das Biest
Ein Abel-Krimi
392 S. • geb. m. SU • DM 39,80
ISBN 3-8218-0546-3

Stella Vandenberg ist jung, attraktiv und mysteriös. Als der menschenscheue Richter Eduard Hablik sie eines Nachts aufliest und die schwer Verstörte in seine Wohnung mitnimmt, erliegt er nahezu widerstandslos ihrem Charme. Stella bittet Hablik um Hilfe. Er soll ihre Entmündigung aufheben und ihre Entlassung aus der Nervenklinik, aus der sie offenbar geflohen ist, erreichen.

Hablik schaltet Anwalt Jean Abel ein. Doch noch bevor dieser seine Arbeit aufnehmen kann, begeht Hablik einen folgenschweren Fehler.

Ein Psychothriller der Extraklasse mit dem cleveren und kauzigcharmanten Rechtsanwalt Jean Abel, der durch vielschichtige Charaktere und eine atemberaubende Dramaturgie überzeugt.

Eichborn.

Kaiserstraße 66
60329 Frankfurt
Telefon: 069 / 25 60 03-0
Fax: 069 / 25 60 03-30
http://www.eichborn.de

Wir schicken Ihnen gern ein Verlagsverzeichnis.